Graham Greene

Unser Mann in Havanna

Roman

Rowohlt

Titel der englischen Originalausgabe
«Our Man in Havana»
Berechtigte Übertragung ins Deutsche von Lina Winiewicz
Umschlagentwurf Werner Rebhuhn
(Foto: Sir Alec Guinness in der gleichnamigen
Verfilmung von Carol Reed / Sammlung
Jürgen Menningen)

172.–177. Tausend November 1986

Veröffentlicht im Rowohlt Taschenbuch Verlag GmbH,
Reinbek bei Hamburg, September 1961, mit Genehmigung des
Paul Zsolnay Verlages GmbH, Hamburg / Wien
Gesetzt aus der Linotype-Cornelia
Gesamtherstellung Clausen & Bosse, Leck
Printed in Germany
680-ISBN 3 499 10442 3

Den Traurigen durchbohrt sein eigner Hohn.
George Herbert

Bei einem Märchen wie diesem — es spielt in der Zukunft, zu unbestimmter Zeit — scheint es überflüssig, meinen Gestalten jede Beziehung zu lebenden Personen abzusprechen. Trotzdem möchte ich feststellen, daß keine ihr wirkliches Vorbild hat, daß es im heutigen Kuba keinen Polizeioffizier wie Hauptmann Segura und gewiß keinen britischen Gesandten von der Art dessen gibt, den ich geschildert habe. Noch, sollte ich meinen, gleicht der Chef des Geheimdienstes im entferntesten meiner mythischen Figur.

ERSTER TEIL

Erstes Kapitel

I

«Sehen Sie den Nigger dort? Er geht eben die Straße entlang.» Dr. Hasselbacher stand in der Wunder-Bar. Er fügte hinzu: «Er erinnert mich an Sie, Mr. Wormold.» Es war bezeichnend für Dr. Hasselbacher, daß er nach fünfzehn Jahren Freundschaft noch immer die Anrede ‹Mister› gebrauchte. Freundschaft ging langsam vonstatten, mit der Unbeirrbarkeit einer sorgfältigen Diagnose. Auf dem Totenbett, wenn Dr. Hasselbacher kam, um seinen erlahmenden Puls zu fühlen, würde Wormold vielleicht Jim werden.

Der Neger war auf einem Auge blind und hatte zwei ungleich lange Beine; er trug einen alten Filzhut, und durch das zerrissene Hemd sah man seine Rippen wie die eines halbverschrotteten Schiffes. Er ging an der Gehsteigkante, in der heißen Januarsonne, jenseits der gelben und roten Pfeiler eines Bogengangs und zählte jeden Schritt. Als er die Wunder-Bar erreichte — er ging die Virudesstraße entlang — war er bei 1.369 und mußte sich Zeit lassen für eine so lange Zahl. «Eintausenddreihundertsiebzig.» Er war eine vertraute Erscheinung in der Gegend des Nationalplatzes, wo er manchmal stehenblieb und sein Zählen unterbrach, um einem Fremden pornographische Photos zu verkaufen. Dann zählte er weiter, wo er aufgehört hatte. Sicher wußte er abends genau, wie weit er gegangen war, wie ein tatkräftiger Passagier eines Ozeandampfers.

«Joe?» fragte Wormold. «Ich sehe keine Ähnlichkeit. Abgesehen vom Hinken, natürlich.» Trotzdem warf er unwillkürlich einen raschen Blick in den Spiegel — der Spiegel trug die Aufschrift ‹Cerveza Tropical› —, als sei er auf dem Weg aus der Altstadt, zwischen Geschäft und Wunder-Bar, tatsächlich so viel dunkler, so viel schäbiger geworden. Doch das Gesicht, das seinen Blick erwiderte, vom Hafenstaub kaum verfärbt, war unverändert: sorgenvoll, fältchenübergittert, mittvierzigerisch, viel jünger als das Dr. Hasselbachers. Trotzdem mochte ein Fremder die Gewißheit fühlen, daß es früher verlöschen würde. Das Ende warf seinen Schatten voraus, Sorgen, die sich jedem Beruhigungsmittel entzogen. Der Neger hinkte außer Sicht, um die Ecke des Paseo. Es war, als gäbe es nur Schuhputzer.

«Das Hinken meinte ich nicht. Sie sehen wirklich keine Ähnlichkeit?»

«Nein.»

«Er will zweierlei», erklärte Dr. Hasselbacher, «arbeiten und zählen. Und ist außerdem britischer Staatsbürger.»

«Ich verstehe noch immer nicht...» Wormold kühlte seinen Mund mit seinem allmorgendlichen Daiquiri. Sieben Minuten zur Wunder-Bar, sieben Minuten zurück zum Geschäft, sechs Minuten Geselligkeit. Er blickte auf die Uhr. Er bedachte, daß sie eine Minute nachging.

«Er ist verläßlich, man kann auf ihn zählen. Mehr wollte ich nicht sagen», sagte Dr. Hasselbacher ungeduldig. «Wie geht es Milly?»

«Großartig», sagte Wormold. Das war seine unweigerliche Antwort, doch sie kam vom Herzen.

«Siebzehn am siebzehnten, was?»

«Ja.» Er blickte rasch zurück, als hetzte ihn jemand, dann wieder auf die Uhr. «Sie werden doch mit uns feiern?»

«Ich habe es noch nie verabsäumt, Mr. Wormold. Wer kommt noch?»

«Oh, ich dachte, nur wir drei. Cooper ist nämlich heimgefahren, der arme Marlowe noch immer im Spital und für die neuen Konsulatsleute scheint Milly nicht viel übrig zu haben. Also dachte ich, wir würden's in aller Ruhe begießen — im Familienkreis.»

«Es ehrt mich, zur Familie zu gehören, Mr. Wormold.»

«Wie wär's mit einem Tisch im Nacional — oder fänden Sie das nicht ganz — nun, nicht ganz passend?»

«Wir sind hier nicht in England oder Deutschland, Mr. Wormold. In den Tropen wachsen die Mädchen rasch heran.»

Auf der anderen Straßenseite öffnete sich knarrend ein Fensterladen, flog in der leichten Meeresbrise zu, dann wieder auf, klick klack, wie eine alte Uhr. «Ich muß fort», sagte Wormold.

«Phastkleaners wird Sie entbehren können, Mr. Wormold.» Es war ein Tag unliebsamer Wahrheiten. «Meine Patienten brauchen mich auch nicht», fügte der Doktor gütig hinzu.

«Man wird krank, ob man will oder nicht. Aber man muß keinen Staubsauger kaufen.»

«Dafür verlangen Sie mehr.»

«Und bekomme nur zwanzig Prozent. Von zwanzig Prozent kann man nicht viel ersparen.»

«Wir leben in keinem Sparzeitalter, Mr. Wormold.»

«Ich muß aber sparen — für Milly. Wenn mir etwas zustößt...»

«Niemand kann heutzutage mit langem Leben rechnen. Warum sorgen Sie sich also?»

«Diese dauernden Unruhen sind sehr schlecht für den Handel. Was nützt der beste Staubsauger, wenn's keinen Strom gibt?»

«Ein kleines Darlehen wäre kein Ding der Unmöglichkeit, Mr. Wormold.»

«Nein, nein. So ist das nicht. Meine Sorgen haben mit diesem Jahr nichts zu tun. Nicht einmal mit nächstem. Es sind Sorgen auf lange Sicht.»

«Dann verdienen sie die Bezeichnung Sorgen nicht. Wir leben in einem Atomzeitalter, Mr. Wormold. Ein Druck auf einen Knopf — tschin bumm — wo sind wir? Noch einen Scotch, bitte.»

«Da fällt mir ein — wissen Sie, was sich die Firma jetzt geleistet hat? Sie haben mir einen Atom-Kraftsauger geschickt.»

«Tatsächlich? Ich wußte nicht, daß die Wissenschaft es schon so weit gebracht hat.»

«Ach, es ist natürlich nichts Atomisches daran, vom Namen abgesehen. Voriges Jahr der Düsenturbo; heuer der Atom-Kraft. Wird am Lichtschalter angesteckt, genau wie der andere.»

«Warum sorgen Sie sich dann?» Dr. Hasselbacher wiederholte die Frage wie ein Leitmotiv und widmete sich seinem Whisky.

«Die Leute begreifen nicht, daß eine solche Marke vielleicht drüben in Amerika zieht, aber nicht hier, wo die Geistlichkeit dauernd gegen den Mißbrauch wettert, der mit der Wissenschaft getrieben wird. Vorigen Sonntag gingen Milly und ich in die Kathedrale — Sie wissen, in punkto Messe versteht sie keinen Spaß, glaubt vielleicht sogar, sie wird mich bekehren, es würde mich nicht wundern. Kurz und gut, eine volle halbe Stunde beschrieb Pater Mendez die Wirkung einer Wasserstoffbombe. Die an den Himmel auf Erden glauben, sagte er, machen sie zur Hölle. Er machte übrigens selber einen Höllenlärm, aber es klang sehr überzeugend. Sie können sich denken, wie mir Montag früh zumute war, als ich den neuen Atom-Kraftsauger in die Auslage stellen mußte. Es hätte mich nicht überrascht, wenn einer unserer jugendlichen Fanatiker das Schaufenster eingeschlagen hätte. Ich weiß nicht, was ich in dieser Sache tun soll, Hasselbacher.»

«Verkaufen Sie Pater Mendez einen. Fürs Bischofspalais.»

«Aber er ist mit dem Düsenturbo sehr zufrieden. Das war ein guter Apparat. Das ist der neue natürlich auch. Erhöhte Saugkraft für Bücherregale. Ich würde ihn sonst nicht verkaufen, das wissen Sie.»

«Ich weiß, Mr. Wormold. Können Sie nicht einfach den Namen ändern?»

«Sie lassen mich ja nicht. Sie sind stolz darauf. Sie glauben, seit ‹Kehrt-klopft-reinigt, alles hübsch vereinigt› ist niemandem was Besseres eingefallen. Beim Turbo war übrigens etwas dabei — Luftverbesserungsbausch hieß das Zeug. Eine nette, harmlose Spielerei. Aber gestern kam eine Frau, sah sich den Atom-Kraft an und wollte wissen, ob ein so kleiner Bausch tatsächlich die ganze Radioaktivität aufsaugen könnte. ‹Und Strontium 90, bitte?› fragte sie.»

«Ich könnte Ihnen ein ärztliches Attest ausstellen», sagte Dr. Hasselbacher.

«Machen Sie sich niemals Sorgen? Über nichts?»

«Ich habe ein geheimes Schutzmittel, Mr. Wormold. Ich nehme Anteil am Leben.»

«Das tue ich auch.»

«Sie nehmen an einem Menschen Anteil, nicht am Leben. Und Menschen sterben. Oder sie verlassen uns. Verzeihen Sie mir. Ich dachte jetzt nicht an Ihre Frau. Doch wer am Leben Anteil nimmt, den läßt es nie im Stich. Ich interessiere mich für die Bläue des Käses. Sie lösen keine Kreuzworträtsel, nicht wahr, Mr. Wormold? Ich schon. Kreuzworträtsel sind wie Menschen: man kommt an ein Ende. Ich werde mit jedem Kreuzworträtsel binnen einer Stunde fertig, aber meine Entdeckung über die Bläue des Käses hört niemals auf, obwohl man natürlich davon träumt, daß vielleicht eines Tages... Ich muß Ihnen einmal mein Laboratorium zeigen.»

«Ich muß gehen, Hasselbacher.»

«Sie sollten mehr träumen, Mr. Wormold. In unserem Jahrhundert darf man der Wirklichkeit nicht ins Auge sehen.»

2

Als Wormold sein Geschäft in der Lamparillastraße betrat, war Milly aus der amerikanischen Klosterschule noch nicht heimgekommen. Durch die Türe konnte er zwei Gestalten sehen. Trotzdem schien ihm das Geschäft ausgestorben, und so würde es bleiben, bis Milly nach Hause kam. Kein Kunde konnte diese Leere ausfüllen, am wenigsten jener, der — viel zu gepflegt für Havanna — eine englische Beschreibung des Atom-Kraft las und Wormolds Angestellten geflissentlich übersah. Lopez hatte wenig Geduld und liebte es nicht, seine Zeit fern von *Confidential* (spanische Ausgabe) zu vergeuden. Er starrte auf den Fremden und machte nicht den geringsten Versuch, ihn zu gewinnen.

«Buenos dias», sagte Wormold. Er hatte es sich angewöhnt, jeden Ausländer, der das Geschäft betrat, mit Mißtrauen zu betrachten. Vor zehn Jahren war ein Mann gekommen, hatte den Kunden gespielt und ihm schließlich mit unschuldsvoller Miene einen schafwollenen Autoputzlappen verkauft. Er war ein überzeugender Betrüger gewesen, hingegen sah niemand weniger nach einem Staubsaugerkäufer aus als dieser Mann. Groß, elegant, in sandgrauem Tropenanzug mit exklusiver Krawatte, schien er von Meeresluft umweht, vom Ledergeruch eines erstklassigen Klubs. Man erwartete von ihm die Meldung: ‹Der Botschafter wird Sie sogleich empfangen›, und stets würde seine Schmutzarbeit für ihn besorgt werden — von Kammerdiener oder Ozean.

«Kann nicht palavern», antwortete der Fremde. Das saloppe Wort beschmutzte seinen Anzug wie ein Eierfleck nach dem Frühstück. «Sie sind Engländer, was?»

«Ja.»

«Ich meine — richtiger Engländer. Mit britischem Paß und so weiter.»

«Ja. Warum?»

«Bei britischen Firmen kauft man gern. Weiß, woran man ist, wenn Sie mich richtig verstehen.»

«Womit kann ich Ihnen dienen?»

«Ach, ich wollte mich erst mal umsehen.» Er sprach, als wäre er in einer Buchhandlung. «Das konnte ich Ihrem Freund da nicht begreiflich machen.»

«Sie suchen einen Staubsauger?»

«Gott, suchen ist nicht das richtige Wort.»

«Ich meine — Sie denken daran, einen zu kaufen?»

«Erraten, mein Lieber, erraten.» Wormold hatte den Eindruck, der Mann schlug diesen Ton an, weil er fand, er passe zum Laden — eine Art Schutzfarbe für die Lamparillastraße —, denn die forsche Jovialität vertrug sich schlecht mit seinem Aussehen. Ohne Reserveanzug läßt sich St. Pauls Rezept, jedem alles zu sein, schwerlich befolgen.

Wormold sagte prompt: «Sie könnten nichts Besseres wählen als den Atom-Kraft.»

«Hier haben Sie einen, der heißt Turbo.»

«Ebenfalls ein erstklassiger Apparat. Ist Ihre Wohnung groß?»

«Nicht gerade groß.»

«Zu diesem Staubsauger bekommen Sie zwei Satz Bürsten — die hier zum Einlassen, die zum Polieren, das heißt, nein, umgekehrt, glaube ich. Der Turbo hat Luftantrieb.»

«Was heißt das?»

«Nun, daß . . . das, was es heißt: Luftantrieb.»

«Und was ist das für ein komisches kleines Ding?»

«Das ist eine Teppich-Doppeldüse.»

«Tatsächlich? Interessant! Warum Doppel —?»

«Man zieht und stößt.»

«Was den Leuten alles einfällt», sagte der Fremde. «Sie verkaufen sicher eine Menge von diesem Zeug?»

«Ich bin der einzige Vertreter hier.»

«Und wer hier was zu reden hat, hat natürlich einen Atom-Kraft?»

«Oder einen Düsenturbo.»

«Regierungsstellen?»

«Natürlich. Warum?»

«Was für eine Regierungsstelle gut ist, sollte es auch für mich sein.»

«Vielleicht hätten Sie lieber unseren Knirps-Mach's-Leicht.»

«Mach was leicht?»

«Der volle Name lautet Knirps-Mach's-Leicht-Kleinheimsauger mit Luftantrieb.»

«Schon wieder Luftantrieb.»

«Ich kann nichts dafür.»

«Nur keine Aufregung, mein Lieber.»

«Ich persönlich hasse das Wort Atom-Kraft», sagte Wormold mit jäher Heftigkeit. Er war erregt. Vielleicht war der Fremde ein Inspektor vom Londoner oder New Yorker Zentralbüro. Dann sollte er die Wahrheit hören, nichts als die Wahrheit.

«Verstehe. Kein sehr passender Name. Überholen Sie die Dinger auch?»

«Vierteljährlich. Während der Garantiezeit kostenlos.»

«Wollte sagen — Sie?»

«Ich schicke Lopez.»

«Den mürrischen Kerl?»

«Ich bin kein großer Mechaniker: kaum rühre ich eine Maschine an, scheint sie stehenzubleiben.»

«Fahren Sie keinen Wagen?»

«Doch. Aber wenn etwas kaputt ist, repariert's meine Tochter.»

«Ach ja, Ihre Tochter. Wo ist sie?»

«In der Schule. Sehen Sie: ich zeige Ihnen jetzt die Schnappkupplung.»

Er wollte sie vorführen, doch sie dachte natürlich nicht daran, zu kuppeln. Er stieß und schraubte. «Fabrikationsfehler», sagte er trostlos.

«Lassen Sie mich probieren», sagte der Fremde, und die Kupplung kuppelte wie von selbst.

«Wie alt ist Ihre Tochter?»

«Sechzehn», sagte er, wütend, daß er geantwortet hatte.

«Schön», sagte der Fremde. «Ich muß mich auf die Socken machen. Netter Plausch.»

«Möchten Sie sich nicht einen Apparat zeigen lassen? Lopez würde ihn Ihnen vorführen.»

«Jetzt nicht. Werde Sie schon wieder treffen, irgendwo», sagte der Mann mit vager, unverschämter Zuversicht und war draußen, ehe es Wormold einfiel, ihm eine Geschäftskarte zu geben. Draußen, auf dem Platz, dem die Lamparillastraße steil zustrebte, verschluckten ihn die Zuhälter und Loshändler des havannischen Mittags.

«Er hätte nie gekauft», sagte Lopez.

«Was wollte er dann?»

«Wer weiß? Er hat mich lange durchs Fenster angeschaut. Wenn Sie nicht gekommen wären, hätte er mich vielleicht gebeten, ihm ein Mädel zu verschaffen.»

«Ein Mädel?»

Er dachte an den Tag vor zehn Jahren, dann an Milly, mit leiser Unruhe, und wünschte, er hätte nicht so viele Fragen beantwortet. Außerdem wünschte er, die Schnappkupplung wäre ausnahmsweise eingeschnappt.

Zweites Kapitel

Er konnte Millys Ankunft unterscheiden wie das Kommen eines Überfallwagens aus weiter Ferne. Statt Sirenen meldeten Pfiffe ihr Erscheinen. Für gewöhnlich kam sie von der Autobushaltestelle in der Avenida de Belgica, heute aber schienen sich die Herren in der Compostellastraße zu betätigen. Sie waren harmlos, das mußte er widerstrebend zugeben, und der Tribut, den sie ihr seit etwa ihrem dreizehnten Geburtstag zollten, bedeutete im Grunde Respekt. Denn Milly war schön, selbst nach dem strengen Maßstab Havannas. Sie hatte Haar von der Farbe hellen Honigs, dunkle Brauen, und ihre kurz gehaltene Frisur stammte vom besten Friseur in der Stadt. Sie nahm das Pfeifen nicht sichtbar zur Kenntnis, doch es beflügelte ihren Schritt, und wenn man sie gehen sah, war man versucht, an das Schweben gewisser Heiliger zu glauben. Stille wäre ihr bereits eine Beleidigung erschienen.

Im Gegensatz zu Wormold, der an nichts glaubte, war Milly

katholisch. Dieses Versprechen hatte ihm ihre Mutter vor der Hochzeit abgenommen. Jetzt, mutmaßte er, glaubte ihre Mutter an nichts, hatte ihm aber für immer eine katholische Tochter beschert. Das bedeutete, daß er Kuba nie so nahekommen würde wie Milly. In reichen Häusern, vermutete er, war es noch immer üblich, eine Duenna zu halten. Und manchmal schien es ihm, als führte Milly, ihr allein sichtbar, eine Duenna mit sich herum. In der Kirche — nirgends war sie hübscher als dort, unter ihrer federleichten, mit frostklaren Blättern bestickten Mantilla — saß die Duenna stets neben ihr und achtete darauf, daß sie sich geradehielt, richtig bekreuzigte, ihr Gesicht im gegebenen Augenblick verhüllte. Rund um sie mochten kleine Jungen ungestraft Bonbons lutschen oder hinter Pfeilern hervorkichern, Milly saß steif wie eine Nonne und folgte der Messe in ihrem kleinen goldgeeckten Gebetbuch, dessen Ledereinband von der Farbe ihrer Haare war. (Sie hatte ihn selbst ausgesucht.) Dieselbe unsichtbare Duenna sah darauf, daß sie Freitag Fisch aß, zu Quatember fastete und die Messe nicht nur an Sonn- und Feiertagen, sondern auch zum Fest ihrer Namensheiligen besuchte. Milly hieß sie nur daheim. Ihr wirklicher Name war Seraphina, in Kuba ein ‹Zweiter zweiter Klasse›, eine geheimnisvolle Wendung, die Wormold stets an Pferderennen gemahnte.

Es hatte lange gedauert, bis Wormold erkannte, daß die Duenna nicht immer an ihrer Seite war. Milly nahm es mit ihren Tischsitten peinlich genau und betete jeden Abend, wie er wohl wußte: schon als kleines Mädchen hatte sie ihn, um ihn als den Heiden zu brandmarken, der er war, vor der Türe ihres Schlafzimmers warten lassen, bis sie ihr Gebet zu Ende gesprochen hatte. Stets brannte eine Kerze vor dem Bild Unserer lieben Frau von Guadalupe. Er erinnerte sich, die vierjährige Milly beten gehört zu haben: «Pantoffel, Pantoffel, der Himmel ist offen.»

Eines Tages jedoch, als Milly dreizehn war, hatte man ihn in die Klosterschule der amerikanischen Clarissinnen befohlen, in den weißen, reichen Außenbezirk Vedado. Dort erfuhr er erstmals, daß die Duenna sich mitunter empfahl, beim Schultor dicht unter der frommen Türtafel. Die Beschwerde war ernster Art: Milly hatte einen kleinen Jungen in Brand gesteckt, Thomas Earl Parkman junior. Zwar stimmte es, gab die Ehrwürdige Mutter zu, daß Earl, wie er in der Schule hieß, zuerst Milly an den Haaren gerissen hatte. Doch dies, fand sie, rechtfertigte Millys Verhalten in keiner Weise, hätte es doch die ernstesten Folgen haben können, wenn es einem anderen Mädchen nicht eingefallen wäre, Earl in einen Brunnen zu stoßen. Millys einzige Verantwortung hatte gelautet, daß Earl

Protestant war und daß Katholiken, wenn es schon zu Verfolgungen käme, Protestanten bei diesem Sport jederzeit schlagen konnten.

«Aber wie hat sie ihn angezündet?»

«Sie goß Benzin auf sein Hemdende.»

«Benzin!»

«Feuerzeugbenzin. Dann strich sie ein Zündholz an. Sie muß heimlich geraucht haben, vermuten wir.»

«Eine unglaubliche Geschichte.»

«Dann scheinen Sie Milly nicht zu kennen. Ich kann Ihnen nicht verhehlen, Mr. Wormold, daß unsere Geduld oft den betrüblichsten Belastungen ausgesetzt war.»

Er erfuhr, daß Milly ein halbes Jahr vor dem Attentat auf Earl während des Zeichenunterrichtes ausgewählte Reproduktionen berühmter Meisterwerke in Umlauf gesetzt hatte.

«Daran finde ich nichts Schlechtes.»

«Im Alter von zwölf Jahren, Mr. Wormold, sollte ein Kind seine Wertschätzung nicht auf Aktbildnisse beschränken, wie klassisch diese auch sein mögen.»

«Waren es lauter Aktbilder?»

«Alle außer Goyas Verhüllter Maja. Doch sie hatte auch die Aktfassung.»

Wormold hatte sein Heil in der Gnade der Ehrwürdigen Mutter suchen müssen — ein armer, ungläubiger Vater mit einem katholischen Kind. Das amerikanische Kloster war die einzige nichtspanische katholische Schule in Havanna, und eine Privatlehrerin konnte er sich nicht leisten. Man würde doch nicht wollen, daß er sie in die Hiram C. Truman-Schule schickte? Außerdem hieße das das Wort brechen, das er seiner Frau gegeben hatte. Im stillen fragte er sich, ob es seine Pflicht war, wieder zu heiraten. Doch vielleicht würden das die Nonnen nicht hinnehmen, und außerdem liebte er noch immer Millys Mutter.

Selbstverständlich stellte er Milly zur Rede. Ihre Erklärung hatte den Vorzug der Einfachheit.

«Warum hast du Earl angezündet?»

«Ich wurde vom Teufel versucht.»

«Milly, sei bitte vernünftig.»

«Heilige wurden vom Teufel versucht.»

«Du bist keine Heilige.»

«Eben. Darum fiel ich.» Das Kapitel war beendet, würde jedenfalls noch am gleichen Tag beendet werden, im Beichtstuhl, zwischen vier und sechs. Die Duenna war wieder da und würde dafür sorgen. Wenn ich nur herausbekäme, wann sie Ausgang hat, dachte er.

Dann war da noch die Sache mit dem heimlichen Rauchen.

«Rauchst du Zigaretten?» fragte er.

«Nein.»

Etwas in ihrem Ton bewog ihn, die Frage anders zu fassen.

«Hast du schon jemals geraucht, Milly?»

«Nur Zigarren», sagte sie.

Nun, als er die Pfiffe hörte, die ihm ihre Ankunft meldeten, fragte er sich, warum Milly nicht aus der Avenida de Belgica kam, sondern vom Hafen. Doch sobald er sie sah, sah er den Grund. Ein junger Ladendiener folgte ihr mit einem Paket. Es war so groß, daß es sein Gesicht verdeckte. Wormold begriff bekümmert, daß sie schon wieder eingekauft hatte. Er stieg in die Wohnung hinauf — sie lag über dem Geschäft — und bald konnte er hören, wie Milly im Nebenzimmer die Anordnung ihrer Erwerbungen überwachte. Etwas fiel auf den Boden, mit dumpfem Geräusch, dann Geklapper, Klirren von Metall. «Legen Sie's daher», sagte sie. Und: «Nein, dorthin.» Laden gingen auf und zu. Sie begann Nägel in die Wand zu schlagen. Auf Wormolds Seite fiel ein Stück Gips heraus und landete im Salat. Die Putzfrau, die täglich kam, hatte eine kalte Mahlzeit vorbereitet.

Milly trat ein, pünktlich auf die Minute. Es kostete ihn immer Mühe, nicht zu zeigen, wie sehr er sich ihrer Schönheit bewußt war. Doch die unsichtbare Duenna blickte kalt durch ihn hindurch, als wäre er ein lästiger Verehrer. Es war lange her, seit sie sich zum letztenmal beurlaubt hatte; fast tat es ihm leid, daß sie so eifrig war, und manchmal hätte er Earl gern wieder brennen gesehen. Milly sprach das Tischgebet und bekreuzigte sich, und er wartete, bis sie fertig war, achtungsvoll, mit gesenktem Kopf. Das Gebet war eines ihrer längeren. Das hieß wahrscheinlich, daß sie keinen Hunger hatte oder daß sie Zeit gewinnen wollte.

«Alles gut gegangen, Vater?» fragte sie höflich. Es war die Frage einer Ehefrau nach vielen Jahren.

«Nicht schlecht. Und bei dir?» Er wurde feig, sobald er sie ansah. Es war ihm in der Seele zuwider, ihr in irgend etwas entgegenzutreten, und er tat sein Bestes, das Thema ihrer Einkäufe so lange wie möglich zu vermeiden. Ihr Taschengeld, das wußte er, war vor zwei Wochen für ein Paar Ohrringe aufgegangen und für eine kleine Statue der heiligen Seraphina.

«Heute war ich die Beste in Dogma und Moraltheorie.»

«Freut mich, freut mich. Was für Fragen?»

«Am besten antwortete ich über ‹Läßliche Sünden›.»

«Ich traf Dr. Hasselbacher heute vormittag», sagte er, scheinbar übergangslos.

Sie erwiderte höflich: «Ich hoffe, es geht ihm gut.» Die Duenna übertrieb, fand er. Man pries die katholischen Schulen, weil sie lehrten, wie man sich zu benehmen hatte. Aber dienten gute Umgangsformen nicht hauptsächlich dazu, guten Eindruck auf Fremde zu machen? Ich *bin* ein Fremder, dachte er traurig. Er war nicht fähig, ihr in ihre seltsame Welt der Kerzen und Spitzen, des Weihwassers und der gebeugten Knie zu folgen. Manchmal war ihm, als hätte er kein Kind.

«Er kommt an deinem Geburtstag, auf ein Glas. Und nachher, dachte ich, könnten wir in ein Nachtlokal gehen.»

«In ein Nachtlokal!» Offenbar schaute die Duenna weg, denn Milly rief aus: «O Gloria Patri!»

«Früher pflegtest du Allelujah zu sagen.»

«Das war in der Vierten. Welches Nachtlokal?»

«Ich dachte, vielleicht das ‹Nacional›.»

«Nicht das ‹Shanghai-Theater›?»

«Bestimmt nicht das ‹Shanghai-Theater›. Ich begreife nicht, woher du überhaupt davon weißt.»

«In einer Schule spricht sich manches herum.»

«Wir haben uns noch nicht über dein Geschenk unterhalten», sagte Wormold. «Ein siebzehnter Geburtstag ist ein besonderer. Ich überlegte eben . . .»

«Ich wünsche mir nichts», sagte Milly. «Nichts auf der ganzen Welt. Wirklich und wahrhaftig.»

Besorgt dachte Wormold an das riesige Paket. Wenn sie wirklich alles gekauft hatte, was sie haben wollte . . . Er redete ihr gut zu: «Es gibt sicher noch etwas, das du dir wünschst.»

«Nichts. Wirklich nichts.»

«Ein neuer Badeanzug», lockte er, ohne rechte Hoffnung.

«Ich wüßte schon etwas . . . Aber ich dachte, wir rechnen es gleich als Weihnachtsgeschenk, auch für nächstes und übernächstes Jahr . . .»

«Was, um Himmels willen?»

«Die Sorge um Geschenke wärst du dann lange los.»

«Sag nicht, du willst einen Jaguar.»

«O nein, kein großes Geschenk. Kein Auto. Es würde Jahre halten. Eine riesig wirtschaftliche Idee. In gewissem Sinne würde es sogar Benzin sparen.»

«Benzin sparen?»

«Und heute besorgte ich das ganze Zubehör. Mit meinem Geld.»

«Du hast kein Geld. Für die heilige Seraphina mußte ich dir drei Pesos leihen.»

«Aber mein Name ist gut.»

«Milly, wie oft habe ich dir schon gesagt, ich will nicht, daß du Schulden machst. Schließlich ist es mein Name, nicht deiner. Und mit meinem Konto geht es bergab.»

«Armer Vater! Stehen wir vor dem Ruin?»

«Oh, wenn erst die Unruhen vorbei sind, werden die Geschäfte wieder anziehen, vermute ich.»

«Ich dachte, in Kuba gibt's dauernd Unruhen. Wenn es zum Äußersten kommt, könnte ich ja Geld verdienen, nicht?»

«Als was?»

«Als Gouvernante zum Beispiel. Wie Jane Eyre.»

«Wer würde dich anstellen?»

«Señor Perez.»

«Milly, was redest du da daher! Er lebt mit seiner vierten Frau, du bist katholisch . . .»

«Vielleicht bin ich berufen, mich der Sünder anzunehmen», sagte Milly.

«Was du zusammenredest, Milly. Außerdem bin ich nicht bankrott. Noch nicht, soviel ich weiß. Milly, was hast du gekauft?»

«Komm, schau's dir an.» Sie führte ihn in ihr Schlafzimmer. Auf dem Bett lag ein Sattel; Zaumzeug hing von der Wand, an den frisch eingeschlagenen Nägeln (einer ihrer besten Abendschuhe hatte dabei den Stöckel eingebüßt); Zügel waren um die Wandlampen geschlungen; auf dem Toilettetisch, an die Wand gelehnt, stand eine Reitgerte. Er sagte bedrückt: «Wo ist das Pferd?» und erwartete fast, es würde aus dem Badezimmer kommen.

«In einem Stall beim Country Club. Rate, wie's heißt.»

«Wie soll ich —»

«Seraphina. Ist das nicht ein Fingerzeig Gottes?»

«Aber, Milly, ich kann auf keinen Fall —»

«Du brauchst nicht sofort zu bezahlen. Sie ist braun.»

«Was hat die Farbe damit zu tun?»

«Sie steht im Zuchtbuch. Von Ferdinand von Kastilien aus Heiliger Teresa. Von Rechts wegen müßte sie das Doppelte kosten. Aber sie setzte über einen Drahtzaun und verriß sich dabei das Fesselgelenk. Jetzt ist sie ganz in Ordnung, bis auf eine kleine Verdickung. Und deshalb kann man sie nicht ausstellen.»

«Meinetwegen kann sie viermal soviel kosten. Die Geschäfte gehen zu schlecht, Milly.»

«Aber ich habe dir doch erklärt, daß du nicht sofort zu bezahlen brauchst. Du kannst in Raten zahlen.»

«Und wenn's tot ist, zahle ich noch immer.»

«Sie ist kein Es. Sie ist eine Sie. Außerdem wird Seraphina viel mehr aushalten als ein Auto. Wahrscheinlich sogar mehr als du.»

«Aber, Milly — allein deine Fahrten zum Stall und die Stallgebühr ...»

«Das habe ich alles mit Hauptmann Segura besprochen. Sein Preis ist nicht zu unterbieten. Zuerst wollte er mich Seraphina umsonst einstellen lassen. Aber ich wußte, es wäre dir nicht recht, wenn ich Gefälligkeiten annähme.»

«Wer ist Hauptmann Segura, Milly?»

«Der Polizeichef von Vedado.»

«Wo hast du den kennengelernt?»

«Oh, er nimmt mich oft im Auto bis Lamparilla mit.»

«Weiß das die Ehrwürdige Mutter?»

Milly sagte gemessen: «Der Mensch braucht ein Privatleben.»

«Hör zu, Milly. Ich kann kein Pferd zahlen, und du nicht diesen ganzen — Kram. Du wirst die Sachen zurücktragen müssen.» Er setzte wütend hinzu: «Und ich dulde nicht, daß du dich von Hauptmann Segura im Wagen mitnehmen läßt.»

«Keine Angst», sagte Milly. «Er rührt mich nicht an. Er singt bloß beim Fahren traurige mexikanische Lieder. Über Blumen und Tod. Und eines über einen Stier.»

«Ich dulde es nicht, Milly. Ich werde mit der Ehrwürdigen Mutter sprechen, und du mußt mir dein Wort geben ...» Er sah, wie sich ihre Augen, grün und bernsteinfarben unter den dunklen Brauen, mit aufsteigenden Tränen füllten, und er spürte, wie Angst näherkam, kopflose, heillose Angst. So hatte ihn seine Frau angeblickt, eines glühendheißen Oktobernachmittags, als sechs Jahre gemeinsamen Lebens ein jähes Ende fanden.

«Du bist doch nicht verliebt in diesen Hauptmann Segura?» sagte er.

Zwei Tränen jagten einander um die Rundung einer Wange, mit einer gewissen Schnittigkeit, und glitzerten wie das Zaumzeug an der Wand; auch sie gehörten zu ihrer Ausrüstung. «Ich pfeife auf Hauptmann Segura», sagte Milly. «Es geht mir nur um Seraphina. Sie ist ein Meter zwanzig hoch und hat ein Maul wie Samt. Das sagen alle.»

«Milly, mein Liebes, wenn ich es mir leisten könnte — das weißt du genau ...»

«Oh, ich wußte es», sagte Milly. «Wußte, daß du so reden würdest, wußte es im Grunde meines Herzens. Zwei Novenen habe ich gebetet, damit's in Erfüllung geht, aber sie haben nicht gewirkt. Und dabei habe ich so achtgegeben. Immer, wenn ich betete, war ich im Stande der Gnade. Aber von jetzt an glaube ich nie mehr an eine Novene. Nie. Nie.» Ihre Stimme hatte den bleibenden Nachhall des Poe'schen Raben. Wormold hatte keinen Glauben, achtete aber stets darauf, alles zu unterlassen, was den ihren schwächen konnte. Nun fühlte er eine beängstigende Verantwortung. Mochte sie nicht im nächsten Augenblick die Existenz Gottes leugnen? Versprechen, die er einst gegeben hatte, tauchten auf und machten ihn schwach.

«Milly, es tut mir leid . . .»

«Ich war auch zweimal öfter bei der Messe.» Ihre ganze Enttäuschung über den alten vertrauten Zauber bürdete sie ihm auf. Es war keine Kunst, davon zu sprechen, wie locker einem Kind die Tränen saßen — aber ein Vater kann nicht darauflos erziehen wie ein Lehrer oder eine Gouvernante. Wer weiß, ob es in der Kindheit nicht einen Augenblick gibt, da sich die Welt für immer verändert — wie wenn man Gesichter schneidet, obwohl die Uhr schlägt.

«Milly, wenn es nächstes Jahr möglich ist, verspreche ich dir . . . Hör zu, Milly, bis dahin darfst du den Sattel behalten und alles übrige.»

«Was nützt ein Sattel ohne Pferd? Und ich sagte Hauptmann Segura . . .»

«Zum Teufel mit Hauptmann Segura — was hast du ihm gesagt?»

«Ich sagte, ich brauche dich nur um Seraphina zu bitten, und du würdest sie mir schenken. Ich sagte, du wärst großartig. Ich sagte nichts von den Novenen.»

«Was kostet sie?»

«Dreihundert Pesos.»

«O Milly, Milly.» Was blieb ihm übrig? Er mußte nachgeben. «Aber einen Teil der Stallgebühr mußt du zahlen. Von deinem Taschengeld.»

«Natürlich.» Sie gab ihm einen Kuß aufs Ohr. «Nächsten Monat fang' ich an.»

Sie wußten beide sehr gut, daß sie nie anfangen würde. «Siehst du, sie haben doch genützt», sagte sie. «Die Novenen, meine ich. Morgen beginne ich eine neue. Fürs Geschäft. Welcher Heilige dafür wohl am besten ist?»

«Soviel ich weiß, ist St. Judas der Schutzpatron hoffnungsloser Fälle», sagte Wormold.

Drittes Kapitel

Es war Wormolds Wachtraum, eines Morgens die Augen aufzuschlagen und zu entdecken, daß er Geld, Aktien und Wertpapiere angehäuft hatte und stete Dividenden bezog wie die reichen Bewohner Vedados. Dann würde er die Vertretung aufgeben und mit Milly nach England zurückkehren, in ein Land, wo es keine Seguras gab und keine bewundernden Pfiffe. Doch der Traum verblaßte, sobald er die große amerikanische Bank in Obispo betrat. Kaum durchschritt er ihr mächtiges, mit vierblättrigem Klee geziertes Steinportal, als er wieder der kleine Händler wurde, der er in Wirklichkeit war, der Mann, dessen Pension nie ausreichen würde, um Milly in sichere Breiten zu bringen.

In einer amerikanischen Bank einen Scheck einzulösen, ist bei weitem nicht so einfach wie in einer englischen. Amerikanische Bankleute glauben an die persönliche Note; der Bankbeamte vermittelt den Eindruck, als wäre er nur zufällig da, als wüßte er sich über den Glücksfall der Begegnung vor Freude kaum zu fassen. «Nein, so was!» scheint die sonnige Herzlichkeit seines Lächelns zu besagen, «wer hätte gedacht, daß ich Sie hier treffen würde, ausgerechnet Sie, und ausgerechnet in einer Bank?» Erst nach dem Austausch von Informationen über Ihre und seine Gesundheit sowie nach Feststellung eines gemeinsamen Interesses an der Köstlichkeit des Winterwetters schieben Sie ihm scheu, Verzeihung heischend, den Scheck zu (wie ermüdend, wie zufallsgebunden derlei Geschäfte doch sind), aber er hat kaum Zeit, einen Blick darauf zu werfen, denn schon klingelt das Telephon auf seinem Schreibtisch. «Nein, so was, Henry!» ruft er erstaunt in den Hörer, als sei auch Henry der letzte, dessen Anruf er an einem solchen Tag erwartet hätte. «Wie geht's, wie steht's?» Bis er es weiß, vergeht geraume Zeit. Der Bankbeamte lächelt Ihnen zu, mit verbindlicher Wehmut: Geschäft ist Geschäft.

«Edith hat gestern abend blendend ausgesehen», sagte der Bankbeamte.

Wormold wetzte ungeduldig auf seinem Sessel.

«Es war ein reizender Abend. Einer der nettesten überhaupt! Mir? Oh, mir geht's gut. Also, was können wir heute für Sie tun?»

«. . . . .»

«Gott, für Sie alles, Henry, das wissen Sie ja... Hundertfünfzigtausend Dollar auf drei Jahre... nein, nein, natürlich geht das ohne Schwierigkeiten bei einem Unternehmen wie Ihrem. Wir brauchen das O. K. aus New York, eine bloße Formsache. Kommen Sie doch einmal vorbei und reden Sie mit dem Chef. Monatliche Abzahlung? Nicht nötig bei einer amerikanischen Firma. Fünf Prozent sollten sich machen lassen. Zweihundertfünfzigtausend auf vier Jahre? Natürlich, Henry.»

Der Scheck in Wormolds Händen schrumpfte bis zur Belanglosigkeit. ‹Dreihundertfünfzig Dollar› — die Schrift schien ihm fast ebenso jämmerlich wie seine Mittel.

«Sehen wir uns morgen bei Mrs. Slater? Bridge, wahrscheinlich. Bringen Sie keine Asse im Ärmel, Henry! Wie lange bis zum O.K.? Oh, nur ein paar Tage, wenn wir kabeln. Morgen um elf? Wann Sie wollen, Henry. Nur herein. Ich sag's dem Chef. Er wird sich wahnsinnig freuen, Sie zu sehen.»

«Verzeihen Sie, Mr. Wormold.» Wieder der Zuname. Vielleicht, dachte Wormold, steht's nicht dafür, sich mit mir gutzustellen. Oder vielleicht trennt uns unsere Staatsbürgerschaft. «Dreihundertfünfzig Dollar?» Ehe der Bankbeamte das Geld ausfolgte, warf er einen unauffälligen Blick auf eine Karteikarte. Doch er hatte kaum begonnen, die Scheine zu zählen, als das Telephon neuerlich schrillte.

«Hallo, Mrs. Ashworth! Wo haben Sie sich versteckt? Drüben in Miami? Ohne Spaß?» Es dauerte mehrere Minuten, bis er mit Mrs. Ashworth fertig war. Als er Wormold das Geld aushändigte, gab er ihm gleichzeitig einen Abschnitt. «Es ist Ihnen doch recht, Mr. Wormold? Sie ersuchten mich, Sie auf dem laufenden zu halten.» Auf dem Abschnitt stand, daß das Konto um fünfzig Dollar überzogen war.

«Durchaus. Sehr freundlich von Ihnen», sagte Wormold. «Doch es besteht kein Grund zur Beunruhigung.»

«Oh, die Bank ist nicht beunruhigt, Mr. Wormold. Sie ersuchten mich, das ist alles.»

Wormold dachte: Wäre mein Konto um 50 000 überzogen, hätte er mich Jim genannt.

2

An diesem Morgen — er wußte nicht recht, warum — hatte er keine Lust, seinen Morgendaiquiri mit Dr. Hasselbacher zu trinken. Es gab Tage, an denen Dr. Hasselbacher ein wenig zu sorglos war, also suchte er nicht die Wunder-Bar auf, sondern Joes Kneipe. Kein Bewohner Havannas ließ sich dort jemals blicken: Joes Kneipe war der Treffpunkt der Touristen. Allerdings war ihre Zahl derzeit betrüblich zusammengeschmolzen, denn die Herrschaft des Präsidenten krachte in allen Fugen. Außer Sicht, in den innersten Räumen der Jefatura, ging es seit jeher unerfreulich zu. Das hatte die Fremden im Nacional und Seville-Biltmore nicht gestört. Doch neuerdings war ein Fremder zufällig erschossen worden, als er unweit der Residenz einen malerischen Bettler photographierte, der unter einem Balkon stand, und dieser Todesfall hatte der Pauschalbesichtigung «inklusive Fahrt an den Strand von Varadero und Havanna at night» den Todesstoß versetzt. Daß die Leica des Opfers ebenfalls in Trümmer ging, hatte seine Genossen am tiefsten beeindruckt. Wormold war nachher Zeuge ihrer Unterhaltung gewesen, in der Bar des Nacional. «Mitten durch die Kamera», sagte einer. «Fünfhundert Dollar futsch wie nichts.»

«War er sofort tot?»

«Klar. Und das Objektiv! Splitter in fünfzig Meter Umkreis. Da: dieses Stück nehme ich mit. Ich werde es Mr. Humpelnicker zeigen.»

An diesem Morgen war die lange Bar leer, bis auf den gepflegten Fremden an ihrem rechten und den stämmigen Angehörigen der Fremdenpolizei an ihrem linken Ende, der seine Zigarre rauchte. Der Engländer war in den Anblick so vieler Flaschen vertieft, und es brauchte eine Weile, ehe er Wormold bemerkte. «Nein, so was!» sagte er. «Mr. Wormold, nicht?» Wormold fragte sich, woher er seinen Namen wußte: er hatte vergessen, ihm seine Karte zu geben. «Achtzehn verschiedene Marken Scotch!» sagte der Fremde. «Inklusive Black Label. Dabei habe ich die Bourbons nicht mitgezählt. Ein prachtvoller Anblick. Prachtvoll!» wiederholte er und senkte die Stimme in Ehrfurcht. «Haben Sie schon je so viele Whiskies gesehen?»

«Um die Wahrheit zu sagen, ja. Ich sammle Miniaturwhiskies. Daheim habe ich neunundneunzig.»

«Interessant. Und was trinken Sie heute? Dimpled Haig?»

«Danke. Ich habe einen Daiquiri bestellt.»

«Kann dieses Zeug nicht trinken. Macht mich schlapp.»

«Haben Sie sich schon für einen Apparat entschieden?» fragte Wormold, um etwas zu sagen.

«Apparat?»

«Einen Staubsauger. Die Dinger, die ich verkaufe.»

«Ah, Staubsauger. Haha. Schütten Sie das Zeug weg und trinken Sie Scotch.»

«Tagsüber trinke ich niemals Scotch.»

«Diese Südländer!»

«Ich sehe keinen Zusammenhang.»

«Macht das Blut dünn. Sonne, meine ich. Sie stammen aus Nizza, was?»

«Woher wissen Sie das?»

«Gott, man schnappt allerhand auf. Spricht mal mit dem, mal mit jenem. Übrigens wollte ich mit Ihnen reden.»

«Bitte.»

«Zu laut hier. Dauerndes Gerenne.»

Keine Behauptung hätte unzutreffender sein können. Nicht einmal draußen, im harten, senkrechten Sonnenlicht, ging jemand vorbei. Der Fremdenpolizist war zufrieden eingenickt, nicht ohne vorher seine Zigarre an einen Aschenbecher gelehnt zu haben. Um diese Tageszeit gab es keine Fremden zu schützen, noch zu überwachen.

«Wenn sich's um einen Staubsauger handelt, kommen Sie ins Geschäft», sagte Wormold.

«Lieber nicht. Möchte mich dort nicht zu oft zeigen. Im Grund gar nicht so schlecht, eine Bar. Man trifft einen Landsmann, wird bekannt — eigentlich ganz natürlich. Oder nicht?»

«Ich verstehe nicht, was Sie meinen.»

«Na, Sie wissen doch, wie das ist.»

«Nein.»

«Würden Sie's unnatürlich finden?»

Wormold gab es auf. Er legte achtzig Cent auf die Theke und sagte:

«Ich muß ins Geschäft zurück.»

«Warum?»

«Ich lasse Lopez nicht gern zu lang allein.»

«Ach ja, Lopez. Ich muß mit Ihnen über Lopez sprechen.» Wiederum neigte Wormold am ehesten zu der Annahme, der Fremde sei ein wunderlicher Inspektor vom Zentralbüro. Doch man konnte es kaum mehr Wunderlichkeit nennen, als er leise sagte:

«Gehen Sie aufs Klo. Ich komme nach.»

«Aufs Klo? Warum?»

«Weil ich nicht weiß, wo's ist.»

In einer irren Welt scheint es am einfachsten, zu gehorchen. Wormold führte den Fremden zu einer Tür im Hintergrund des Raums, dann durch einen kurzen Gang und zeigte auf die Toilette. «Da.»

«Nach Ihnen, mein Lieber.»

«Ich muß aber nicht.»

«Machen Sie keine Schwierigkeiten», sagte der Fremde. Er legte die Hand auf Wormolds Schulter und schob ihn durch die Türe. Drinnen gab es zwei Waschbecken, einen Sessel mit kaputter Lehne und die üblichen Klosette und Pissoirs. «Machen Sie sich's gemütlich», sagte der Fremde. «Ich muß erst den Hahn aufdrehen.» Doch als das Wasser lief, traf er keinerlei Anstalten, sich zu waschen. «Wirkt natürlicher», erklärte er. (Das Wort ‹natürlich› schien zu seinen Lieblingsadjektiven zu gehören.) «Falls wer anrückt. Und stört natürlich ein Mikrophon.»

«Ein Mikrophon?»

«Das glauben Sie nicht? Ganz mit Recht. Wahrscheinlich gibt's an einem solchen Ort kein Mikrophon. Aber die Vorschrift zählt, nur die Vorschrift. Macht sich letzten Endes immer bezahlt, sie zu befolgen. Werden selbst draufkommen. Ein Glück, daß man sich in Havanna noch nicht zu Stöpseln aufgeschwungen hat. Wir können das Wasser einfach laufen lassen.»

«Möchten Sie mir bitte erklären...?»

«Dabei kann man nicht einmal am Klo vorsichtig genug sein, fällt mir eben ein. In Dänemark, 1940, sah einer unserer Leute von seinem eigenen Fenster den Kattegater —»

«Welchen Kater?»

«Den Kattegater Vorstoß der deutschen Flotte. Kapierte natürlich, daß alles aufgeflogen war. Begann seine Papiere zu verbrennen. Asche ins Klo, Kette gezogen. Nachtfrost. Gefrorene Rohre. Alles kam einen Stock tiefer heraus, im Badezimmer einer alten Jungfer — Baronin Soundso. Wollte eben baden. Sehr peinlich für unseren Agenten.»

«Das klingt nach Geheimdienst.»

«Das *ist* der Geheimdienst, mein Lieber. So heißt er wenigstens in den Romanen. Darum wollte ich mich auch mit Ihnen über Ihren Lopez unterhalten. Ist er verläßlich? Oder müssen Sie ihn hinauswerfen?»

«Sind Sie im Geheimdienst?»

«Wenn Sie es so ausdrücken wollen.»

«Warum in aller Welt sollte ich Lopez hinauswerfen? Er ist seit zehn Jahren bei mir.»

«Wir würden Ihnen jemanden schicken, der sich mit Staubsaugern auskennt. Aus dem ff. Aber natürlich überlassen wir das letzte Wort Ihnen.»

«Ich bin aber nicht in Ihrem Dienst.»

«Dazu kommen wir noch, mein Lieber. Jedenfalls haben wir Lopez überprüft. Scheint soweit in Ordnung. Hingegen würde ich Ihren Freund Hasselbacher mit Vorsicht genießen.»

«Woher wissen Sie von Hasselbacher?»

«Gott, ich habe herumgefragt. Man muß ja wohl, in solchen Fällen.»

«In was für Fällen?»

«Woher stammt Hasselbacher?»

«Aus Berlin, glaube ich.»

«Ist er für Osten oder Westen?»

«Wir sprechen nie über Politik.»

«Hat zwar nichts zu sagen — ob Osten oder Westen, beide spielen ‹deutsch›. Denken Sie an den Ribbentrop-Pakt. So erwischt man uns kein zweitesmal.»

«Hasselbacher kümmert sich nicht um Politik. Er ist ein alter Doktor und lebt seit dreißig Jahren hier.»

«Trotzdem, Sie würden sich wundern ... Aber zugegeben, Sie können ihn nicht plötzlich fallenlassen. Wäre zu auffällig. Aber gebrauchen Sie ihn mit Vorsicht. Wenn Sie ihn richtig handhaben, kann er uns unter Umständen nützlich sein.»

«Ich habe nicht die Absicht, ihn zu handhaben.»

«Wird sich bei Ihrem Job nicht umgehen lassen.»

«Ich will keinen Job. Wie kommen Sie überhaupt auf mich?»

«Patriotischer Engländer. Seit Jahren hier. Geachtetes Mitglied des Verbands Europäischer Geschäftsleute. Wir müssen unsern Mann in Havanna haben. Unterseeboote brauchen Treibstoff. Diktatoren machen gemeinsame Sache. Die Großen verwickeln die Kleinen.»

«Atomkraftbetriebene Unterseeboote brauchen keinen Treibstoff.»

«Stimmt, mein Lieber, stimmt. Aber bekanntlich hinken Kriege der Zeit immer nach. Haben auch mit veralteten Waffen zu rechnen. Dann sind da die Wirtschaftsnachrichten: Zucker-, Kaffee-, Tabakproduktion.»

«Das steht alles in den amtlichen Jahrbüchern.»

«Denen trauen wir nicht, mein Lieber. Ferner politische Informationen. Mit Ihren Staubsaugern haben Sie überall Zutritt.»

«Soll ich vielleicht den Staub untersuchen?»

«Sie lachen, mein Lieber, aber wissen Sie, wer zur Dreyfus-Zeit die wichtigsten Nachrichten lieferte? Eine Bedienerin. Klaubte die Zettel aus den Papierkörben der Deutschen Botschaft.»

«Ich weiß nicht einmal, wie Sie heißen.»

«Mandrill.»

«Aber wer sind Sie?»

«Ich organisiere unser karibisches Netz, wenn Sie es so ausdrükken wollen. Augenblick. Es kommt wer. Ich wasche mich. Sie gehen in ein Klosett. Dürfen nicht zusammen gesehen werden.»

«Wir wurden schon zusammen gesehen.»

«Flüchtige Begegnung. Landsleute.» Er stieß Wormold in das

winzige Geviert, so wie er ihn in den Waschraum gestoßen hatte. «Vorschrift. Sie wissen ja.» Dann Stille, bis auf das fließende Wasser. Wormold setzte sich. Was hätte er sonst tun sollen. Als er saß, sah man unter der Halbtüre noch immer seine Beine. Füße gingen über den gekachelten Boden zum Pissoir, Wasser rann weiter. Wormold empfand ein Gefühl grenzenloser Verwirrung. Er fragte sich, warum er diesem Unfug nicht gleich zu Beginn ein Ende gemacht hatte. Kein Wunder, daß Mary nicht bei ihm geblieben war. Er dachte an eine ihrer vielen Szenen. «Warum tust du nicht was? Irgendwas! Ganz gleich, was! Du stehst nur da...» Diesmal zumindest stehe ich nicht, dachte er. Ich sitze. Außerdem — was hätte er sagen sollen? Hatte man ihm Zeit gelassen, ein Wort anzubringen? Minuten verrannen. Was für Riesenblasen Kubaner hatten, und wie rein Mandrills Hände sein mußten. Das Wasser hörte zu fließen auf. Wahrscheinlich trocknete er seine Hände ab. Wormold bedachte, daß es keine Handtücher gab. Wieder ein Problem für Mandrill, doch er würde ihm gewachsen sein. Immer nach der Vorschrift. Endlich schritten die Füße der Türe zu. Die Tür schloß sich.

«Kann ich herauskommen?» fragte Wormold. Es war wie eine Kapitulation. Jetzt stand er unter Order.

Er hörte, wie Mandrill auf den Zehenspitzen näher kam.

«Lassen Sie mir ein paar Minuten Vorsprung. Wissen Sie, wer das war? Der Polizist! Bißchen argwöhnisch, was?»

«Vielleicht hat er meine Beine unter der Tür erkannt. Meinen Sie, wir sollten die Hosen tauschen?»

«Würde nicht natürlich wirken», sagte Mandrill. «Aber langsam merken Sie, worauf's ankommt. Ich lasse meinen Zimmerschlüssel im Waschbecken. Seville-Biltmore, fünfter Stock. Gehen Sie einfach hinauf. Heute zehn Uhr. Verschiedenes zu regeln. Geld, und so weiter. Schnöde Fragen. Verlangen Sie mich nicht beim Portier.»

«Brauchen Sie Ihren Schlüssel nicht?»

«Habe einen Dietrich. Wiedersehen.»

Wormold stand rechtzeitig auf, um zu sehen, wie die Türe ins Schloß fiel, hinter der eleganten Gestalt und dem entsetzlichen Slang. Der Schlüssel lag richtig im Waschbecken — Zimmer 510.

3

Um halb zehn ging Wormold in Millys Zimmer, um gute Nacht zu sagen. Hier, wo die Duenna waltete, war alles, wie es sich gehörte. Die Kerze brannte vor der Statue der heiligen Seraphina, das honigfarbene Gebetbuch lag neben dem Bett, die Kleider waren beiseite geschafft, als hätte es sie nie gegeben, und schwacher Eau-de-Cologne-Duft durchzog den Raum wie Weihrauch.

«Was ist mit dir?» fragte Milly. «Du sorgst dich doch nicht mehr wegen Hauptmann Segura?»

«Du hältst mich niemals zum besten, nicht wahr, Milly?»

«Nein. Warum?»

«Weil alle andern es tun. Wenigstens kommt's mir so vor.»

«Hat dich Mutter auch zum besten gehalten?»

«Wahrscheinlich. Am Anfang.»

«Und Dr. Hasselbacher?»

Er dachte an den Neger, der langsam vorbeigehinkt war, und sagte:

«Vielleicht. Ab und zu.»

«Ein Zeichen von Zuneigung, nicht wahr?»

«Nicht immer. In der Schule, erinnere ich mich —» Er verstummte.

«Woran erinnerst du dich, Vater?»

«Oh, an vieles.»

Kindheit war der Keim alles Mißtrauens. Man wurde grausam verspottet und spottete grausam zurück. Schmerz zufügend, vergaß man den eigenen. Trotzdem, wenn auch nicht aus Verdienst, hatte er nie so gehandelt. Vielleicht aus Charakterschwäche. Schulen formen den Charakter, heißt es, indem sie die Ecken abschleifen. Nun, seine Ecken waren abgeschliffen worden, doch nicht Charakter, fand er, war das Ergebnis, sondern Formlosigkeit, wie ein Stück im Museum für Moderne Kunst.

«Bist du glücklich, Milly?» fragte er.

«O ja.»

«Auch in der Schule?»

«Ja. Warum?»

«Niemand reißt dich mehr an den Haaren?»

«Natürlich nicht.»

«Und du zündest niemanden an?»

«Das war, als ich dreizehn war», sagte sie verachtungsvoll. «Weshalb machst du dir Sorgen, Vater?»

Sie setzte sich auf, in einem weißen Nylonschlafrock. Er liebte sie, wenn die Duenna da war, und er liebte sie sogar noch mehr, wenn die Duenna fort war. Er konnte es sich nicht leisten, sie nicht zu lieben. Die Zeit verging zu rasch. Es war, als begleitete er Milly ein Stück auf eine Reise, die sie allein beenden mußte. Die trennenden Jahre näherten sich beiden wie eine Station weit unten an der Strecke, lauter Gewinn für sie, lauter Verlust für ihn. Diese

Abendstunde war wirklich, nicht aber Mandrill, absurd und geheimnisvoll, nicht die Grausamkeit der Polizeibüros und Regierungen, nicht die Wissenschaftler, die auf der Weihnachtsinsel die neueste Wasserstoffbombe testeten, oder Chruschtschow, der Noten ausschickte. Sie alle dünkten ihn minder wirklich als die unzulänglichen Foltern eines Schulschlafsaals. Der kleine Junge mit dem nassen Handtuch, an den er eben gedacht hatte — wo war er nun? Die Grausamen kommen und gehen wie Städte und Throne und Mächte, Trümmer im Gefolge, aber ohne Dauer. Der Clown jedoch, den er voriges Jahr mit Milly im Zirkus gesehen hatte, dieser Clown dauerte fort, denn seine Nummer blieb immer dieselbe. So sollte man leben, so und nicht anders. Der Clown blieb unberührt von den Launen der Politiker, von den ungeheuerlichen Entdeckungen der Großen.

Wormold blickte in eine Fensterscheibe und begann, Gesichter zu schneiden.

«Was treibst du, Vater?»

«Ich wollte mich zum Lachen bringen.»

Milly kicherte. «Ich dachte, du wärst ernst und traurig.»

«Darum wollte ich lachen. Erinnerst du dich an den Clown von vorigem Jahr, Milly?»

«Er stieg von der obersten Leitersprosse in die Luft und fiel in ein Faß Tünche.»

«In dieses Faß fällt er jeden Abend um zehn. Wir sollten alle Clowns sein, Milly. Lerne nie aus Erfahrung.»

«Die Ehrwürdige Mutter sagt...»

«Hör nicht auf sie. Gott lernt auch nicht aus Erfahrung. Wie könnte er sonst vom Menschen das geringste erhoffen? Die Wissenschaftler sind an allem schuld. Sie addieren die Ziffern und kommen immer auf die gleiche Summe. So war es mit Newtons Entdeckung der Schwerkraft — er lernte aus Erfahrung, und dann...»

«Ich dachte von einem Apfel.»

«Das bleibt sich gleich. Es war nur eine Frage der Zeit, bis Lord Rutherford hinging und das Atom spaltete. Auch er lernte aus Erfahrung, so wie die Menschen von Hiroshima. Wären wir nur zu Clowns geboren! Dann könnte uns nichts Ärgeres passieren als ein paar blaue Flecken und ein Guß Tünche. Lerne nie aus Erfahrung, Milly. Sie zerstört unsern Frieden und unser Leben.»

«Was machst du jetzt?»

«Ich versuche, mit den Ohren zu wackeln. Früher konnte ich es. Jetzt geht's nicht mehr.»

«Bist du noch immer unglücklich wegen Mutter?»

«Manchmal.»

«Liebst du sie noch?»

«Vielleicht. Ab und zu.»

«Sie war wohl sehr schön, als sie jung war?»

«Sie kann noch nicht alt sein. Sechsunddreißig.»

«Alt genug.»

«Erinnerst du dich überhaupt nicht mehr an sie?»

«Nicht sehr gut. Sie war viel fort, nicht wahr?»

«Ziemlich viel.»

«Ich bete natürlich für sie.»

«Worum betest du? Daß sie zurückkommt?»

«O nein, das nicht. Wir können sie entbehren. Ich bete, daß sie eines Tages wieder eine gute Katholikin sein wird.»

«Ich bin kein guter Katholik.»

«Das ist nicht dasselbe. Du bist von unbezwinglicher Unwissenheit.»

«Ja, das glaube ich fast auch.»

«Das soll keine Beleidigung sein, Vater. Nur Theologie. Du wirst erlöst werden wie die guten Heiden. Wie Sokrates, zum Beispiel, und Cetewayo.»

«Wer war Cetewayo?»

«Ein Zulukönig.»

«Worum betest du noch?»

«Gott, in letzter Zeit habe ich mich natürlich auf das Pferd konzentriert.»

Er gab ihr einen Gutenachtkuß. «Wohin gehst du?» fragte sie.

«Ich habe verschiedenes zu erledigen», sagte er. «Wegen des Pferds.»

«Ich mach' dir eine Menge Ungelegenheiten», sagte sie ausdruckslos. Dann seufzte sie vor Behagen und zog das Bettuch ans Kinn. «Herrlich, nicht wahr, wie man immer kriegt, worum man betet.»

Viertes Kapitel

I

An jeder Straßenecke standen Männer und riefen ihm «Taxi» zu wie einem Fremden, und den ganzen Paseo entlang sprachen ihn alle paar Schritte die Zuhälter an, automatisch, ohne echte Hoffnung. «Kann ich Ihnen dienen, Sir?» «Ich kenne alle hübschen Mädchen.» «Sie suchen eine schöne Frau.» «Ansichtskarten?» «Sie wollen zu einem dreckigen Film.» Kinder, als er nach Havanna gekommen war, hatten sie um einen Vierteldollar auf sein Auto aufgepaßt und sich nie an ihn gewöhnt, obgleich sie ihn täglich sahen. Für sie würde er nie zu den Einwohnern zählen, sondern blieb ein seßhafter Tourist, und so probierten sie's wieder und wieder. Früher oder später, davon waren sie überzeugt, würde er Tarzan im San-Francisco-Bordell an der Arbeit sehen wollen, und wie dem Clown blieb ihnen zumindest der Trost, aus Erfahrung nicht zu lernen.

Ecke Virdudes rief Dr. Hasselbacher, der in der Wunder-Bar stand:

«Mr. Wormold! Wohin so eilig?»

«Ich habe eine Verabredung.»

«Für einen Scotch ist immer Zeit.» Aus der Art, wie Dr. Hasselbacher ‹Scotch› aussprach, war ersichtlich, daß er bereits Zeit für eine ganze Anzahl gefunden hatte.

«Ich bin jetzt schon zu spät dran.»

«In dieser Stadt gibt's kein Zuspät, Mr. Wormold. Außerdem habe ich ein Geschenk für Sie.»

Wormold trat vom Paseo in die Bar. Er lächelte trüb bei der Frage, die ihm einfiel. «Sind Sie für Osten oder Westen, Hasselbacher?»

«Osten oder Westen? Ach, *das*! Zum Teufel mit beidem.»

«Was für ein Geschenk haben Sie für mich?»

«Ich bat einen meiner Patienten, sie aus Miami mitzubringen», sagte Hasselbacher und zog zwei Miniaturwhiskyflaschen aus der Tasche, Lord Calvert und Old Taylor. «Haben Sie sie schon?» fragte er besorgt.

«Den Calvert. Nicht den Taylor. Es war sehr gut von Ihnen, an meine Sammlung zu denken, Hasselbacher.» Es schien Wormold stets seltsam, daß er für andere auch in seiner Abwesenheit existierte.

«Wie viele haben Sie jetzt?»

«Hundert mit dem Bourbon und dem Irish. Sechsundsiebzig Scotch.»

«Wann trinken Sie sie aus?»

«Vielleicht, wenn ich zweihundert habe.»

«Wissen Sie, was ich an Ihrer Stelle damit täte? Dame spielen! Wer einen Stein nimmt, trinkt ihn.»

«Keine schlechte Idee.»

«Ein logisches Handicap ist an der Sache», sagte Hasselbacher. «Das ist das Schöne daran: der bessere Spieler muß mehr trinken. Bedenken Sie, wie raffiniert! Trinken Sie noch einen Scotch.»

«Vielleicht wirklich.»

«Ich brauche Ihre Hilfe. Heute früh hat mich eine Wespe gestochen.»

«Sie sind der Arzt, nicht ich.»

«Darum geht es nicht. Eine Stunde später, auf dem Weg zu einem Kranken, der draußen beim Flugplatz wohnt, überfuhr ich ein Huhn.»

«Ich begreife noch immer nicht.»

«Mr. Wormold, Mr. Wormold! Wo haben Sie Ihre Gedanken? Kommen Sie auf die Erde zurück! Wir müssen sofort ein Los kaufen, vor der Ziehung. Siebenundzwanzig bedeutet Wespe. Siebenunddreißig Huhn.»

«Aber ich habe eine Verabredung.»

«Verabredungen können warten. Trinken Sie Ihren Scotch aus. Wir müssen auf den Markt, ein Los kaufen.» Wormold folgte ihm zu seinem Wagen. Dr. Hasselbacher war gläubig wie Milly, wurde von Zahlen beherrscht wie sie von Heiligen.

Rund um den Markt hingen die wichtigsten Nummern, rot und blau. Die sogenannten häßlichen lagen unter den Ladentischen und harrten der Plebs und der Straßenhändler, zu weiterem Verkauf. Sie waren unwichtig, enthielten keine bedeutsame Zahl, keine Ziffer, die für Nonne oder Katze, Huhn oder Wespe stand. «Da», zeigte Wormold. «2 7 4 8 3.»

«Eine Wespe ohne Huhn nützt nichts», sagte Doktor Hasselbacher. Sie parkten den Wagen und gingen zu Fuß. In dieser Gegend gab es keine Zuhälter. Lotterie war ein ernstes Gewerbe, unverdorben vom Fremdenverkehr. Jede Woche wurden die Nummern von einer Regierungsstelle verteilt. Die Anzahl der Lose, die jedem Politiker zustand, entsprach der Bedeutung seiner Anhängerschaft. Er zahlte dem Staat 18 Dollar pro Los und verkaufte es den Händlern um 21. Selbst wenn sein Anteil lumpige zwanzig Lose betrug, konnte er mit einem Wochenverdienst von sechzig Dollar rechnen. Eine schöne Nummer voll volkstümlicher Omen brachte den Händlern bis zu dreißig Dollar ein. Solche Gewinne waren dem kleinen Straßenverkäufer natürlich unerreichbar. Nur mit häßlichen Nummern, die ihn noch dazu pro Stück dreiundzwanzig Dollar gekostet hatten, mußte er tatsächlich arbeiten, um sein Brot zu verdienen. Er teilte ein Los zum Beispiel in hundert Anteile zu je fünfundzwanzig Cent; trieb sich auf Parkplätzen herum, bis er ein Auto fand, dessen Nummer mit einem seiner Lose übereinstimmte (kein Autobesitzer konnte einem solchen Zufall widerstehen); ja, er durchforschte sogar das Telephonbuch und riskierte für einen Anruf einen Vierteldollar: «Ich habe ein Los zu verkaufen, Señora. Dieselbe Nummer wie Ihr Telephon.»

«Da!» sagte Wormold. «37 und 72.»

«Nicht gut genug», erwiderte Dr. Hasselbacher mit Bestimmtheit.

Er sah jene Loslisten durch, deren Nummern man zu häßlich fand, um sie zur Schau zu stellen. Aber man konnte nie wissen; Schönheit war nicht jedem schön; vielleicht gab es Leute, die eine Wespe unbedeutend fanden. Die Sirene eines Polizeiautos heulte durch das Dunkel rund um drei Seiten des Marktes, ein Auto ratterte vorbei. Ein Mann saß auf dem Randstein — sein Hemd zeigte eine einzige Nummer wie das Hemd eines Sträflings — und sagte: «Der Rote Geier.»

«Wer ist der Rote Geier?»

«Hauptmann Segura, natürlich», sagte Dr. Hasselbacher. «Was für ein geborgenes Leben Sie führen!»

«Warum nennt man ihn so?»

«Verstümmelung und Folter sind seine Spezialität.»

«Folter?»

«Hier ist nichts», sagte Dr. Hasselbacher. «Versuchen wir's in Obispo.»

«Warum warten Sie nicht bis morgen früh?»

«Morgen ist der letzte Tag. Außerdem — was für Fischblut fließt in Ihren Adern, Mr. Wormold? Wem das Schicksal einen solchen Wink gibt, Wespe und Huhn, der hat ihn unverzüglich zu befolgen. Man muß sein Glück verdienen.»

Sie stiegen wieder ins Auto und fuhren nach Obispo.

«Dieser Hauptmann Segura —», begann Wormold.

«Ja?»

«Nichts.»

Es wurde elf, ehe sie ein Los fanden, das Dr. Hasselbachers Ansprüchen genügte. Allerdings sperrte das Geschäft, das es zum Kauf anbot, erst am nächsten Morgen auf. Also blieb nichts übrig als weiterzutrinken. «Wo ist Ihre Verabredung?»

«Seville-Biltmore», sagte Wormold.

«Mir ist jeder Ort recht», sagte Dr. Hasselbacher.

«Glauben Sie nicht, wir sollten lieber in die Wunder-Bar...?»

«Nein, nein. Abwechslung wird uns guttun. Wer nicht imstande ist, seine Bar zu wechseln, wird alt.»

Sie tasteten sich durch die dunkle Bar des Seville-Biltmore, der anderen Gäste nur undeutlich gewahr, die zusammengekauert saßen, in Schatten und Schweigen, wie Fallschirmjäger in düsterer Erwartung des Absprungbefehls. Doch Dr. Hasselbachers Lebensgeister verloren nichts von ihrem hohen Alkoholgehalt.

Wormold versuchte seine Hochstimmung zu dämpfen. «Sie haben noch nicht gewonnen», flüsterte er. Doch selbst das Flüstern bewirkte, daß ein Kopf sich ihnen in der Dunkelheit vorwurfsvoll zuwandte.

«Heute abend schon», sagte Dr. Hasselbacher mit lauter, fester Stimme. «Morgen vielleicht verloren. Aber meinen heutigen Gewinn kann mir niemand rauben. Hundertvierzigtausend Dollar, Mr. Wormold! Ein Jammer, daß ich für Frauen zu alt bin — mit einem Rubinhalsband hätte ich eine schöne Frau sehr glücklich machen können. Jetzt bin ich ratlos. Wie soll ich mein Geld ausgeben, Mr. Wormold? Ein Spital beschenken?»

«Verzeihung», flüsterte eine Stimme aus dem Dunkel, «hat der Mensch wirklich hundertvierzig Tausender gewonnen?»

«Jawohl, Sir», sagte Dr. Hasselbacher bestimmt, ehe Wormold etwas erwidern konnte. «Und zwar so sicher, wie es Sie gibt, mein fast ungesehener Freund. Sie gäbe es nicht, wenn ich nicht glaubte, daß es Sie gibt, und ebenso steht's mit den Dollars. Ich glaube, also sind Sie.»

«Was soll das heißen, es gäbe mich nicht?»

«Es gibt Sie nur in meiner Vorstellung, mein Freund. Verließe ich diesen Raum —»

«Sie sind verrückt.»

«Dann beweisen Sie, daß es Sie gibt.»

«Was soll das heißen, beweisen? Natürlich gibt's mich. Ich habe ein erstklassiges Realitätenbüro; Frau und Kinder in Miami; bin heute früh mit Delta herübergeflogen; trinke diesen Scotch, oder vielleicht nicht?» Die Stimme klang entfernt nach Tränen.

«Armer Kerl», sagte Dr. Hasselbacher. «Sie hätten einen einfallsreicheren Schöpfer verdient. Warum ist mir für Sie nichts Besseres eingefallen als Miami und Realitäten? Etwas Phantasievolleres? Ein Name, den man sich merkt?»

«Was paßt Ihnen nicht an meinem Namen?»

Die Fallschirmjäger zu beiden Enden der Bar bebten vor geballter Mißbilligung; vor dem Absprung hatte man Haltung zu bewahren.

«Nichts, das sich mit einiger Überlegung nicht einrenken ließe.»

«Sie brauchen in Miami nur nach Harry Morgan zu fragen ...»

«Wirklich, mir hätte etwas Besseres einfallen sollen», sagte Dr. Hasselbacher. «Aber wissen Sie was? Ich gehe ein paar Minuten hinaus und eliminiere Sie. Dann komme ich zurück, mit einer verbesserten Fassung.»

«Was soll das heißen, verbesserte Fassung?»

«Also passen Sie auf: hätte mein Freund Sie erfunden — Mr.

34

Wormold, den Sie hier sehen —, wären Sie besser drangewesen. Er hätte Sie nach Oxford geschickt, Ihnen einen Namen wie Pennyfeather gegeben...»

«Was soll das heißen, Pennyfeather? Sie haben getrunken.»

«Natürlich habe ich getrunken. Alkohol schwächt die Einbildungskraft. Darum habe ich Sie mir auch so läppisch ausgedacht: Miami, Realitäten, Deltapassagier. Pennyfeather wäre aus Europa gekommen, mit K. L. M., und tränke sein Nationalgetränk: roten Gin.»

«Ich trinke Scotch, und er schmeckt mir.»

«Sie glauben, Sie trinken Scotch. Oder, um es genau zu sagen, ich habe mir ausgedacht, daß Sie Scotch trinken. Aber das werden wir gleich haben», sagte Dr. Hasselbacher fröhlich. «Ich gehe ein paar Minuten in die Hall und denke mir ein paar feine Verbesserungen aus.»

«Sie können sich mit mir nicht herumspielen», sagte der Mann verängstigt.

Dr. Hasselbacher leerte sein Glas, legte einen Dollar auf die Theke und erhob sich mit schwankender Würde. «Sie werden mir noch danken», sagte er. «Was darf es sein? Verlassen Sie sich auf mich und Mr. Wormold. Ein Maler, ein Dichter — oder wären Sie lieber ein Abenteurer, ein Waffenschmuggler, ein Geheimagent?»

Auf der Schwelle verbeugte er sich vor dem Schatten, der in Bewegung geraten war. «Und verzeihen Sie mir, bitte. Wegen der Realitäten.»

«Er ist besoffen oder verrückt», sagte die Stimme nervös, Zuspruch heischend. Doch die Fallschirmjäger schwiegen.

«Ich werde mich jetzt verabschieden», sagte Wormold. «Ich bin schon zu spät dran.»

«Ich begleite Sie und erkläre, wie es kam, daß ich Sie aufhielt», sagte Dr. Hasselbacher. «Das ist das mindeste. Ihr Freund wird verstehen, sobald ich ihm von meinem Treffer erzähle.»

«Das ist nicht nötig», sagte Wormold. «Das ist wirklich nicht nötig.» Mandrill würde übereilte Schlüsse ziehen, das wußte er. Ein vernünftiger Mandrill, sofern es einen solchen überhaupt gab, war schlimm genug. Aber ein argwöhnischer Mandrill... Sein Denken scheute bei dem Gedanken.

Er steuerte auf den Lift zu, von Dr. Hasselbacher beharrlich gefolgt. Großzügig übersah der Doktor ein rotes Licht, ein warnendes ‹Achtung, Stufe›, und stolperte. «Herrje», sagte er, «mein Knöchel.»

«Gehen Sie nach Hause, Hasselbacher», sagte Wormold verzweifelt. Er betrat den Lift, aber Dr. Hasselbacher holte ihn ein, nach beachtlicher Temposteigerung. «Es gibt keinen Schmerz, den Geld nicht zu heilen vermöchte. Seit langem unterhielt ich mich nicht so gut wie heute abend.»

«Sechster Stock», sagte Wormold. «Ich will allein sein, Hasselbacher.»

«Warum? Verzeihen Sie. Ich habe Schluckauf.»

«Meine Verabredung ist privater Natur.»

«Eine schöne Frau, Mr. Wormold? Sie sollen einen Teil meines Geldes kriegen, um —»

«Natürlich keine Frau. Geschäfte.»

«Privatgeschäfte?»

«Das sagte ich bereits.»

«Was kann an einem Staubsauger so privat sein, Mr. Wormold?»

«Eine neue Filiale», sagte Wormold, und der Mann, der den Lift bediente, meldete: «Sechster Stock.»

Wormold war Hasselbacher voraus, sein Hirn weniger benebelt. Die Zimmer lagen wie Gefängniszellen an den vier Seiten einer Veranda in Rechteckform. Zwei kahle Köpfe blinkten von unten herauf wie Verkehrsampeln. Er hinkte der Ecke zu, wo die Treppe begann, und Dr. Hasselbacher hinkte ihm nach, aber Wormold war im Hinken geübt. «Mr. Wormold», rief Dr. Hasselbacher, «Mr. Wormold, ich würde Ihnen mit Vergnügen hunderttausend meiner Dollars . . .»

Wormold erreichte die letzte Stufe, während Dr. Hasselbacher sich noch mit der ersten abmühte; 510 war nicht weit. Er sperrte die Türe auf. Im Licht einer leeren Tischlampe sah er einen leeren Salon. Er schloß die Tür sehr leise. Dr. Hasselbacher war noch immer auf der Stiege. Wormold stand unbeweglich, horchte und hörte, wie Dr. Hasselbacher an der Türe vorbeiging — Schritt — Pause — Schluckauf — und sich langsam entfernte. Ich komme mir vor wie ein Spion, dachte er. Ich benehme mich wie ein Spion. Das Ganze ist absurd. Was soll ich Hasselbacher morgen sagen?

Die Schlafzimmertür war geschlossen, und er begann auf sie zuzugehen. Plötzlich blieb er stehen. Schlafende Hunde beißen nicht. Mochte Mandrill zu ihm kommen, wenn er etwas von ihm wollte. Doch ein gewisses neugieriges Interesse an Mandrill bewog ihn, zum Abschied das Zimmer zu besichtigen.

Auf dem Schreibtisch lagen zwei Bücher, gleiche Exemplare von Lambs ‹Nacherzähltem Shakespeare›. Ein Notizblock — vielleicht hatte Mandrill für ihre Zusammenkunft Verschiedenes notiert — trug die Vermerke: ‹1. Gehalt. 2. Spesen. 3. Nachrichtenübermitt-

lung. 4. Charles Lamb. 5. Tinte.› Eben wollte er den Lamb auf-
schlagen, als eine Stimme sagte: «Hände hoch. *Arriba los manos*.»

«*Las manos*», verbesserte Wormold. Daß es Mandrill war, er-
leichterte ihn.

«Ach, Sie sind's bloß», sagte Mandrill.

«Ich habe mich verspätet. Tut mir leid. Ich war aus — mit Hasselbacher.»

Mandrill trug einen lila Seidenpyjama. Ein Monogramm — S.
M. — war auf die Tasche gestickt. Das gab ihm etwas Königliches.
«Ich war eingeschlafen. Plötzlich hörte ich Sie herumgehen.» Es
war, als hätte man ihn ohne seinen Slang ertappt; er hatte noch
keine Zeit gehabt, ihn mit den Kleidern anzuziehen. «Sie haben
den Lamb verschoben!» sagte er anklagend, als sei er für den Zustand einer Heilsarmeekapelle verantwortlich.

«Entschuldigen Sie. Ich habe mich nur umgesehen.»

«Macht nichts. Ein Beweis, daß Sie begabt sind.»

«Sie scheinen für dieses Buch viel übrig zu haben.»

«Eines ist für Sie.»

«Ich habe es aber schon gelesen», sagte Wormold. «Vor Jahren.
Und ich mag Lamb nicht.»

«Es ist nicht zum Lesen gedacht. Haben Sie noch nie von einem
Buchkode gehört?»

«Wenn Sie es durchaus wissen wollen — nein.»

«Ich werde es Ihnen gleich erklären. Ein Exemplar behalte ich.
Wenn Sie mir schreiben, brauchen Sie nur die Seite und die Zeile
anzugeben, wo Sie mit dem Chiffrieren beginnen. Natürlich ist
ein Buchkode leichter zu sprengen als ein Maschinenkode, aber noch
immer schwer genug für die Hasselbachers.»

«Könnten Sie nicht aufhören, an Dr. Hasselbacher zu denken?»

«Wenn wir Ihr Büro erst richtig organisiert haben — ausrei-
chende Sicherheitsvorkehrungen, Kombinationssafe, Funkanlage,
geschultes Personal und so weiter — werden wir einen derart pri-
mitiven Kode natürlich aufgeben. Aber selbst der ist verdammt
schwer zu entschlüsseln, solange man nicht Titel und Ausgabe des
Buches kennt — außer, man ist ein erfahrener Geheimschriftfachmann.»

«Warum Lamb?»

«Das einzige Buch, das es doppelt gab, außer ‹Onkel Toms
Hütte›. Ich hatte es eilig und mußte noch vor meiner Abfahrt etwas in der C. T. S.-Buchhandlung in Kingston auftreiben. Ach ja,
es gab noch ein Buch: ‹Die brennende Lampe: Ein Handbuch der
Abendandacht›. Aber falls Sie kein gläubiger Mensch sind, dachte
ich, wäre es in Ihrem Bücherschrank zu auffällig.»

«Ich bin keiner.»

«Ich hab' Ihnen auch Tinte mitgebracht. Haben Sie eine elektrische Teekanne?»

«Ja. Warum?»

«Zum Brief-Aufmachen. Unsere Leute müssen für alle Eventualitäten gerüstet sein.»

«Wozu Tinte? Zu Hause habe ich Tinte genug.»

«Geheimtinte natürlich. Falls Sie etwas mit gewöhnlicher Post schicken müssen. Ihre Tochter hat doch eine Stricknadel?»

«Sie strickt nie.»

«Dann müssen Sie eine kaufen. Am besten Plastik. Stahl hinterläßt manchmal Spuren.»

«Spuren? Wo?»

«An den Briefumschlägen, die Sie öffnen.»

«Warum, in aller Welt, sollte ich Briefumschläge öffnen?»

«Sie könnten es beispielsweise für nötig erachten, Dr. Hasselbachers Post zu lesen. Dazu brauchen Sie natürlich einen Unteragenten auf dem Postamt.»

«Ich lehne es auf das entschiedenste ab —»

«Seien Sie nicht bockig. Ich lasse mir seinen Akt aus London schicken. Wenn er da ist, entscheiden wir wegen seiner Post. Noch ein Rat: Sollte Ihnen die Tinte ausgehen, nehmen Sie Vogeldreck. Oder bin ich Ihnen zu schnell?»

«Ich habe noch nicht einmal gesagt, daß ich bereit bin...»

«London bewilligt 150 Dollar monatlich plus weitere 150 für Spesen — die Sie natürlich belegen müssen. Entlohnung von Unteragenten, und so weiter. Für alles, was darüber hinausgeht, brauchen Sie eine Sondergenehmigung.»

«Sie sind mir viel zu schnell.»

«Einkommensteuerfrei, natürlich», sagte Mandrill und zwinkerte vertraulich. Das Zwinkern paßte nicht recht zum königlichen Monogramm.

«Sie müssen mir Zeit lassen...»

«Ihre Kodenummer ist 59200 Strich 5.» Er fügte stolz hinzu: «*Ich* bin natürlich 59200. Ihre Unteragenten numerieren Sie 59200 Strich 5 Strich 1 und so weiter. Sie verstehen doch?»

«Ich kann mir nicht vorstellen, von welchem Nutzen ich für Sie sein kann.»

«Sie sind Engländer. Oder nicht?» sagte Mandrill prompt.

«Natürlich bin ich Egländer.»

«Und Sie weigern sich, Ihrem Land zu dienen?»

«Das sagte ich nicht. Aber die Staubsauger nehmen viel Zeit in Anspruch.»

Wer Geld braucht . . .

... und nicht flüssig ist, ist leicht fällig – wenigstens für den Geheimdienst.

Ein erschreckend-verlockendes Angebot. Erschreckend: Als Agent weiß man nie, wo und wie man aufwacht und ob überhaupt. Verlockend: Mit dem steuerfreien Agentensold könnte Mr. Wormold nach und nach seinen Lieblingstraum von Seite 21 erfüllen, eines Morgens aufzuwachen und zu entdecken, daß er Geld, Aktien und Wertpapiere angehäuft hatte und stete Dividenden und Zinsen bezog.

«Sie sind eine ausgezeichnete Tarnung», sagte Mandrill. «Sehr gut ausgedacht. Ihr Beruf wirkt recht natürlich.»

«Aber er *ist* natürlich.»

«Gestatten Sie», sagte Mandrill bestimmt, «jetzt müssen wir unsern Lamb durchnehmen.»

2

«Milly», sagte Wormold, «du hast keine Haferflocken gegessen.»

«Ich esse keine Haferflocken mehr.»

«Und nur ein Stück Zucker in den Kaffee. Du willst doch nicht abnehmen?»

«Nein.»

«Oder Buße tun?»

«Nein.»

«Du wirst zu Mittag furchtbar hungrig sein.»

«Daran habe ich schon gedacht. Ich werde eine Riesenportion Kartoffeln essen.»

«Milly, was steckt da dahinter?»

«Ab heute spare ich. Während der Nachtwachen kam mir plötzlich zu Bewußtsein, wieviel ich dich koste. Es war wie eine Stimme. Fast hätte ich gesagt: ‹Wer bist du?› Aber ich fürchtete, sie würde antworten: ‹Dein Herr und Gott.› Ich bin nämlich im richtigen Alter.»

«Wofür?»

«Stimmen. Als die heilige Therese ins Kloster ging, war sie jünger als ich.»

«Los, Milly, erzähl mir nicht, daß du die Absicht hast —»

«Habe ich ja nicht. Ich glaube, Hauptmann Segura hat recht. Er sagte, ich bin fürs Kloster nicht geschaffen.»

«Weißt du, wie man deinen Hauptmann Segura nennt, Milly?»

«Ja. Den roten Geier. Er foltert Gefangene.»

«Gibt er das zu?»

«Oh, bei mir zeigt er sich natürlich von seiner besten Seite. Aber er hat ein Zigarettenetui aus Menschenhaut. Er sagt, es ist Kalbleder. Als ob ich nicht wüßte, wie Kalbleder aussieht.»

«Du mußt mit ihm Schluß machen, Milly.»

«Werde ich auch. Nach und nach. Aber zuerst muß ich Seraphina unterbringen. Und das erinnert mich an die Stimme.»

«Was sagte die Stimme?»

«Sie sagte — mitten in der Nacht klang es natürlich apokalyptischer —: ‹Du hast dir zuviel vorgenommen, mein Kind. Was ist mit dem Country-Club›?»

«Was ist mit dem Country-Club?»

«Der einzige Ort, wo ich richtig reiten kann, und wir sind nicht Mitglied. Was nützt ein Pferd im Stall? Hauptmann Segura ist natürlich Mitglied, aber an ihn wollte ich mich nicht wenden. Ich wußte, es wäre dir nicht recht. Also dachte ich, wenn ich dir mit Fasten helfen könnte den Haushalt einzuschränken...»

«Was soll —?»

«Dann könntest du dir vielleicht leisten, Mitglied zu werden. Mit einer Familienmitgliedschaft. Aber du müßtest mich als Seraphina anmelden. Irgendwie klingt es passender als Milly.»

Es schien Wormold, als sei an ihren Worten etwas Vernünftiges. Nicht Milly — Mandrill gehörte der gnadenlosen, unbegreiflichen Welt der Kindheit an.

Im Keller des riesigen Stahl- und Betongebäudes in der Nähe von Maida Vale wurde ein rotes Licht grün — es leuchtete von einem Türrahmen — und Mandrill trat ein. Seine Eleganz war in Jamaica zurückgeblieben: er trug einen grauen Flanellanzug, der bessere Zeiten gesehen hatte. Daheim brauchte er nicht zu repräsentieren; er gehörte zum grauen Londoner Januar.

Der Chef saß an einem Schreibtisch, auf dessen Platte ein ungeheurer Briefbeschwerer aus grünem Marmor ein einziges Blatt Papier niederhielt. Ein Glas, halbgefüllt mit Milch, eine Flasche graue Pillen und eine Schachtel Kleenex standen neben dem schwarzen Telephon. (Das rote diente Störzwecken.) Schwarzer Gehrock, schwarze Krawatte und schwarzes Monokel, das das linke Auge verdeckte, gaben ihm den Anschein eines Bestattungsunternehmers, ebenso wie der Kellerraum wie ein Gewölbe wirkte, ein Mausoleum, ein Grab.

«Sie ließen mich rufen, Sir?»

«Nur ein Plausch, Mandrill, nur ein Plausch.» Es war, als äußerte ein Leichenträger nach des Tages Begräbnissen düster ein paar Worte. «Wann sind Sie zurückgekommen, Mandrill?»

«Vor einer Woche, Sir. Freitag fahre ich wieder nach Jamaica.»

«Alles in Ordnung?»

«Ich glaube, das karibische Gebiet ist unter Dach und Fach, Sir», sagte Mandrill.

«Martinique?»

«Keinerlei Schwierigkeiten, Sir. Sie wissen ja: in Fort de France arbeiten wir mit dem Deuxième Bureau.»

«Doch nur bis zu einem gewissen Grad?»

«Natürlich. Nur bis zu einem gewissen Grad. Haiti war nicht ganz so einfach, aber 59 200 Strich 2 bewährt sich. Weniger zuversichtlich war ich anfangs bezüglich 59 200 Strich 5.»

«Strich fünf?»

«Unser Mann in Havanna, Sir. Dort hatte ich nicht viel Auswahl, und anfangs schien er auf den Job nicht sehr erpicht. Ein bißchen dickköpfig.»

«Diese Leute entwickeln sich oft am besten.»

«Ja, Sir. Auch über seine Beziehungen war ich nicht sehr glücklich. (Er verkehrt mit einem Deutschen namens Hasselbacher, aber bis jetzt haben wir noch nichts über ihn gefunden.) Trotzdem scheint er vorwärtszukommen. Knapp vor meiner Abreise kam ein Ansuchen um Bewilligung zusätzlicher Spesen.»

«Immer ein gutes Zeichen.»

«Ja, Sir.»

«Zeigt, daß die Phantasie arbeitet.»

«Ja. Er wollte dem Country Club beitreten. Treffpunkt der Millionäre. Beste Informationsquelle für Wirtschaft und Politik. Der Mitgliedsbeitrag ist sehr hoch, etwa das Zehnfache von White's, aber ich habe es bewilligt.»

«Richtig. Wie sind seine Berichte?»

«Um die Wahrheit zu sagen — bis jetzt haben wir noch keine. Aber es braucht natürlich seine Zeit, bis die Verbindung zu den Gewährsleuten hergestellt ist. Vielleicht habe ich auch die Notwendigkeit absoluter Sicherheit etwas übertrieben.»

«Ausgeschlossen. Was nützt die größte Leuchte bei Kurzschluß?»

«Im übrigen ist seine Position sehr vorteilhaft. Beste Geschäftsverbindungen, hauptsächlich zu Regierungsbeamten und führenden Geistlichen.»

«Ah», sagte der Chef, nahm das schwarze Monokel ab und begann es mit einem Stück Kleenex zu putzen. Das Auge, das zum Vorschein kam, war aus Glas. Hellblau und nicht überzeugend, hätte es ebensogut einer Mama sagenden Puppe gehören können.

«Was macht er?»

«Oh, er importiert. Maschinen und dergleichen.» Es war für die eigene Karriere wichtig, Männer gehobener Stellung als Agenten einzusetzen. Die nebensächlichen Details in der Geheimkartei, die das Geschäft in der Lamparillastraße betrafen, würden diesen Raum nach menschlichem Ermessen nie erreichen.

«Wieso war er dann noch nicht beim Country Club?»

«Gott, ich glaube, er hat die letzten Jahre recht zurückgezogen gelebt. Familiengeschichten.»

«Kein Schürzenjäger, will ich hoffen?»

«Nein, nein, Sir, durchaus nicht. Seine Frau verließ ihn. Ging mit einem Amerikaner auf und davon.»

«Er ist doch nicht anti-amerikanisch eingestellt? Für derlei Vorurteile ist Havanna nicht der richtige Ort. Wir müssen mit ihnen zusammen arbeiten — natürlich nur bis zu einem gewissen Grad.»

«Das ist er ganz und gar nicht, Sir. Er ist sehr aufgeschlossen, sehr ausgeglichen, fand sich mit der Scheidung recht gut ab und beläßt sein Kind in der katholischen Schule, weil seine Frau es so wollte. Angeblich schickt er ihr zu Weihnachten Glückwunschtelegramme. Wenn seine Berichte erst einmal da sind, dürften wir sie hundertprozentig verläßlich finden.»

«Rührend, Mandrill, die Sache mit dem Kind. Kurbeln Sie ihn an, damit wir uns ein Bild von seinen Fähigkeiten machen können.

Wenn er wirklich so ist, wie Sie sagen, könnte man daran denken, seinen Stab zu vergrößern. Havanna wäre unter Umständen eine gute Schlüsselstellung. Die Kommunisten tauchen immer dort auf, wo's Unruhen gibt. Wie schaut's mit der Verbindung aus?»

«Ich habe ihn angewiesen, seine Berichte nach Kingston zu schikken, in doppelter Ausfertigung, mit der wöchentlichen Kurierpost. Einen behalte ich, einen schicke ich nach London. Für Telegramme hat er den Buchkode. Die gehen durchs Konsulat.»

«Das wird ihnen nicht recht sein.»

«Ich sagte, es ist nur vorübergehend.»

«Wenn er sich bewährt, wäre ich für eine Funkanlage. Er könnte doch seine Belegschaft vergrößern?»

«Ja, natürlich — zumindest — Sie mißverstehen mich doch nicht, Sir? Sein Büro ist nicht groß. Altmodisch. Sie wissen, wie sich diese Handelsherren behelfen.»

«Ich kenne den Typ, Mandrill. Kleiner, schäbiger Schreibtisch, sechs Leute in einem Vorraum gerade groß genug für zwei, veraltete Rechenmaschinen, Sekretärin im vierzigsten Dienstjahr.»

Mandrill atmete auf: jetzt durfte er sich entspannen. Der Chef hatte die Initiative übernommen. Selbst wenn er eines Tages die geheime Karteikarte las, würden die Worte ihm nichts vermitteln. Die Flut seiner literarischen Phantasie hatte das kleine Staubsaugergeschäft unwiederbringlich verschlungen. Agent 59200 Strich 5 war wohlbestallt.

«Das gehört alles zum Charakter des Mannes», erklärte der Chef, als hätte er, und nicht Mandrill, den Laden in der Lamparillastraße betreten. «Ein Mann, den Erfahrung stets lehrte, Pennies zu zählen und Pfunde aufs Spiel zu setzen. Deshalb war er nicht beim Country Club. Nicht wegen der gescheiterten Ehe. Sie sind zu romantisch, Mandrill. In seinem Leben gab es Frauen genug; aber ich möchte sagen, keine war ihm so wichtig wie seine Arbeit. Einen Agenten erfolgreich einsetzen, heißt, ihn verstehen. Das ist das ganze Geheimnis. Unser Mann in Havanna gehört — sozusagen — zur Kipling-Ära. Mit Königen schreiten — wie heißt es doch gleich? — die Tugend wahren, Massen, allen alles. Irgendwo in seinem tintenbekleckerten Schreibtisch muß ein altes, billiges, waschledergebundenes Notizbuch stecken, in das er die ersten Einnahmen schrieb, drei Dutzend Radiergummi, sechs Schachteln Stahlfedern...»

«Stahlfedern, Sir? Ich glaube nicht, daß er so rückständig ist.»

Der Chef seufzte und setzte das Monokel wieder auf. Das unschuldsvolle Auge zog sich beim ersten Anzeichen von Widerstand in sein Versteck zurück.

43

«Einzelheiten sind nebensächlich, Mandrill», sagte der Chef gereizt. «Aber wenn Sie ihn erfolgreich einsetzen wollen, müssen Sie das alte Notizbuch finden. Bildlich gesprochen.»

«Jawohl, Sir.»

«Die Sache mit dem zurückgezogenen Leben, weil er seine Frau verlor — nein, nein, Mandrill. Ein Mann wie er reagiert ganz anders. Er zeigt seinen Verlust nicht, hängt seine Gefühle nicht an die große Glocke. Wenn Sie ihn richtig einschätzen — warum war er dann nicht Mitglied des Clubs, ehe seine Frau starb?»

«Sie verließ ihn.»

«Verließ ihn? Sind Sie sicher?»

«Ganz sicher, Sir.»

«Ah, sie hat das alte Notizbuch nie gefunden. Finden Sie's, Mandrill, finden Sie's, und er ist Ihr Mann bis ans Ende. Wovon sprachen wir eben?»

«Von der Größe seines Büros, Sir. Es wird nicht ganz leicht für ihn sein, zusätzliche Leute als ‹neue Angestellte› unterzubringen.»

«Nach und nach werden wir die alten ausjäten. Seine alte Sekretärin pensionieren...»

«Um die Wahrheit zu sagen...»

«Annahmen, Mandrill, pure Annahmen. Vielleicht ist er doch nicht der Richtige. Durch und durch ehrlich, diese alten Handelsherren, aber manchmal sehen sie nicht weit genug über ihre Buchhaltung hinaus, um unsereinem von Nutzen zu sein. Sobald seine ersten Berichte kommen, werden wir uns ein Urteil bilden. Aber es schadet nie, vorzubauen. Fragen Sie Miss Jenkinson, ob sie eine spanisch sprechende Kraft verfügbar hat.»

Der Aufzug, in dem Mandrill stand, erhob sich über das Kellergeschoß, Stock um Stock: die Welt aus der Raketenschau. Westeuropa versank, der Nahe Osten, Südamerika. Die Karteikasten umstanden Miß Jenkinson wie Tempelsäulen ein alterndes Orakel. Sie allein kannte man bei ihrem Zunamen. Alle anderen Insassen des Gebäudes wurden unter Vornamen geführt, aus irgendeinem unerfindlichen sicherheitstechnischen Grund. Als Mandrill eintrat, diktierte sie eben einer Sekretärin: «An A. O. Angelica wurde nach C. 5 versetzt, mit einer Gehaltserhöhung von 8 Pfund wöchentlich. Bitte veranlassen Sie das sofortige Inkrafttreten dieser Erhöhung. Um Ihren Einwänden zuvorzukommen, möchte ich darauf hinweisen, daß Angelica sich nunmehr der Gehaltsgruppe einer Autobusschaffnerin nähert.»

«Ja?» fragte Miss Jenkinson scharf. «Ja?»

«Der Chef schickt mich.»

«Ich kann niemanden entbehren.»

«Im Augenblick brauchen wir niemanden. Wir besprechen bloß Möglichkeiten.»

«Ethel, Liebes, rufen Sie D. 2 an: ich dulde nicht, daß meine Sekretärinnen nach sieben Uhr zurückgehalten werden, es sei denn in einem Augenblick nationaler Krise. Sollte ein Krieg ausgebrochen oder für die nächste Zeit zu erwarten sein, so sagen Sie, man hätte es der Schreibzentrale mitteilen müssen.»

«Wir werden vielleicht eine spanisch sprechende Sekretärin fürs karibische Gebiet brauchen.»

«Ich kann niemanden entbehren», sagte Miss Jenkinson automatisch.

«Havanna — kleines Büro, angenehmes Klima.»

«Wie viele Angestellte?»

«Derzeit ein Mann.»

«Ich bin keine Heiratsvermittlung», sagte Miss Jenkinson.

«Ein Mann mittleren Alters mit einem sechzehnjährigen Kind.»

«Verheiratet?»

«Kann man sagen», sagte Mandrill vage.

«Ist er beständig?»

«Beständig?»

«Verläßlich, vertrauenswürdig, emotionell ausgeglichen?»

«O ja, ja. Sie können ganz unbesorgt sein. Er ist einer dieser altmodischen Handelsherren», sagte Mandrill und redete weiter, wo der Chef aufgehört hatte, «hat das Geschäft aus dem Boden gestampft. An Frauen uninteressiert. Über Sex sozusagen hinaus.»

«Niemand ist je über Sex hinaus», sagte Miss Jenkinson. «Ich bin verantwortlich für die Mädchen, die ich ins Ausland schicke.»

«Ich dachte, Sie hätten niemanden verfügbar.»

«Vielleicht», sagte Miss Jenkinson, «würde ich Ihnen unter gewissen Umständen Beatrice abtreten.»

«Beatrice, Miss Jenkinson!» rief eine Stimme hinter den Karteikasten.

«Ich sagte Beatrice, Ethel, und ich meine Beatrice.»

«Aber, Miss Jenkinson ...»

«Beatrice braucht Praxis — das ist eigentlich alles, was ihr fehlt. Der Posten wäre das Richtige für sie. Sie ist nicht zu jung, und sie mag Kinder.»

«Man braucht dort jemanden, der Spanisch kann», sagte Mandrill. «Liebe zu Kindern ist nicht unbedingt erforderlich.»

«Beatrice ist eine halbe Französin. Sie spricht Französisch sogar besser als Englisch.»

«Ich sagte Spanisch.»

«Das kommt auf dasselbe heraus. Beides sind romanische Sprachen.»

«Vielleicht könnte ich ein paar Worte mit ihr reden? Ist sie voll ausgebildet?»

«Sie chiffriert vorzüglich und hat eben einen Mikrophotokurs in Ashley Park absolviert. In Kurzschrift ist sie schwach, aber sie schreibt ausgezeichnet Maschine und versteht etwas von Elektrodynamik.»

«Was ist das?»

«Ich weiß nicht genau, aber ein Sicherungskasten schreckt sie nicht.»

«Sie könnte also mit Staubsaugern umgehen?»

«Sie ist eine Sekretärin. Keine Haushalthilfe.»

Eine Karteilade wurde zugeschmettert. «Entweder oder», sagte Miss Jenkinson. «Nehmen Sie sie, oder lassen Sie's bleiben.» Mandrill hatte den Eindruck, daß sie das ‹es› am liebsten auf Beatrice bezogen hätte.

«Sonst können Sie niemanden vorschlagen?»

«Niemanden.»

Wieder wurde eine Karteilade geräuschvoll geschlossen. «Ethel», sagte Miss Jenkinson, «falls Sie Ihren Gefühlen nicht leiser Luft machen können, schicke ich Sie auf D. 3 zurück.»

Mandrill ging nachdenklich fort; er hatte den Eindruck, daß Miss Jenkinson ihm mit beachtlicher Behendigkeit etwas verkauft hatte, an das sie selbst nicht glaubte.

ZWEITER TEIL

Erstes Kapitel

I

Als Wormold das Konsulat verließ, steckte ein Telegramm in seiner Brusttasche. Man hatte es ihm unfreundlich hingeworfen, und als er den Versuch machte, etwas zu sagen, war man ihm ins Wort gefallen. «Wir wollen nichts wissen. Eine provisorische Abmachung. Je früher es vorbei ist, desto lieber wird es uns sein.»

«Mr. Mandrill sagte ...»

«Wir kennen keinen Mr. Mandrill. Bitte vergessen Sie das nicht. Niemand dieses Namens ist hier beschäftigt. Guten Tag.»

Er ging nach Hause. Die Stadt lag am Atlantik hingebreitet. Über die Avenida de Maceo sprühten Wogen und beschlugen die Windschutzscheiben der Autos. Die roten, grauen, gelben Säulen der Häuser, die einst das Aristokratenviertel gebildet hatten, waren zerfressen wie Klippen. Ein altes Wappen, schmutzig und verwischt, hing über dem Eingang eines schäbigen Hotels, und die Fensterläden eines Nachtlokals waren hell, grell lackiert, zum Schutz vor Nässe und Meeressalz. Im Westen ragten die stählernen Wolkenkratzer der Neustadt in den hellen Februarhimmel, höher als Leuchttürme. Es war eine Stadt, die man zu besichtigen, nicht zu bewohnen kam, doch es war die Stadt seiner ersten Liebe, und Wormold war an sie gebunden wie an den Schauplatz einer Katastrophe. Die Zeit gibt einem Schlachtfeld Poesie, und vielleicht glich Milly ein wenig der Blume an einem alten Wall, in dessen Schatten ein Ansturm zurückgeschlagen wurde, vor vielen Jahren, unter schwersten Verlusten. Frauen mit aschegezeichneter Stirn gingen auf der Straße an ihm vorbei, als seien sie aus unterirdischen Höhlen ans Sonnenlicht gekommen. Er erinnerte sich, daß Aschermittwoch war.

Als er nach Hause kam, war Milly nicht daheim, obwohl sie schulfrei hatte. Vielleicht war sie in der Kirche, oder sie ritt im Country Club. Lopez demonstrierte den Düsen-Turbo der Wirtschafterin eines Pfarrers, die den Atom-Kraft abgelehnt hatte. Was das neue Modell betraf, so hatten sich Wormolds schlimmste Befürchtungen bewahrheitet: es war ihm nicht gelungen, ein einziges zu verkaufen. Er stieg in den ersten Stock und öffnete die Depesche. Sie war

47

an eine Abteilung des britischen Konsulats gerichtet, und ihren Zahlen haftete etwas Häßliches an wie den unverkauften Losen am Tag vor der Ziehung: 2674 stand da, dann eine Reihe fünfstelliger Zahlen: 42811 79145 72312 59200 80947 62533 10605 und so weiter. Es war sein erstes Telegramm, und er bemerkte, daß es aus London kam. Er war nicht einmal sicher (so fern schien seine Lektion), daß er es entschlüsseln konnte, doch er erkannte eine Ziffergruppe, 59200, die ihn wie eine jähe Mahnung traf, als sei Mandrill in diesem Augenblick die Stiege heraufgekommen. Verdrossen nahm er Lambs «*Nacherzählten Shakespeare*» vom Regal. Wie sehr hatte er Elia gehaßt, und den Essay über Schweinebraten! Die erste Ziffergruppe, erinnerte er sich, bedeutete Seite, Zeile und Wort des Kodebeginns. «Das Ende Dionysias, der schändlichen Gattin Cleons», las er, «entsprach ihren Taten.» Er begann bei ‹Taten›. Zu seiner Überraschung tauchte etwas auf. Es war, als hätte ein kurioser ererbter Papagei plötzlich zu sprechen angefangen. «Nr. 1 vom 24. Januar. Von 59200 Beginn Absatz A.»

Er addierte und subtrahierte eine Dreiviertelstunde. Dann hatte er den Text entschlüsselt, bis auf den letzten Absatz, wo irgend etwas schiefgegangen war, bei ihm, bei 59200 oder vielleicht bei Charles Lamb. «von 59200 beginn absatz a fast ein monat seit mitgliedschaft country club bewilligt und keine wiederhole keine informationen bezueglich vorgeschlagener unteragenten eingelangt stop hoffe sie werben keine wiederhole keine unteragenten ohne vorherige ordnungsgemaeße ueberpruefung stop beginn absatz b politischer und wirtschaftsbericht ueber fragen laut uebernommenem fragebogen unverzueglich an 59200 zu senden stop beginn absatz c verdammte borte kingston zu schicken hauptsaechlich knollig ende»

Der letzte Absatz übte eine Wirkung zorniger Ungereimtheit, die Wormold mit Besorgnis erfüllte. Zum erstenmal kam ihm zum Bewußtsein, daß er in ihren Augen — wer immer *sie* waren — Geld genommen und nichts dafür geboten hatte. Das machte ihm zu schaffen. Bisher hatte er sich wie der Empfänger eines exzentrischen Geschenks gefühlt, das es Milly ermöglichte, im Country Club zu reiten, und ihm, aus England einige Bücher kommen zu lassen, die er sich seit langem wünschte. Das restliche Geld lag auf der Bank, und fast bildete er sich ein, es würde ihm eines Tages möglich sein, es Mandrill zurückzuzahlen.

Ich muß etwas tun, dachte er, muß ihnen Namen zum Überprüfen schicken, einen Agenten werben, sie in Atem halten. Er erinnerte sich, wie die kleine Milly ‹Geschäft› gespielt hatte: damals pflegte sie ihm ihr Taschengeld für imaginäre Einkäufe zu geben.

Man durfte das Kind nicht vor den Kopf stoßen, aber früher oder später verlangte Milly ihr Geld immer zurück.

Er fragte sich, wie man wohl einen Agenten warb. Es fiel ihm schwer, sich genau zu erinnern, wie Mandrill in seinem Fall vorgegangen war, außer daß alles in einem Klosett begonnen hatte. Doch das war wohl kaum wesentlich. Er beschloß, mit einem verhältnismäßig leichten Fall zu beginnen.

«Sie haben mich gerufen, Señor Vormell.» Aus irgendeinem Grund überforderte der Name Wormold Lopez' Aussprachefähigkeit. Da er jedoch nicht imstande schien, sich für einen befriedigenden Ersatz zu entscheiden, kam es selten vor, daß Wormold zweimal mit dem gleichen Namen angeredet wurde.

«Ich möchte mit Ihnen sprechen, Lopez.»

«Si, Señor Vomell.»

«Sie sind seit vielen Jahren bei mir», sagte Wormold. «Wir vertrauen einander.»

Lopez bezeugte die Restlosigkeit seines Vertrauens mit einer Gebärde zum Herzen.

«Was würden Sie dazu sagen, monatlich ein bißchen mehr zu verdienen?»

«Oh, natürlich... Ich wollte schon selbst mit Ihnen sprechen, Señor Ommel. Ein Kind ist auf dem Weg. Vielleicht zwanzig Pesos?»

«Die Sache hat nichts mit der Firma zu tun. Dazu gehen die Geschäfte zu schlecht, Lopez. Es handelt sich um Privataufträge für mich persönlich, verstehen Sie?»

«Ja, ja, Señor. Persönliche Dienste. Ich verstehe. Sie können mir vertrauen. Ich bin verschwiegen. Natürlich sage ich der Señorita kein Wort.»

«Ich glaube, Sie verstehen vielleicht doch nicht.»

«Wenn ein Mann in ein gewisses Alter kommt», sagte Lopez, «will er nicht mehr selber eine Frau suchen. Er will sich erholen, will befehlen. ‹Heute abend, ja, morgen abend, nein›, will seine Anweisungen jemandem geben, dem er traut...»

«Ich denke an nichts dergleichen. Was ich Ihnen sagen wollte, hatte — nun, hatte nichts mit...»

«Sie brauchen nicht verlegen zu sein, wenn Sie mit mir reden, Señor Vormole. Ich bin seit vielen Jahren bei Ihnen.»

«Sie irren sich», sagte Wormold. «Ich habe nicht die Absicht...»

«Für einen Engländer in Ihrer Stellung sind Häuser wie das San Francisco nicht das Richtige. Nicht einmal der Mamba-Club.»

Wormold wußte, daß er sagen mochte, was er wollte: nichts würde die Beredsamkeit seines Gehilfen eindämmen, nun, da er *das*

Thema Havannas angeschnitten hatte; Geschäft mit Sex war nicht nur der wichtigste Erwerbszweig der Stadt, sondern die *raison d'être* eines Männerlebens. Sex wurde gekauft, verkauft, aber niemals verschenkt.

«Ein junger Mann braucht Abwechslung», sagte Lopez, «aber ein älterer auch. Beim jungen muß die Neugier geweckt, beim alten der Appetit aufgefrischt werden. Niemand kann Sie besser beraten als ich, Señor Venell, denn ich habe Sie studiert. Sie sind kein Kubaner: Ihnen ist bei einem Mädchen die Form ihres Hintern weniger wichtig als ein gewisses sanftes, einnehmendes Betragen ...»

«Sie haben mich restlos mißverstanden», sagte Wormold.

«Die Señorita geht heute abend ins Konzert.»

«Woher wissen Sie das?»

Lopez ignorierte die Frage.

«Wenn sie fort ist, bringe ich Ihnen eine junge Dame zum Anschauen. Wenn sie Ihnen nicht gefällt, eine andere.»

«Das werden Sie bleiben lassen. Das ist nicht die Arbeit, die ich von Ihnen erwarte, Lopez. Ich will ... Nun, ich will, daß Sie Augen und Ohren offenhalten und mir berichten ...»

«Über die Señorita?»

«Guter Gott, nein.»

«Worüber also, Señor Vommold?»

«Nun, über ...», sagte Wormold. Doch er hatte nicht die leiseste Ahnung, worüber Lopez imstande war zu berichten. Er wußte nur mehr wenige Punkte des langen Fragebogens, und keiner schien brauchbar. ‹Eventuelle kommunistische Durchsetzung der Streitkräfte. Tatsächliche Kaffee- und Tabakproduktion im vergangenen Jahr.› Blieb noch der Inhalt der Papierkörbe in den Büros, wo Lopez die Staubsauger betreute, aber zweifellos hatte selbst Mandrill einen Witz gemacht, als er die Dreyfus-Affäre erwähnte, sofern diese Leute je Witze machten.

«Über was, Señor?»

«Ich sage es Ihnen später», erwiderte Wormold. «Gehen Sie jetzt ins Geschäft zurück.»

2

Es war Zeit für den Daiquiri. In der Wunder-Bar freute sich Dr. Hasselbacher an seinem zweiten Scotch.

«Noch immer in Sorge, Mr. Wormold?» sagte er.

«Ja, ich bin in Sorge.»

«Noch immer der Staubsauger — der Atomsauger?»

«Nein.» Er stürzte seinen Daiquiri hinunter und bestellte einen zweiten.

«Heute trinken Sie sehr schnell.»

«Sie haben nie unter Geldmangel gelitten, Hasselbacher? Aber Sie haben ja kein Kind.»

«In nicht allzu langer Zeit werden Sie auch keins haben.»

«Wahrscheinlich.» Der Trost war kalt wie der Daiquiri. «Wenn diese Zeit kommt, Hasselbacher, möchte ich, daß wir weit fort sind. Ich will nicht, daß Milly von einem Hauptmann Segura geweckt wird.»

«Das kann ich verstehen.»

«Neulich bot man mir Geld an.»

«Ja?»

«Um Informationen zu beschaffen.»

«Was für Informationen?»

«Geheiminformationen.»

Dr. Hasselbacher seufzte. «Sie haben Glück, Mr. Wormold», sagte er. «Derlei Informationen sind leicht zu liefern.»

«Leicht?»

«Wenn sie geheim genug sind, kennt sie niemand außer Ihnen. Sie brauchen nur ein bißchen Phantasie, Mr. Wormold. Sonst nichts.»

«Ich soll Agenten werben. Wie wirbt man einen Agenten, Hasselbacher?»

«Sie könnten sie gleichfalls erfinden, Mr. Wormold.»

«Sie reden, als ob Sie Erfahrung hätten.»

«Medizin ist meine Erfahrung, Mr. Wormold. Haben Sie noch nie Reklamen für Geheimmittel gelesen? Eine Haartinktur, vertraut von einem sterbenden Indianerhäuptling? Bei Geheimmedikamenten braucht man die Zusammensetzung nicht anzugeben. Außerdem ist etwas um ein Geheimnis, das die Menschen glauben macht ... Vielleicht ein Rest Magie. Haben Sie je Sir James Frazer gelesen?»

«Haben Sie je von einem Buchkode gehört?»

«Erzählen Sie mir nicht zuviel, Mr. Wormold. Trotz allem. Geheimnis ist nicht mein Beruf. Ich habe kein Kind. Bitte erfinden Sie nicht mich als Ihren Agenten.»

«Das kann ich nicht. Die Leute sind gegen unsere Freundschaft, Hasselbacher. Sie wollen, daß ich Ihnen aus dem Weg gehe. Sie überprüfen Sie. Wie überprüft man einen Menschen? Was glauben Sie?»

«Ich weiß nicht. Seien Sie vorsichtig, Mr. Wormold. Nehmen Sie ihr Geld, aber geben Sie ihnen nichts dafür. Für die Seguras sind

Sie verwundbar. Lügen Sie, lügen Sie und behaupten Sie Ihre Freiheit. Sie verdienen die Wahrheit nicht.»

«Wen meinen Sie mit ‹sie›?»

«Königreiche, Mächte, Republiken.» Er leerte sein Glas. «Ich muß gehen, Mr. Wormold, muß mich um meine Kulturen kümmern.»

«Zeigt sich schon etwas?»

«Gott sei Dank nicht. Solange nichts geschieht, ist alles möglich. Sie stimmen mir doch bei? Ein Jammer, daß Lose je gezogen werden. Ich verliere jede Woche 140 000 Dollar, und ich bin ein armer Mann.»

«Sie werden Millys Geburtstag nicht vergessen?»

«Vielleicht schneide ich bei der Überprüfung schlecht ab, Mr. Wormold, und es ist Ihnen lieber, ich komme nicht. Aber vergessen Sie nicht: solange Sie lügen, richten Sie keinen Schaden an.»

«Ich nehme ihr Geld.»

«Sie haben kein Geld. Sie haben nur, was sie anderen wegnehmen, Menschen wie Ihnen und mir.»

Er stieß den Windfang auf und war fort. Dr. Hasselbacher sprach nie nach Moralbegriffen; die lagen jenseits der Domäne eines Arztes.

3

Wormold fand die Liste der Country-Club-Mitglieder in Millys Zimmer. Er wußte, wo er zu suchen hatte: zwischen dem neuesten Band des ‹Jahrbuchs der Reiterin› und dem Roman ‹Weiße Stute› von Miss ‹Pony› Traggers. Er war dem Country Club beigetreten, um brauchbare Agenten zu finden, und hier standen sie, in Zweierreihen, auf mehr als zwanzig Seiten. Sein Blick fiel auf einen angelsächsischen Namen: Vincent C. Parkman; vielleicht Earls Vater. Es schien Wormold nur billig, die Parkmans in der Familie zu behalten.

Als er sich zum Chiffrieren setzte, hatte er zwei weitere Namen ausgesucht — einen Ingenieur Cifuentes und einen Professor Luis Sanchez. Der Professor, wer immer er sein mochte, schien ein glaubhafter Anwärter für wirtschaftliche Informationen, der Ingenieur konnte technische, Mr. Parkman politische Auskünfte liefern. Der ‹Nacherzählte Shakespeare› lag offen vor ihm (als Schlüsselstelle hatte er gewählt: «Möge das Folgende glücklich sein») — und er begann: «nummer 1 vom 25. januar beginn absatz a habe meinen verkaeufer angeworben und ihm das zeichen 59200/5/1 zugewiesen stop beantragte bezahlung fuenfzehn pesos monatlich stop beginn absatz b bitte ueberpruefen...»

Die ganze Absatz-Unterteilung schien Wormold eine Zeit- und Geldverschwendung, aber Mandrill hatte ihm eingeschärft, daß es Vorschrift war, ebenso wie Milly darauf bestanden hatte, daß sämtliche in ihrem Laden verkauften Waren verpackt werden mußten, selbst eine einzelne Glasperle. «beginn absatz c wirtschaftsbericht folgt wie verlangt in kuerze mit kurierpost.»

Nun blieb nichts anderes zu tun, als die Antwort abzuwarten und den Wirtschaftsbericht zu verfassen. Letzterer bereitete ihm Kopfzerbrechen. Er hatte Lopez mit dem Auftrag fortgeschickt, alle offiziellen Zucker- und Tabakbulletins zu kaufen, die er auftreiben konnte — es war Lopez' erste Mission —, und er brachte täglich Stunden damit zu, die Lokalzeitungen zu lesen und sämtliche Stellen anzuzeichnen, die der Professor oder der Ingenieur tunlich verwerten konnten. Es war kaum anzunehmen, daß jemand in Kingston oder London die Tageszeitungen von Havanna studierte. Selbst er fand eine neue Welt in diesen schlecht bedruckten Blättern; vielleicht hatte er sich bisher, was sein Weltbild betraf, zu sehr auf *New York Times* und *Herald Tribune* verlassen. In nächster Nähe der Wunder-Bar hatte man ein Mädchen erstochen: «Eine Märtyrerin der Liebe.» Havanna war voll von Märtyrern verschiedenster Art. Ein Mann verspielte ein Vermögen im ‹Tropicana› in einer einzigen Nacht, stieg auf die Bühne, umarmte eine dunkelhäutige Sängerin, fuhr seinen Wagen über den Damm und ertrank. Ein anderer erwürgte sich umständlich mit einem Paar Hosenträger. Auch Wunder gab es: ein Madonnenbild weinte salzige Tränen und vor Unserer Lieben Frau von Guadalupe brannte eine Kerze unerklärlicherweise eine ganze Woche, von Freitag bis Freitag. Auf diesem Bild der Leidenschaft, Gewalttat und Liebe fehlten nur die Opfer Hauptmann Seguras. Sie litten und starben ohne die Wohltat journalistischer Anteilnahme.

Der Wirtschaftsbericht erwies sich als mühseliges Unterfangen: Wormold hatte es nie so weit gebracht, mit mehr als zwei Fingern zu tippen oder den Tabulator seiner Maschine zu benützen. Es war geboten, die offizielle Statistik abzuändern, sollte jemand in London auf den Gedanken kommen, die Berichte zu vergleichen. Manchmal vergaß Wormold, daß er eine Zahl geändert hatte. Addieren und Subtrahieren hatte nie zu seinen Stärken gehört. Ein Dezimalpunkt geriet in Verlust und mußte verfolgt werden, ein Dutzend Kolonnen auf und ab. Es war, als bemühte man sich, ein Miniaturauto durch einen Spielautomaten zu steuern.

Als nach einer Woche noch immer keine Antwort kam, begann

er sich Sorgen zu machen. Hatte Mandrill Lunte gerochen? Eine
Vorladung aufs Konsulat setzte jedoch seinen Befürchtungen ein
vorläufiges Ende: der verdrießliche Beamte händigte ihm einen
versiegelten Brief aus — Wormold konnte nicht verstehen, warum
er an «Mr. Luke Penny» adressiert war —, in dem ein zweiter steckte, auf dem «Henry Leadbetter, Zivilistensuchdienst» stand. Ein
drittes Kuvert trug die Aufschrift 59200/5 und enthielt drei Monatsgehälter und Spesen in kubanischem Geld. Er trug es auf die
Bank in Obispo.

«Firmenkonto, Mr. Wormold?»

«Nein. Privat.» Doch als der Bankbeamte zählte, empfand er
eine Art Schuldgefühl; er kam sich vor, als hätte er Firmengelder
veruntreut.

Zweites Kapitel

I

Zehn Tage vergingen, ohne Nachricht. Nicht einmal den Wirtschaftsbericht konnte er abschicken, ehe der vermeintliche Ver-
fasser überprüft und gebilligt war. Es wurde Zeit für seine alljähr-
liche Fahrt nach Matanzas, Cienfuegos, Santa Clara und Santiago,
wo er die Einzelhändler aufzusuchen pflegte, in seinem alten Hillman. Vor seiner Abreise telegraphierte er Mandrill: «unter vorwand
unteragenten wegen staubsauger zu besuchen schlage vor ueberpruefung anwerbemoeglichkeiten hafen matanzas industriezentrum
santa clara marinehauptquartier cienfuegos und rebellenzentrum
santiago schaetze reisespesen fuenfzig dollar taeglich.» Er küßte
Milly, nahm ihr das Versprechen ab, solange er fort war, nicht in
Hauptmann Seguras Auto zu fahren, und ratterte zur Wunder-Bar,
auf einen Abschiedstrunk mit Dr. Hasselbacher.

2

Einmal im Jahr, und immer von seiner Reise, schrieb Wormold seiner jüngeren Schwester, die in Northampton lebte. (Vielleicht half
ihm der Brief an Mary über die Einsamkeit hinweg, die er fern von
Milly empfand.) Unweigerlich legte er auch die neuesten kubanischen Marken für seinen Neffen bei. Der Junge hatte mit sechs zu
sammeln begonnen und irgendwie, im raschen Trott der Zeit, war

es Wormold entgangen, daß dieser Neffe seinen siebzehnten Geburtstag hinter sich und seine Sammlung wahrscheinlich längst aufgegeben hatte. Jedenfalls mußte er über die Art von Brief, dem Wormold die Marken beifügte, längst hinausgewachsen sein; das Schreiben war selbst für Milly zu kindertümlich, und sein Neffe älter als sie.

«Lieber Peter», schrieb Wormold, «beiliegend einige Marken für Deine Sammlung. Die Sammlung muß jetzt schon sehr groß sein. Die beiliegenden Marken sind nicht sehr interessant, fürchte ich. Ich wollte, wir hätten in Kuba Vögel oder Tiere oder Schmetterlinge wie die hübschen aus Guatemala, die Du mir gezeigt hast. Dein Dich liebender Onkel. P. S. Ich sitze beim Fenster und schaue aufs Meer hinaus, und es ist sehr heiß.»

Seiner Schwester schrieb er ausführlicher. «Ich bin in der Bucht von Cienfuegos und es hat über zweiunddreißig Grad, obwohl die Sonne vor einer Stunde untergegangen ist. Im Kino gibt's Marilyn Monroe und im Hafen liegt ein Schiff, das — merkwürdiger Zufall — *Juan Belmonte* heißt. (Erinnerst Du Dich an den Winter in Madrid, als wir zum Stierkampf gingen?) Der Kapitän — ich glaube, es ist der Kapitän — sitzt am Nebentisch und trinkt spanischen Brandy. Sicher wird er ins Kino gehen, was sollte er sonst tun? Cienfuegos ist wohl einer der ruhigsten Häfen der Welt. Nichts als die rote und gelbe Straße, ein paar Cantinas, der hohe Schornstein einer Zuckerraffinerie, und am Ende eines grasüberwucherten Wegs die *Juan Belmonte*. Fast wünschte ich, ich könnte mit Milly an Bord gehen und losfahren, aber ich weiß nicht recht. Das Staubsaugergeschäft geht nicht sehr gut — in diesen unruhigen Zeiten gibt's zu oft keinen Strom. Gestern abend in Matanzas ging dreimal das Licht aus — das erstemal, als ich in der Badewanne saß. Das sind dumme Kleinigkeiten, wenn man bedenkt, daß man sie bis nach Northampton schreibt.

Du darfst nicht glauben, daß ich unglücklich bin. Das Land, in dem wir leben, hat vieles für sich. Manchmal fürchte ich mich davor, heimzufahren, zu Boots und Woolworths und Selbstbedienungsrestaurants. Sogar im White Horse wäre ich jetzt ein Fremder. Der Kapitän hat ein Mädel — wahrscheinlich hat er auch eines in Matanzas — und er schüttet Brandy ihre Kehle hinunter, wie man einer Katze Medizin gibt. Knapp vor Sonnenuntergang ist das Licht hier wundervoll: ein langes Goldgeriesel, und die Meeresvögel sind dunkle Flecken auf der zinngrauen Brandung. Die große weiße Statue am Paseo — bei Tag sieht sie aus wie Königin Victoria — ist jetzt ein Klumpen Plasma. Die Schuhputzer im roten Bogengang haben ihre Kasten unter die Lehnstühle geschoben: man sitzt hoch über dem Gehsteig wie auf den Stufen eines Bibliotheksgebäudes und stützt die Füße auf zwei bronzene Seepferdchen, die von einem phönizischen Schiff stammen könnten. Warum ich so schwermütig bin? Vielleicht, weil ich ein bißchen Geld gespart habe und bald vor dem Entschluß stehen werde, für immer fortzugehen. Ob Milly imstande sein wird, sich an eine Handelsschule zu gewöhnen, in einer grauen Straße Nordlondons?

Wie geht's Tante Alice und dem berühmten Wachs in ihren Ohren? Und Onkel Edward? Oder ist er tot? Wenn man in mein Alter kommt, sterben Verwandte unbemerkt.»

Er zahlte und fragte nach dem Namen des Kapitäns. Es war ihm eingefallen, daß er, sobald er heimkam, ein paar Namen zur Überprüfung schicken mußte, um seine Ausgaben zu rechtfertigen.

3

In Santa Clara brach sein alter Hillman unter ihm zusammen wie ein müdes Maultier. Etwas stimmte nicht mit seinen Eingeweiden; nur Milly hätte gewußt, was. Der Mann in der Garage sagte, die Reparatur würde mehrere Tage dauern, und Wormold beschloß, mit dem Autobus nach Santiago zu fahren, was wahrscheinlich ohnedies ein rascheres, weniger gefährliches Weiterkommen war. In der Provinz Oriente, wo die üblichen Rebellen die Berge und die Regierungstruppen Straßen und Städte besetzt hielten, kam es häufig zu Sperren, und Autobusse wurden seltener angehalten als Privatwagen.

Als er Santiago erreichte, war es Abend, die leere, gefährliche Zeit des stillschweigenden Ausgehverbots. Die kleinen, an die Domfassade gebauten Läden auf der Piazza waren geschlossen. Ein Paar hastete am Hotel vorbei; die Nacht war feucht und heiß, und das Laubwerk hing dunkel und schwer im bleichen Licht gedrosselter Straßenlaternen. Im Empfangsbüro begrüßte man ihn voll Argwohn, als hielte man ihn für einen Spion irgendwelcher Sorte. Er kam sich vor wie ein Betrüger, denn in diesem Hotel verkehrten wirkliche Spione, wirkliche Polizeispitzel, wirkliche Rebellen, Agenten. Ein Betrunkener redete unaufhörlich in der trübseligen Bar, als sagte er im Stil Gertrude Steins: «Kuba ist Kuba ist Kuba.»

Wormold aß ein flaches trockenes Omelett — es hatte Flecken und Eselsohren wie ein altes Manuskript — und trank sauren Wein. Beim Essen schrieb er ein paar Zeilen an Dr. Hasselbacher, auf eine Ansichtskarte. Immer, wenn er verreiste, schickte er Milly, Dr. Hasselbacher, manchmal sogar Lopez schlechte Photos schlechter Hotels mit einem Kreuz an einem Fenster, wie das Kreuz, das in Mordberichten den Schauplatz des Verbrechens bezeichnet. «Auto kaputt. Alles ruhig. Hoffe Donnerstag zurück zu sein.» Eine Ansichtskarte ist ein Einsamkeitssymptom.

Um neun machte Wormold sich auf den Weg zu seinem Einzelhändler. Er hatte vergessen, wie verödet die Straßen Santiagos nach Einbruch der Dunkelheit waren. Hinter Eisengittern sah man geschlossene Fensterläden, und die Häuser zeigten den Vorübergehenden den Rücken wie in einer besetzten Stadt. Ein Kino warf einen schwachen Lichtschein, aber niemand ging hinein. Dem Gesetz nach hatte es offenzubleiben, aber außer Polizisten oder Soldaten war kaum Publikum zu erwarten. Durch eine Seitengasse sah Wormold eine Polizeistreife vorübergehen.

Wormold saß mit dem Händler in einem kleinen heißen Raum. Eine offene Tür führte auf einen Patio — man sah eine Palme und einen gußeisernen Brunnendeckel —, doch im Freien war es ebenso heiß wie im Zimmer. Sie saßen einander gegenüber, in Schaukelstühlen, schaukelten einander zu, schaukelten wieder zurück, brachten die Luft in leise Wallung.

Die Geschäfte gingen schlecht — hin und her — niemand kaufte Elektrogeräte in Santiago — hin her — wozu auch? Hin her. Wie um diese Tatsache zu veranschaulichen, ging das Licht aus. Sie schaukelten im Dunkeln, kamen aus dem Rhythmus, und ihre Köpfe stießen sacht zusammen.

«Verzeihung.»

«Meine Schuld.»

Hin her hin her.

Im Patio wurde ein Sessel gerückt.

«Ihre Frau?» fragte Wormold.

«Nein. Niemand. Wir sind allein.»

Wormold schaukelte vor, schaukelte zurück, horchte auf die verstohlenen Schritte im Patio.

«Natürlich.» Das war Santiago. Jedes Haus mochte einen Flüchtigen beherbergen. Nichts zu hören war am besten, nichts zu sehen kein Problem, selbst als das Licht zögernd zurückkam, ein schwacher, gelb glimmender Glühfaden.

Als Wormold ins Hotel ging, wurde er von zwei Polizisten angehalten. Sie wollten wissen, was er so spät draußen tat.

«Es ist erst zehn», sagte er.

«Was tun Sie um zehn auf der Straße?»

«Es besteht kein Ausgehverbot, oder?»

Plötzlich, unvermittelt, schlug ihn einer der Polizisten ins Gesicht. Er fühlte weniger Zorn als entrüstetes Staunen. Er gehörte zu den Leuten, die das Gesetz achteten. Die Polizei war da, um ihn zu schützen. Er legte die Hand an die Wange und sagte: «Was fällt Ihnen ein . . .?» Der zweite Polizist gab ihm einen Stoß in den Rücken, der ihn den Gehsteig entlangtaumeln ließ. Sein Hut fiel in den Schmutz der Gosse. «Geben Sie mir meinen Hut», sagte er und fühlte sich neuerlich gestoßen. Er begann vom britischen Konsul zu reden, und sie rissen ihn seitwärts über die Straße, daß ihn schwindelte. Diesmal landete er in einer Einfahrt, vor einem Schreibtisch, an dem ein Mann schlief, den Kopf auf den Armen. Er wachte auf und brüllte Wormold an — der mildeste Ausdruck war ‹Schwein›.

«Ich bin britischer Staatsbürger», sagte Wormold. «Mein Name ist Wormold, meine Adresse Havanna — Lamparilla 37. Ich bin fünfundvierzig, geschieden, und ich will den Konsul anrufen.»

Der Mann, der ihn Schwein genannt hatte und am Ärmel einen Sergeantenstreifen trug, befahl ihm, seinen Paß vorzuweisen.

«Das kann ich nicht. Er ist im Hotel, in meiner Aktentasche.»

Einer seiner Häscher sagte befriedigt: «Auf der Straße aufgegriffen. Ohne Papiere.»

«Taschen ausräumen», sagte der Sergeant. Sie zogen seine Brieftasche hervor, die Ansichtskarte an Dr. Hasselbacher — er hatte vergessen, sie aufzugeben — und eine Miniaturwhiskyflasche Old Grandad, die er in der Hotelbar gekauft hatte. Der Sergeant betrachtete Flasche und Ansichtskarte.

«Warum tragen Sie diese Flasche bei sich?» fragte er. «Was enthält sie?»

«Was meinen Sie?»

«Die Rebellen machen Bomben aus Flaschen.»

«Doch nicht aus so kleinen.»

Der Sergeant zog den Kork heraus, roch und goß ein wenig auf die flache Hand. «Scheint Whisky zu sein», sagte er und wandte sich der Postkarte zu. «Warum haben Sie ein Kreuz auf dieses Photo gemalt?»

«Mein Zimmerfenster.»

«Warum bezeichnen Sie Ihr Zimmerfenster?»

«Warum nicht? Das ist bloß — das tut man eben, auf Reisen.»

«Erwarten Sie Besuch durch dieses Fenster?»

«Natürlich nicht.»

«Wer ist Dr. Hasselbacher?»

«Jemand, mit dem ich befreundet bin.»

«Kommt er nach Santiago?»

«Nein.»

«Warum zeigen Sie ihm dann Ihr Zimmer?»

Langsam wurde ihm klar, was Verbrecher längst wissen: daß es unmöglich ist, dem Mann, der die Macht hat, etwas zu erklären.

«Dr. Hasselbacher ist eine Frau», sagte er kühn.

«Eine Ärztin!» rief der Sergeant mißbilligend.

«Doktor der Philosophie. Eine sehr schöne Frau.» Er zeichnete zwei Kurven in die Luft.

«Kommt sie zu Ihnen nach Santiago?»

«Nein, nein. Aber Sie kennen doch die Frauen, Sergeant. Sie wollen wissen, wo ihr Freund schläft.»

«Sie sind ihr Liebhaber?» Die Atmosphäre hatte sich gebessert. «Das erklärt noch immer nicht, warum Sie nachts auf der Straße sind.»

«Es gibt kein Gesetz...»

«Kein Gesetz, aber wer vorsichtig ist, bleibt zu Hause. Nur Unruhestifter gehen fort.»

«Ich konnte nicht schlafen. Ich mußte fortwährend an Emma denken.»

«Wer ist Emma?»

«Dr. Hasselbacher.»

«Da stimmt etwas nicht», sagte der Sergeant langsam. «Ich kann es riechen. Sie sagen nicht die Wahrheit. Wenn Sie in Emma verliebt sind, was machen Sie dann in Santiago?»

«Ihr Mann ahnt etwas.»

«Sie hat einen Mann? *No es muy agradable.* Sind Sie katholisch?»

«Nein.»

Der Sergeant nahm die Ansichtskarte und betrachtete sie neuerlich. «Dieses Kreuz an einem Schlafzimmerfenster – das ist auch nicht sehr hübsch. Wie wird sie das ihrem Mann erklären?»

Wormold überlegte rasch. «Ihr Mann ist blind.»

«Und das ist auch nicht hübsch. Gar nicht hübsch.»

«Soll ich ihn noch einmal schlagen?» fragte einer der Polizisten.

«Das hat Zeit. Erst muß ich ihn verhören. Seit wann kennen Sie diese Frau, Emma Hasselbacher?»

«Seit einer Woche.»

«Seit einer Woche? Nichts ist hübsch von dem, was Sie sagen. Sie sind ein Protestant und ein Ehebrecher. Wie haben Sie diese Frau kennengelernt?»

«Hauptmann Segura stellte mich ihr vor.»

Die Ansichtskarte in der Hand des Sergeanten blieb mitten in der Luft hängen. Einer der Polizisten schluckte. Wormold hörte es. Niemand sagte etwas, lange Zeit.

«Hauptmann Segura?»

«Ja.»

«Sie kennen Hauptmann Segura?»

«Er ist ein Freund meiner Tochter.»

«Sie haben also eine Tochter. Sie sind verheiratet.» Er begann wieder: «Das ist nicht hü —», aber einer der Polizisten unterbrach: «Er kennt Hauptmann Segura.»

«Woher soll ich wissen, daß Sie die Wahrheit reden?»

«Sie können ihn anrufen und fragen.»

«Bis man nach Havanna durchkommt, vergehen Stunden.»

«Ich kann aus Santiago nachts nicht fort. Ich werde im Hotel auf Sie warten.»

«Oder hier. In einer Zelle.»

«Ich glaube kaum, daß Hauptmann Segura damit einverstanden wäre.»

Der Sergeant bedachte die Sache längere Zeit, und während er überlegte, prüfte er den Inhalt der Brieftasche. Dann beauftragte er einen der Männer, mit Wormold ins Hotel zu gehen und dort seinen Paß zu kontrollieren (offenbar glaubte er, sich auf diese Art halbwegs aus der Affäre zu ziehen). Die beiden Männer gingen durch die Straßen, in verlegenem Schweigen, und erst als Wormold im Bett lag, fiel ihm ein, daß die Ansichtskarte an Dr. Hasselbacher auf dem Schreibtisch des Sergeanten geblieben war. Er hielt es für unwichtig; am nächsten Morgen konnte er eine andere schicken. Wie lange man doch im Leben braucht, das verschlungene Muster zu erkennen, zu dem alles — selbst eine Ansichtskarte — sich fügen kann, und die Übereilung, das Geringste als unwichtig abzutun. Drei Tage später fuhr Wormold mit dem Autobus nach Santa Clara zurück; sein Hillman stand bereit; die Fahrt nach Havanna bot keine Schwierigkeiten.

Drittes Kapitel

Eine Unzahl Telegramme erwarteten ihn in Havanna, wo er am späten Nachmittag anlangte. Auch ein Zettel von Milly war da. «Was hast Du getrieben? Du — weißt — wer» (aber er wußte es nicht) «sehr stürmisch, aber harmlos. Dr. Hasselbacher will Dich dringend sprechen. Küsse. P. S. Reite im Country Club. Seraphina von Pressephotographen photographiert. Ist dies Ruhm? Dann heißt die Soldaten feuern.»

Dr. Hasselbacher konnte warten. Zwei Telegramme trugen den Vermerk ‹dringend›.

«nr. 2 vom 5. maerz beginn absatz a ueberpruefungsergebnis hasselbacher zweifelhaft stop bei zusammenkuenften aeusserste vorsicht geboten erstere auf mindestmass einzuschränken ende»

Vincent C. Parkman wurde als Agent rundweg abgelehnt. «sie haben nicht wiederhole nicht an ihn heranzutreten stop wahrscheinlich bereits in amerikanischen diensten»

Das nächste Telegramm — Nr. 1 vom 4. März — lautete kühl: «in zukunft wie besprochen ein telegramm pro betreff»

Nr. 1 vom 5. März klang ermutigender: «ueberpruefung professor sanchez und ingenieur cifuentes ergebnislos stop koennen eingestellt werden stop bei maennern ihrer position voraussichtlich nur spesenverguetung erforderlich»

Das letzte Telegramm kam eher unerwartet. «von ao einstellung von 59200/5/1» — das war Lopez — «bewilligt vorgeschlagenes gehalt jedoch unter anerkannter europaeischer einstufung zu erhoehen auf 25 wiederhole 25 pesos monatlich ende»

Lopez rief herauf: «Dr. Hasselbacher am Telephon.»

«Sagen Sie ihm, ich habe zu tun. Ich rufe ihn später an.»

«Er sagt, kommen Sie bitte schnell. Er klingt nicht wie sonst.»

Wormold ging zum Apparat hinunter. Ehe er etwas sagen konnte, hörte er eine aufgeregte, eine alte Stimme. Bisher war ihm nie zu Bewußtsein gekommen, daß Dr. Hasselbacher alt war. «Bitte, Mr. Wormold...»

«Ja. Was ist?»

«Bitte kommen Sie zu mir. Es ist etwas geschehen.»

«Wo sind Sie?»

«In meiner Wohnung.»

«Was ist los, Hasselbacher?»

«Das kann ich Ihnen am Telephon nicht sagen.»

«Sind Sie krank... verletzt?»

«Wenn es sonst nichts wäre», sagte Hasselbacher. «Bitte kommen Sie.» In all den Jahren, die sie einander nun kannten, hatte Wormold Hasselbacher nie besucht. Sie hatten einander in der Wunder-Bar getroffen, an Millys Geburtstag in einem Restaurant, und einmal, als Wormold fieberte, war Dr. Hasselbacher in die Lamparillastraße gekommen. Einmal hatte Wormold auch in Hasselbachers Gegenwart geweint, auf einem Sessel am Paseo, als er ihm erzählte, daß Millys Mutter mit dem Frühflugzeug nach Miami geflogen war, doch ihre Freundschaft war auf Entfernung gegründet, sicher und fest — je enger die Freundschaft, desto leichter geht sie in die Brüche. Jetzt mußte er Hasselbacher sogar fragen, wie er am besten zu ihm kam.

«Das wissen Sie nicht?» fragte Hasselbacher verblüfft.

«Nein.»

«Bitte kommen Sie schnell», sagte Hasselbacher, «ich möchte nicht allein sein.»

Doch um diese Zeit, am späten Nachmittag, war Eile ein Ding der Unmöglichkeit. Obispo bildete einen einzigen Verkehrsklumpen, und eine halbe Stunde verging, ehe Wormold den wenig vornehmen Wohnblock erreichte — zwölf Stockwerke fahler Stein —, in dem Hasselbacher hauste. Modern vor zwanzig Jahren, konnte er sich weder an Pracht noch an Höhe mit den neuen Stahlbauten messen, die im Westen der Stadt aus dem Boden schossen. Der Bau gehörte dem Zeitalter der Stahlrohrsessel an, und ein Stahlrohrsessel war auch das erste, was Wormold sah, als Dr. Hasselbacher ihn einließ, ein Stahlrohrsessel und ein alter Farbdruck — irgendein Schloß am Rhein.

Dr. Hasselbacher war plötzlich gealtert, wie seine Stimme. Es war keine Frage der Farbe. Seine durchfurchte, gutdurchblutete Haut war nicht wandelbarer als die einer Schildkröte, und nichts konnte sein Haar weißer bleichen als die vergangenen Jahre. Der Ausdruck war ein anderer; ein ganzer Lebensstil hatte Gewalt erfahren: Dr. Hasselbacher war kein Optimist mehr. «Es war gut von Ihnen, zu kommen, Mr. Wormold», sagte er bescheiden. Wormold dachte an den Tag, da ihn der alte Mann vom Paseo weggeführt und in die Wunder-Bar zum Trinken gezwungen hatte, unaufhörlich redend, als wollte er seinen Schmerz ausbrennen, mit Alkohol, Lachen und unwiderstehlicher Hoffnung. «Was ist geschehen, Hasselbacher?» fragte er.

«Kommen Sie herein», sagte Hasselbacher.

Das Wohnzimmer war verwüstet; es schien, als sei zwischen den Stahlrohrsesseln ein boshaftes Kind am Werk gewesen, habe, von unberechenbarem Impuls getrieben, hier etwas aufgerissen, dort etwas umgeworfen, hier etwas zerschlagen, dort etwas verschont. Eine Photographie — junge Männer mit Bierkrügen in der Hand — war aus dem Rahmen genommen und zerfetzt worden; und über dem Sofa, wo jedes dritte Polster klaffte, hing noch immer eine Farbreproduktion des ‹Lachenden Edelmanns›. Der Inhalt eines Schranks — Rechnungen und alte Briefe — war über den Boden verstreut, und eine Locke sehr blonden Haars, mit schwarzem Band zusammengehalten, lag inmitten der Trümmer wie ein angeschwemmter Fisch.

«Warum?» fragte Wormold.

«Das ist alles nicht wichtig», sagte Hasselbacher. «Kommen Sie weiter.»

Ein kleiner Raum, den man in ein Laboratorium verwandelt hatte, war wieder zum Chaos geworden. Mitten in der Verwüstung brannte noch eine Gasflamme. Dr. Hasselbacher drehte sie ab. Er hielt eine Eprouvette in die Höhe; ihr Inhalt klebte im Ausguß. «Sie können das nicht verstehen», sagte er. «Ich wollte versuchen, eine Kultur aus — aber lassen wir das. Ich wußte, es würde nichts dabei herauskommen. Es war nur ein Traum.» Er ließ sich schwer auf einen großen verstellbaren Stahlrohrsessel fallen, doch der Sessel verkürzte sich unter seinem Gewicht und kippte ihn auf den Boden. Immer vergißt jemand eine Bananenschale auf dem Schauplatz einer Tragödie. Hasselbacher stand auf und putzte den Staub von seiner Hose.

«Wann ist es passiert?»

«Jemand rief mich telephonisch zu einem Kranken — ich spürte, etwas stimmte nicht, aber ich mußte hingehen. Ich konnte nicht riskieren, nicht hinzugehen. Als ich zurückkam, fand ich — *das*.»

«Wer war es?»

«Ich weiß nicht. Vor einer Woche kam jemand zu mir. Ein Ausländer. Ich sollte ihm helfen. Was er verlangte, war nicht Sache eines Arztes. Ich sagte nein. Er wollte wissen, wofür ich bin: Osten oder Westen. Ich versuchte die Sache ins Lächerliche zu ziehen und sagte: für die Mitte. Vor ein paar Wochen fragten Sie mich dasselbe», sagte Dr. Hasselbacher anklagend.

«Nur im Spaß, Hasselbacher.»

«Ich weiß. Verzeihen Sie mir. Dieser Argwohn — das ist ihr schlimmstes Werk.» Er starrte in den Ausguß. «Ein kindischer Traum. Natürlich weiß ich das. Fleming entdeckte das Penicillin durch einen begnadeten Zufall. Ein Zufall muß eben begnadet sein. Einem alten zweitklassigen Doktor wäre so etwas nie passiert, aber schließlich ging es sie nichts an — nicht wahr? —, wenn ich träumen wollte.»

«Ich verstehe nicht. Was steckt dahinter? Politik? Von wo war der Mann?»

«Er sprach Englisch wie ich, mit einem Akzent. Heutzutage gibt's überall Leute, die mit Akzent sprechen. Auf der ganzen Welt.»

«Haben Sie die Polizei angerufen?»

«Soviel ich weiß, war er die Polizei», sagte Dr. Hasselbacher.

«Fehlt etwas?»

«Ja, Papiere.»

«Wichtige Papiere?»

«Ich hätte sie nie aufheben dürfen. Sie waren über dreißig Jahre alt. Wenn man jung ist, gerät man in allerlei. Niemand führt ein ganz sauberes Leben, Mr. Wormold. Aber ich dachte, was vorbei ist, ist vorbei. Ich war zu optimistisch. Sie und ich — wir sind nicht wie die Leute hier. Wir haben keinen Beichtstuhl, in dem wir die schwarze Vergangenheit begraben können.»

«Sie müssen doch eine Ahnung haben... Was werden sie als nächstes tun?»

«Mich vielleicht in eine Kartei einreihen», sagte Dr. Hasselbacher. «Sie müssen sich ja aufspielen. Vielleicht werde ich auf der Karte zum Atomwissenschaftler befördert.»

«Können Sie das Experiment nicht wiederholen?»

«O doch. Doch, ich denke schon. Aber die Sache ist die: ich glaubte nie daran. Und jetzt ist es im Ausguß.» Er ließ Wasser rinnen, um die Abwasch zu reinigen. «Ich würde mich immer nur an diesen — Schmutz erinnern. Es war ein Traum. Das hier ist Wirklichkeit.» Etwas, das wie ein Stück Fliegenpilz aussah, verstopfte den Ausguß. Dr. Hasselbacher stieß es mit dem Finger hinab. «Danke, daß Sie gekommen sind, Mr. Wormold. Sie sind wirklich ein Freund.»

«Ich kann so wenig tun.»

«Sie hören mir zu. Ich fühle mich schon besser. Wenn ich nur wegen der Papiere nicht so in Sorge wäre. Vielleicht ist es Zufall, daß sie verschwunden sind. Vielleicht habe ich sie übersehen, in all diesem Wirrwarr.»

«Ich würde Ihnen gern suchen helfen.»

«Nein, Mr. Wormold. Sie sollen nichts finden, dessen ich mich schämen müßte.»

Sie tranken etwas inmitten der Wohnzimmertrümmer. Dann ging Wormold. Dr. Hasselbacher lag auf den Knien vor dem Lachenden Edelmann und kehrte unter dem Sofa. Als Wormold in den vier Wänden seines Wagens saß, spürte er Schuld näher nagen wie eine Maus in einer Gefängniszelle. Vielleicht würden sie sich bald aneinander gewöhnen, und die Schuld würde kommen und aus seiner Hand fressen. Leute wie er hatten das getan, Leute, die sich auf Klosetts anwerben ließen, mit fremden Schlüsseln Hoteltüren aufsperrten und Instruktionen über Geheimtinte und neue Verwendungsmöglichkeiten für Lambs ‹Nacherzählten Shakespeare› entgegennahmen. Jeder Witz hat eine Kehrseite: die Seite des Opfers.

In Santo Christo läuteten die Glocken. Die Tauben hoben sich vom Dach in den goldenen Abend und flogen kreisend davon, über die Losläden der O'Reilley Street und die Banken von Obispo;

kleine Jungen und Mädchen — ihr Geschlecht war fast ebenso unbestimmbar wie das der Vögel — strömten aus der ‹Schule der Unschuldigen Kinder› in ihren schwarz-weißen Uniformen, bepackt mit kleinen schwarzen Ranzen. Ihr Alter schied sie von 59200s erwachsener Welt: ihre Leichtgläubigkeit war anderer Art. Milly wird bald nach Hause kommen, dachte er zärtlich. Daß sie noch fähig war, Märchen zu glauben, machte ihn froh: eine Jungfrau, die ein Kind gebar, Bilder, die weinten oder im Dunkel Worte der Liebe sprachen. Mandrill und seinesgleichen waren ebenso leichtgläubig, doch was sie schluckten, waren Alpträume, groteske Greuel aus pseudowissenschaftlichen Romanen.

Wozu mitspielen, wenn nicht mit Leib und Seele? Sollte er ihnen für ihr Geld nicht etwas bieten, an dem sie ihre Freude haben konnten? Etwas, das sich in ihrer Kartei besser ausnehmen würde als ein Wirtschaftsbericht? Rasch schrieb er einen Entwurf: «nummer 1 vom 8. maerz beginn absatz a auf reise santiago berichte verschiedenster herkunft gehoert ueber bau grosser militaeranlagen in bergen von oriente stop diese anlagen zu ausgedehnt um auf dort verschanzte rebellenbanden abzuzielen stop geruechte angebliche waldbraende in wirklichkeit riesenrodungen stop bauern mehrerer doerfer gezwungen steinladungen zu schleppen beginn absatz b in hotelbar santiago spanischen piloten der fluggesellschaft cubana kennengelernt pilot in vorgeruecktem stadium trunkenheit erzaehlte auf flug havanna santiago riesige betonsockel bemerkt zu haben zu gross für wohnbauzwecke beginn absatz c 59200/5/3 der mich santiago begleitete erfuellte gefaehrlichen auftrag militaerhauptquartier bayamo und zeichnete seltsame maschinen vor abtransport richtung wald stop diese bilder folgen mit kurierpost absatz d darf ich ihm praemie auszahlen in hinblick gefahrvolle mission und arbeit an wirtschaftsbericht vorlaeufig einstellen mit ruecksicht auf besorgniserregenden ernst genannter nachrichten aus oriente beginn absatz e bitte um ueberpruefung paul dominguez pilot cubana den ich als 59200/5/4 einzustellen beabsichtige»

Vergnügt chiffrierte Wormold die Depesche. Das hätte ich mir nie zugetraut, staunte er. Und er dachte voll Stolz: 59200/5 versteht sein Geschäft. Seine gute Laune erstreckte sich sogar auf Charles Lamb. Als Kodebeginn wählte er Seite 217, Zeile 12: «Doch ich werde den Vorhang wegreißen und das Bild zeigen. Ist es nicht wohlgelungen?»

Wormold rief Lopez aus dem Geschäft, händigte ihm fünfundzwanzig Pesos ein und sagte: «Das ist Ihr erstes Monatsgehalt im voraus.» Er kannte Lopez gut genug, um für die zusätzlichen fünf

Pesos keine Dankbarkeit zu erwarten. Trotzdem überraschte es ihn ein wenig, als Lopez sagte: «Von dreißig Pesos kann man leben.»

«Was meinen Sie mit ‹kann man leben›? Die Firma zahlt Sie ohnehin sehr ordentlich.»

«Daß viel zu tun sein wird», sagte Lopez.

«So? Was?»

«Persönliche Dienste.»

«Was für persönliche Dienste?»

«Es muß sehr viel Arbeit sein. Sonst würden Sie mir keine fünfundzwanzig Pesos zahlen.» Wenn von Geld gesprochen wurde, war Lopez ihm seit jeher überlegen.

«Bringen Sie mir einen Atom-Kraft herauf», sagte Wormold.

«Wir haben nur einen im Geschäft.»

«Ich brauche ihn.»

Lopez seufzte. «Ist das ein persönlicher Dienst?»

«Ja.»

Als Wormold allein war, zerlegte er den Staubsauger, setzte sich zum Schreibtisch und begann mit größter Sorgfalt eine Reihe von Zeichnungen zu machen. Als er sich zurücklehnte und seine Skizzen betrachtete — den abgeschraubten Sprüher, die Spritzvorrichtung, die Düse und den Faltschlauch —, fragte er sich: übertreibe ich nicht? Da fiel ihm ein, daß er vergessen hatte, den Maßstab anzugeben. Er nahm das Lineal, zog einen Strich und numerierte ihn: ein Zentimeter entsprach einem halben Meter. Dann, zu größerer Verständlichkeit, malte er ein fünf Zentimeter hohes Männchen neben die Düse, kleidete es artig in einen dunklen Anzug und stattete es mit steifem Hut und Regenschirm aus.

Als Milly am Abend nach Hause kam, arbeitete er noch immer an seinem ersten Bericht, eine große Karte von Kuba auf seinem Schreibtisch.

«Was tust du da, Vater?»

«Die ersten Schritte in einer neuen Laufbahn.»

Sie schaute über seine Schulter. «Wirst du Schriftsteller?»

«Ja. Und zwar ein sehr phantasievoller.»

«Wirst du damit viel Geld verdienen?»

«Ein mäßiges Einkommen, Milly, wenn ich mich ernsthaft damit befasse und regelmäßig arbeite. Ich habe die Absicht, von nun an jeden Samstag einen solchen Essay zu schreiben.»

«Wirst du berühmt werden?»

«Das bezweifle ich. Zum Unterschied von den meisten Schriftstellern werde ich den ganzen Verdienst meinen Sklaven überlassen.»

«Sklaven?»

«So heißen die Leute, die die Arbeit machen, während der Autor das Geld einsteckt. Bei mir ist es umgekehrt. Ich mache die Arbeit, und aller Ruhm fällt auf die Sklaven.»

«Aber das Geld kriegst du?»

«O ja.»

«Dann kann ich also ein Paar Sporen kaufen?»

«Gewiß.»

«Du bist doch nicht krank, Vater?»

«Ich habe mich nie wohler gefühlt. Was muß das für eine Erleichterung gewesen sein, als du Thomas Earl Parkman junior angezündet hast!»

«Warum fängst du immer wieder damit an, Vater! Das ist Jahre her.»

«Weil ich nie ohne Bewunderung daran denke. Könntest du's nicht wieder tun?»

«Natürlich nicht. Dazu bin ich zu groß. Außerdem gibt's in der Oberstufe keine Jungen. Noch etwas, Vater: darf ich eine Feldflasche kaufen?»

«Was du willst. Augenblick: was gibst du hinein?»

«Limonade.»

«Sei ein gutes Kind und bring mir ein Blatt Papier. Ingenieur Cifuentes schreibt gern viel.»

«Angenehmer Flug?» fragte der Chef.

«Ein bißchen holprig über den Azoren», sagte Mandrill. Diesmal hatte er keine Zeit gehabt, sich umzuziehen: er trug noch seinen hellgrauen Tropenanzug. Aus Kingston dringend rückberufen, war er am Londoner Flugplatz von einem Wagen erwartet worden. Er setzte sich so nahe wie möglich zur Zentralheizung, konnte aber von Zeit zu Zeit ein Erschauern nicht unterdrücken.

«Was tragen Sie da für eine komische Blume?»

Mandrill hatte sie vergessen. Er legte die Hand an den Rockaufschlag.

«Sieht aus, als wäre es einmal eine Orchidee gewesen», sagte der Chef mit Mißbilligung.

«Pan American hat sie uns gestern zum Dinner gegeben», erklärte Mandrill, nahm den violetten Fetzen aus dem Knopfloch und legte ihn in den Aschenbecher.

«Zum Dinner? Was für eine Idee!» sagte der Chef. «Sie dürfte das Essen kaum verbessert haben. Ich persönlich hasse Orchideen. Dekadentes Zeugs. War da nicht einmal jemand, der grüne trug?»

«Ich steckte sie nur an, um Platz auf dem Tablett zu machen. Es war so überladen: heißes Gebäck und Champagner und süßer Salat und Tomatensuppe und Maryland-Huhn und Eis...»

«Abscheuliche Mischung. Sie sollten mit B. O. A. C. fliegen.»

«Sie ließen mir keine Zeit zum Buchen, Sir.»

«Tja, die Sache ist dringend. Sie wissen ja: unser Mann in Havanna legt sich seit neuestem scharf ins Zeug.»

«Er ist eine gute Kraft», sagte Mandrill.

«Das bestreite ich nicht. Ich wollte, wir hätten mehr seinesgleichen. Aber was ich nicht begreifen kann: wieso ist den Amerikanern dort noch nichts aufgefallen?»

«Haben Sie sie gefragt, Sir?»

«Natürlich nicht. Ich halte nicht viel von ihrer Intelligenz.»

«Vielleicht halten sie nicht viel von unserer.»

«Diese Pläne —», sagte der Chef, «haben Sie sie genauer angesehen?»

«Ich bin auf diesem Gebiet nicht sehr bewandert, Sir. Ich leitete sie unverzüglich weiter.»

«Schön, dann schauen Sie sich die Sachen jetzt in Ruhe an.» Der Chef breitete die Blätter auf den Schreibtisch. Mandrill, der sich höchst ungern von der Heizung entfernte, wurde von einem Schauer gepackt.

«Sind Sie krank?»

«Gestern in Kingston hatte es dreiunddreißig Grad.»

«Ihr Blut wird dünn. Kälte wird Ihnen guttun. Was sagen Sie dazu?»

Mandrill starrte auf die Pläne. Sie erinnerten ihn an — etwas. Er wußte nicht, warum, doch er verspürte ein seltsames Unbehagen.

«Sie erinnern sich doch an die dazugehörigen Berichte?» sagte der Chef. «Sie stammten von Strich drei. Wer ist das?»

«Wahrscheinlich Ingenieur Cifuentes, Sir.»

«Nicht einmal er kannte sich aus, was sagen Sie! Bei seinem ganzen Fachwissen. Diese Maschinen wurden vom Militärhauptquartier in Bayamo an den Waldrand geschafft, mit Lastwagen, und dann auf Maulesel umgeladen. Richtung: die ungeklärten Betonsockel.»

«Was sagt das Luftfahrtministerium, Sir?»

«Die Leute sind besorgt, sehr besorgt, und wollen natürlich Einzelheiten.»

«Und die Atomforscher?»

«Denen haben wir die Skizzen noch nicht gezeigt. Sie kennen ja diese Herren. Sie würden nur Einzelheiten kritisieren, sagen, das Ganze ist unverläßlich, das Rohr zu groß, oder zeigt in die verkehrte Richtung. Von einem Agenten, der aus dem Gedächtnis arbeitet, kann man nicht verlangen, daß er jede Einzelheit richtig zeichnet. Ich muß Photos haben, Mandrill.»

«Das ist viel verlangt, Sir.»

«Wir brauchen sie aber. Um jeden Preis. Wissen Sie, was Savage sagte? Ein böser Alptraum, das können Sie mir glauben! Er meinte, eine der Zeichnungen erinnerte ihn an einen gigantischen Staubsauger.»

«Einen Staubsauger!»

Mandrill beugte sich vor, besah die Zeichnungen ein zweitesmal, und wieder wurde ihm kalt.

«Da schaudern Sie, was?»

«Aber das ist unmöglich, Sir.» Es war ihm zumute, als kämpfte er um seine eigene Karriere. «Es kann unmöglich ein Staubsauger sein, Sir. Kein Staubsauger.»

«Diabolisch, was?» sagte der Chef. «Diese Findigkeit, diese Einfachheit, die teuflische Idee des Ganzen.» Er nahm das schwarze Monokel ab: Licht fiel auf das babyblaue Auge und ließ es an der Wand tanzen, über dem Heizkörper. «Sehen Sie sich das hier an. Sechsmal so groß wie ein Mensch. Wie ein riesiger Zerstäuber. Und das — woran erinnert Sie das?»

«An eine Doppeldüse», sagte Mandrill unglücklich.

«Was ist eine Doppeldüse?»

«Das haben gewisse Staubsauger.»

«Staubsauger. Schon wieder. Mandrill, ich glaube, die Sache, der wir da auf der Spur sind, ist so ungeheuerlich, daß die Wasserstoffbombe daneben verblassen wird.»

«Ist das wünschenwert, Sir?»

«Natürlich ist das wünschenswert. Über alltägliche Waffen zerbricht sich niemand den Kopf.»

«Woran denken Sie, Sir?»

«Ich bin kein Wissenschaftler», sagte der Chef. «Aber sehen Sie sich diesen Riesentank an. Kann kaum niedriger sein als die Bäume. Oben ein riesiges klaffendes Maul, und diese Pipeline — der Mann hat sie nur angedeutet. Wer sagt, daß sie nicht meilenweit reicht — vielleicht vom Gebirge bis zum Meer. Sie wissen ja, die Russen arbeiten angeblich an einer Idee — irgendwas mit Sonnenenergie und Meeresverdampfung. Ich weiß nicht, worum sich das Ganze dreht, aber ich weiß eines: das ist *die* Sache. Sagen Sie unserem Agenten, wir müssen Photos haben.»

«Ich kann mir nicht vorstellen, wie er jemals nahe genug —»

«Er soll ein Flugzeug chartern und sich über dem fraglichen Gebiet verirren. Nicht er selber, natürlich, Strich drei oder Strich zwei. Wer ist Strich zwei?»

«Professor Sanchez, Sir. Aber das ist unmöglich. Er würde abgeschossen werden. Armeeflugzeuge kontrollieren den ganzen Raum.»

«So, so.»

«Um das Gebiet von Rebellen zu säubern.»

«Angeblich. Wissen Sie was, Mandrill? Mir dämmert etwas.»

«Ja, Sir?»

«Daß es die Rebellen nicht gibt. Reine Erfindung. Liefert der Regierung den Vorwand, den sie braucht, um das Gebiet abzuriegeln.»

«Ich hoffe, Sie haben recht, Sir.»

«Es wäre für uns alle besser, wenn ich unrecht hätte», sagte der Chef heiter. «Ich habe Angst vor diesen Dingern, Mandrill, Angst.» Er klemmte das Monokel an seinen Platz, und das Licht sprang von der Mauer. «Als Sie das letztemal hier waren, Mandrill — haben Sie da mit Miss Jenkinson wegen einer Sekretärin für 59200 Strich 5 verhandelt?»

«Ja, Sir. Sie hatte niemand Idealen, dachte aber, ein Mädchen namens Beatrice wäre zu verwenden.»

«Beatrice? Wie ich diese Vornamen hasse! Voll ausgebildet?»

«Ja.»

«Es ist Zeit, unseren Mann in Havanna zu unterstützen. Ein ungeschulter Agent ohne Mitarbeiter — dazu nimmt die Sache zu große Ausmaße an. Schicken Sie auch einen Funker.»

«Sollte ich nicht zuerst zurückfahren und mit ihm reden? Ich könnte mir ein Bild machen, die Sache mit ihm durchsprechen —»

«Zu gefährlich, Mandrill. Wir können jetzt nicht riskieren, daß er auffliegt. Mit einer Sendeanlage kann er Direktverbindung mit London aufnehmen. Mir paßt dieser Umweg über das Konsulat nicht, und ihnen ebensowenig.»

«Und seine Berichte, Sir?»

«Für die wird er eine Art Kurierdienst organisieren müssen. Einer seiner Vertreter. Geben Sie der Sekretärin Instruktionen. Haben Sie sie schon gesehen?»

«Nein, Sir.»

«Nehmen Sie sie gleich vor. Überzeugen Sie sich, daß sie der richtige Typ ist. Imstande, das Technische zu erledigen. Schildern Sie ihr seine Firma. Die alte Sekretärin wird gehen müssen. Sprechen Sie mit dem A. O. Bis zu dem Tag, an dem sie sowieso in den Ruhestand getreten wäre, sollte sie eine angemessene Pension kriegen.»

«Ja, Sir», sagte Mandrill. «Dürfte ich die Pläne noch einmal sehen?»

«Der hier scheint Sie besonders zu interessieren. Was halten Sie davon?»

«Sieht aus wie eine Schnappkupplung», sagte Mandrill jämmerlich.

Als er bei der Türe stand, ließ der Chef sich wieder vernehmen: «Eigentlich verdanken wir das in erster Linie Ihnen, Mandrill. Einmal sagte man mir, Sie wären kein Menschenkenner. Aber ich verließ mich auf meine eigene Meinung. Bravo, Mandrill.»

«Danke, Sir.» Seine Hand lag auf der Klinke.

«Mandrill.»

«Ja, Sir?»

«Haben Sie das alte Notizbuch gefunden?»

«Nein, Sir.»

«Vielleicht findet es Beatrice.»

DRITTER TEIL

Erstes Kapitel

Es war eine Nacht, an die sich Wormold zeitlebens erinnern sollte. Er hatte sich an Millys siebzehntem Geburtstag für das ‹Tropicana› entschieden, ein harmloseres Lokal als das ‹Nacional›, trotz der Roulettezimmer, die man auf dem Weg ins Kabarett durchqueren mußte. Bühne und Tanzfläche lagen unter freiem Himmel, und in sechs Meter Höhe paradierten Girls unter Palmen, während rote und lila Scheinwerfer über den Boden fegten. Ein Mann in hellblauem Abendanzug besang Paree auf angloamerikanisch. Dann wurde das Klavier ins Unterholz geschoben, und die Tänzerinnen kamen aus den Zweigen herab wie täppische Vögel.

«Wie im Ardennerwald», schwärmte Milly. Die Duenna war fort: sie hatte sich nach dem ersten Glas Champagner empfohlen.

«Ich glaube kaum, daß es im Ardennerwald Palmen gegeben hat. Oder Girls.»

«Du nimmst alles so wörtlich, Vater.»

«Magst du Shakespeare?» fragte Dr. Hasselbacher.

«Oh, Shakespeare nicht — da wird mir zuviel gedichtet: Sie wissen ja: — Ein Bote von links. ‹Es greift zur Rechten mein Herr Herzog an.› ‹So rüste kühn zum Kampf sich jedermann.› »

«Ist das Shakespeare?»

«Wie Shakespeare.»

«Was du zusammenredest, Milly.»

«Soviel ich weiß, ist auch der Ardennerwald Shakespeare», sagte Dr. Hasselbacher.

«Ja, aber ich lese ihn nur in Lambs ‹Nacherzähltem Shakespeare›. Er streicht alle Boten, Vizeherzöge und Verse.»

«Gibt man euch das in der Schule?»

«O nein. Ich fand es in Vaters Zimmer.»

«Sie lesen Shakespeare in dieser Form, Mr. Wormold?» fragte Hasselbacher einigermaßen überrascht.

«Nein, natürlich nicht. Ich kaufte das Buch für Milly.»

«Warum warst du dann neulich so böse, als ich es mir auslieh?»

«Ich war nicht böse. Ich mag nur nicht, wenn du deine Nase in Dinge steckst, die dich nichts angehen.»

«Du sprichst, als wäre ich eine Spionin», sagte Milly.

«Meine liebe Milly, streit bitte nicht an deinem Geburtstag. Du vernachlässigst Dr. Hasselbacher.»

«Warum sind Sie so still, Dr. Hasselbacher?» fragte Milly und füllte ihr Glas zum zweitenmal mit Champagner.

«Eines Tages mußt du mir Lambs Nacherzählungen leihen, Milly. Auch ich finde Shakespeare mühsam.»

Ein sehr kleiner Mann in einer sehr engen Uniform winkte in Richtung ihres Tisches.

«Sie haben doch keine Sorgen, Dr. Hasselbacher?»

«An deinem Geburtstag? Was sollte ich da für Sorgen haben, außer das Alter?»

«Ist siebzehn so alt?»

«Mir sind die Jahre zu schnell vergangen.»

Der Mann in der knappen Uniform stand jetzt neben dem Tisch und verbeugte sich. Sein Gesicht war narbig und zerfressen wie die Pfeiler an der Hafenstraße. Er brachte einen Sessel mit, der fast ebenso groß war wie er.

«Vater, das ist Hauptmann Segura.»

«Darf ich Platz nehmen?» Er zwängte sich zwischen Milly und Dr. Hasselbacher, ohne Wormolds Antwort abzuwarten, und sagte: «Wie ich mich freue, Millys Vater kennenzulernen.» Seine Unverschämtheit kam so schnell, so selbstverständlich, daß man keine Zeit hatte, sie übelzunehmen, denn schon gab er Grund zu neuem Ärgernis. «Stellen Sie mich Ihrem Freund vor, Milly.»

«Dr. Hasselbacher.»

Hauptmann Segura ignorierte Dr. Hasselbacher und füllte Millys Glas. Dann rief er einen Kellner. «Bringen Sie uns eine neue Flasche.»

«Wir sind eben beim Aufbruch, Hauptmann Segura», sagte Wormold.

«Unsinn. Ich lade Sie ein. Es ist kaum zwölf vorbei.»

Wormolds Ärmel streifte ein Glas. Es fiel vom Tisch und ging in Brüche, wie die Geburtstagsparty. «Kellner, ein anderes Glas.» Segura begann leise zu singen. «Die Rose, die ich im Garten brach», neigte sich zu Milly und wandte Dr. Hasselbacher den Rücken.

«Sie benehmen sich sehr schlecht», sagte Milly.

«Schlecht? Zu Ihnen?»

«Zu uns allen. Heute ist mein siebzehnter Geburtstag. Das ist unsere Party. Die Party meines Vaters — nicht Ihre.»

«Ihr siebzehnter Geburtstag? Da müssen Sie meine Gäste sein. Ich werde ein paar Tänzerinnen an unseren Tisch bitten.»

«Wir brauchen keine Tänzerinnen», sagte Milly.

«Bin ich in Ungnade gefallen?»

«Ja.»

«Ah», sagte er erfreut. «Ich weiß, warum: weil ich heute nicht vor der Schule gewartet habe. Aber, Milly, manchmal muß mir die Arbeit wichtiger sein. Kellner, sagen Sie dem Kapellmeister, er soll einen Geburtstagstusch spielen.»

«Kommt nicht in Frage», sagte Milly. «Wie können Sie nur so — so vulgär sein!»

«Ich? Vulgär?» Hauptmann Segura lachte zufrieden. Dann sagte er zu Wormold: «Sie ist ein Spaßvögelchen. Ich spaße auch gern. Darum vertragen wir uns so gut.»

«Sie hat mir gesagt, Sie haben ein Zigarettenetui aus Menschenhaut.»

«Damit neckt sie mich gern. Ich habe ihr gesagt, ihre Haut würde eine hübsche —» Dr. Hasselbacher erhob sich jäh. «Ich gehe beim Roulette zuschauen», sagte er.

«Ich bin ihm unsympathisch?» fragte Hauptmann Segura. «Vielleicht ein alter Bewunderer, Milly? Ein sehr alter Bewunderer, haha!»

«Ein alter Freund», sagte Wormold.

«Wir beide wissen, Mr. Wormold, daß es zwischen Mann und Frau nichts Derartiges gibt wie Freundschaft.»

«Milly ist noch keine Frau!»

«Sie reden wie ein Vater, Mr. Wormold. Kein Vater kennt seine Tochter.»

Wormold betrachtete die Champagnerflasche, dann Hauptmann Seguras Kopf. Er war in arger Versuchung, die beiden miteinander bekannt zu machen. An einem Nebentisch, unmittelbar hinter dem Hauptmann, saß eine junge Frau, die Wormold noch nie gesehen hatte, und nickte ihm ernst und ermutigend zu. Er berührte die Champagnerflasche, und sie nickte wieder. Sie mußte, fand er, ebenso klug wie hübsch sein, um seine Gedanken so genau erraten zu haben. Er neidete sie ihren zwei Begleitern, zwei KLM-Piloten und einer Stewardeß.

«Kommen Sie, Milly», sagte Hauptmann Segura, «tanzen wir. Zum Beweis, daß Sie mir verziehen haben.»

«Ich will nicht tanzen.»

«Morgen — das schwöre ich — warte ich vor dem Kloster.»

Wormold machte eine kleine Gebärde, als wollte er sagen: ‹Ich habe nicht den Mut. Helfen Sie mir.› Das Mädchen betrachtete ihn ernsthaft; sie schien den Sachverhalt zu erwägen. Er hatte das Gefühl, jeglicher Entschluß, zu dem sie gelangte, würde ein endgültiger sein und unverzügliches Handeln erfordern. Sie spritzte Soda in ihren Whisky.

«Los, Milly, verderben Sie mir nicht die Freude an meiner Party.»

«Es ist Vaters Party. Nicht Ihre.»

«Sie bleiben so lange bös. Sie müssen doch einsehen, daß mir die Arbeit manchmal wichtiger sein muß, wichtiger sogar als meine liebe, kleine Milly.»

Das Mädchen hinter Hauptmann Segura zückte die Siphonflasche.

«Nein», sagte Wormold unwillkürlich, «nein.» Der Schnabel der Siphonflasche zielte auf Hauptmann Seguras Nacken. Der Finger des Mädchens lag am Abzug. Daß jemand so Hübsches ihn so verachtungsvoll anblicken konnte, verletzte ihn. Er sagte: «Ja. Bitte. Ja», und sie drückte ab. Der Sodawasserstrahl zischte von Hauptmann Seguras Nacken und rann seinen Hemdkragen entlang. Aus der Gegend der Tische kam Dr. Hasselbachers Stimme: «Bravo.» Hauptmann Segura rief: «*Coño.*»

«Es tut mir furchtbar leid», sagte die junge Frau, «ich wollte meinen Whisky spritzen.»

«Ihren Whisky!»

«Dimpled Haig», sagte das Mädchen. Milly kicherte.

Hauptmann Segura verbeugte sich steif. Man konnte seine Gefährlichkeit ebensowenig seiner Höhe nach schätzen wie die eines hochalkoholischen Getränks.

«Sie haben kein Sodawasser mehr, Madam», sagte Dr. Hasselbacher. «Darf ich Ihnen eine volle Flasche besorgen?» Die Holländer am Tisch der jungen Frau flüsterten verlegen.

«Ich glaube nicht, daß man mir eine volle anvertrauen sollte», sagte das Mädchen.

Hauptmann Segura quetschte ein Lächeln heraus. Es schien von der falschen Stelle zu kommen wie Zahnpasta, wenn die Tube platzt. «Zum erstenmal hat man mich in den Rücken geschossen», sagte er. «Ich bin froh, daß es eine Frau war.» Er hatte sich bewundernswert schnell gefaßt; von seinen Haaren tropfte es und sein Kragen war durchweicht. «Ein andermal hätte ich Ihnen ein Revanche-Match angeboten, aber ich komme schon zu spät in die Kaserne. Ich hoffe, ich darf Sie wiedersehen?»

«Ich bleibe hier», sagte sie.

«Ferien?»

«Nein. Arbeit.»

«Sollten Sie Schwierigkeiten mit Ihrer Aufenthaltsbewilligung haben, müssen Sie zu mir kommen», sagte er zweideutig. «Gute Nacht, Milly. Gute Nacht, Mr. Wormold. Ich sage dem Kellner, daß Sie meine Gäste sind. Bestellen Sie, was Sie wollen.»

«Beachtlicher Abgang», sagte das Mädchen.

«Es war ein beachtlicher Schuß.»

«Ihn mit einer Champagnerflasche niederzuschlagen, wäre vielleicht etwas übertrieben gewesen. Wer ist er?»

«Viele nennen ihn den Roten Geier.»

«Er foltert Gefangene», sagte Milly.

«Er scheint mich sympathisch zu finden.»

«Davon wäre ich nicht allzu überzeugt», sagte Doktor Hasselbacher.

Sie schoben die Tische aneinander. Die beiden Piloten verbeugten sich und nannten unaussprechliche Namen. Dr. Hasselbacher sagte entsetzt zu den Holländern: «Sie trinken ja Coca-Cola.»

«Vorschrift. Wir fliegen um 3.30 nach Montreal.»

«Wenn Hauptmann Segura zahlt, bestellen wir noch Champagner», sagte Wormold. «Und noch Coca-Cola.»

«Ich glaube kaum, daß ich noch ein Glas Coca-Cola vertrage. Und du, Hans?»

«Ich könnte einen Bols vertragen», sagte der jüngere Pilot.

«Kommt nicht in Frage», sagte die Stewardess mit fester Stimme, «nicht vor Amsterdam.»

«Ich würde sie gern heiraten», flüsterte der junge Pilot Wormold zu.

«Wen?»

«Miss Pfunk», oder so ähnlich.

«Will sie nicht?»

«Nein.»

Der ältere Holländer sagte: «Ich habe eine Frau und drei Kinder.» Er knöpfte seine Brusttasche auf. «Ich habe ihre Bilder hier.» Er reichte Wormold ein Farbphoto. Man sah ein Mädchen in Badeanzug und enganliegendem Pullover, das Schlittschuhe anzog. Auf dem Pullover stand ‹Mamba Club› und unter dem Bild las Wormold: «Wir garantieren für gute Unterhaltung. Fünfzig schöne Mädchen. Sie werden nicht allein sein.»

«Ich glaube, das ist nicht das richtige Photo», sagte Wormold.

Die junge Frau — sie hatte kastanienbraunes Haar und, soviel er in der verwirrenden Beleuchtung feststellen konnte, haselnußbraune Augen — sagte: «Tanzen wir.»

«Ich bin kein guter Tänzer.»

«Das macht doch nichts, oder?»

Er schob sie hin und her. Sie sagte: «Ich verstehe. Eigentlich sollte das ein Rumba sein. Ist das Ihre Tochter?»

«Ja.»

«Sie ist sehr hübsch.»

«Sind Sie eben angekommen?»

«Ja. Die Besatzung wollte bummeln gehen, also ging ich mit.
Ich kenne hier niemanden.» Ihr Kopf reichte an sein Kinn. Er
konnte ihr Haar riechen: als sie tanzten, berührte es seinen Mund.
Er empfand etwas wie Enttäuschung, daß sie einen Ehering trug.
«Ich heiße Severn», sagte sie. «Beatrice Severn.»

«Ich Wormold.»

«Dann bin ich Ihre Sekretärin», sagte sie.

«Was wollen Sie damit sagen? Ich habe keine Sekretärin.»

«O doch, Sie haben eine. Hat man Sie von meiner Ankunft nicht
verständigt?»

«Nein.» Er brauchte nicht zu fragen, wer ‹man› war.

«Ich habe das Telegramm aber selbst abgeschickt.»

«Vorige Woche kam eines — aber es war völlig unverständlich.»

«Welche Lamb-Ausgabe haben Sie?»

«*Everyman.*»

«Teufel. Man hat mir die falsche gegeben. Das Telegramm muß
wirklich chaotisch gewesen sein. Aber wie dem auch sei, ich bin
froh, daß ich Sie getroffen habe.»

«Ich auch. Und etwas überrumpelt, natürlich. Wo wohnen Sie?»

«Heute noch im Inglaterra. Morgen wollte ich einziehen.»

«Einziehen? Wo?»

«In Ihr Kontor, natürlich. Es ist mir gleich, wo ich schlafe. Ich
lege mich einfach in eines Ihrer Büros.»

«Ich habe keine. Die Vertretung ist sehr klein.»

«Ein Sekretärinnenzimmer haben Sie auf jeden Fall.»

«Ich habe nie eine Sekretärin gehabt, Mrs. Severn.»

«Nennen Sie mich Beatrice. Angeblich eine gute Sicherheitsmaßnahme.»

«Sicherheitsmaßnahme?»

«Wenn's nicht einmal ein Sekretärinnenzimmer gibt, wird die
Sache kompliziert, das gebe ich zu. Setzen wir uns nieder.»

Ein Mann in einem gewöhnlichen schwarzen Smoking — unter
den Dschungelbäumen sah er aus wie ein englischer Verwaltungs-
offizier — begann zu singen:

> «Um dich sind normale und werte
> Familienfreunde. Sie sagen: ‹Die Erde
> ist rund.› Es scheint sie zu stören,
> daß ich nicht normal bin.
> ‹Äpfel sind schalig, Orangen voll Kerne.›
> Ich nenne Nacht Tag, sag Sonne statt Sterne
> und pflege mich nicht zu beschweren.
>
> O bitte, glaub ja nicht . . .»

Sie setzten sich ins Roulettezimmer, an einen leeren Tisch an der Wand. Sie konnten das Klicken der Kugeln hören. Es klang wie Schluckauf. Sie trug wieder ihren ernsthaften Blick, ein wenig befangen, wie ein Mädchen sein erstes langes Kleid. «Hätte ich gewußt, daß ich Ihre Sekretärin bin, wäre es mir nie eingefallen, den Polizisten anzuspritzen. — Ohne Ihren Befehl, meine ich.»

«Sie brauchen sich keine Vorwürfe zu machen.»

«Dabei hat man mich hergeschickt, um Sie zu entlasten — nicht, um alles noch mehr zu erschweren.»

«Hauptmann Segura ist nicht wichtig.»

«Ich bin nämlich gründlich geschult. Geprüft in Chiffrieren und Mikrophotographie. Ich kann die Verbindung zu Ihren Agenten aufnehmen.»

«Oh.»

«Sie waren ungemein tüchtig. Deshalb dürfen Sie nichts riskieren. Darauf legt London größten Wert. Agenten werden zu leicht erschossen. Wenn ich erschossen werde, macht es weniger.»

«Es wäre mir gar nicht recht, Sie erschossen zu sehen. Erschlossen schon eher.»

«Ich verstehe nicht.»

«Ich habe an Rosen gedacht.»

«Da das Telegramm unverständlich war, wissen Sie natürlich auch nichts vom Funker», sagte sie.

«Nein.»

«Er ist auch im Inglaterra. Krank. Er verträgt nämlich das Fliegen nicht. Ihn müssen wir auch wo unterbringen.»

«Wenn er krankt ist...»

«Sie können ihn als Hilfsbuchhalter einstellen. Das hat er gelernt.»

«Ich brauche keinen. Ich habe nicht einmal einen Hauptbuchhalter.»

«Zerbrechen Sie sich nicht den Kopf. Morgen früh bringe ich alles in Ordnung. Dazu bin ich da.»

«Irgendwie erinnern Sie mich an meine Tochter», sagte Wormold. «Halten Sie Novenen?»

«Was ist das?»

«Das wissen Sie nicht? Gott sei gedankt — wenigstens dafür.»

Der Mann im Smoking beendete sein Chanson.

«Ich nenne Frost Hitze, sag Mai statt Dezember
und pflege mich nicht zu beschweren.»

Die blauen Lichter wurden rosa, und die Tänzerinnen verschwanden wieder in den Palmwipfeln. Auf den Spieltischen klapperten die Würfel, und Milly und Dr. Hasselbacher strebten fröhlich der Tanzfläche zu. Es war, als hätte man die Scherben ihres Geburtstags zu einem neuen gefügt.

Zweites Kapitel

I

Am nächsten Morgen stand Wormold früh auf. Er hatte einen leichten Katzenjammer vom Champagner, und die Unwirklichkeit der Tropicana-Nacht währte bis tief in den Arbeitstag. Er sei ungemein tüchtig, hatte Beatrice gesagt — und sie sprach für Mandrill und ‹man›. Er empfand leise Enttäuschung, daß sie, wie Mandrill, der Schemenwelt seiner Agenten angehörte. Seiner Agenten...

Er setzte sich an seine Kartei. Vor ihrer Ankunft mußte er dafür sorgen, daß seine Karten so glaubhaft wie möglich wirkten. Einige seiner Agenten, fand er nun, grenzten hart ans Unwahrscheinliche. Professor Sanchez und Ingenieur Cifuentes waren tief verstrickt. Er konnte sie nicht mehr loswerden; sie hatten fast 200 Pesos bezogen. Lopez war ebenfalls nicht anzubringen. Der versoffene Cubana-Pilot hatte für seine Betonsockel-Geschichte die beachtliche Prämie von 500 Pesos eingesteckt, konnte aber vielleicht als unzuverlässig aufgegeben werden. Dann war da noch der Kapitän der *Juan Belmonte*, den er in Cienfuegos trinken gesehen hatte — eine recht überzeugende Figur, außerdem bezog er nur 75 Pesos monatlich. Dafür gab es andere, die — so fürchtete er — einer näheren Prüfung nicht standhalten würden: Rodriguez, zum Beispiel, der auf seiner Karteikarte als Nachtklubkönig aufschien, und Teresa, Tänzerin am Shanghai-Theater, die er sowohl dem Verteidigungsminister als auch dem Direktor des Post- und Telegraphenamts als Geliebte angedichtet hatte. (Kein Wunder, daß die Londoner Überprüfung weder über Rodriguez noch über Teresa das geringste zutage gefördert hatte.) Er war darauf vorbereitet, Rodriguez fallenzulassen, denn jeder, der mit Havanna vertraut wurde, mußte seine Existenz früher oder später bezweifeln. Hingegen schmerzte es ihn, Teresa zu verabschieden. Sie war seine einzige Spionin, seine Mata Hari. Außerdem war kaum anzunehmen, daß seine neue Sekretärin ins Shanghai gehen würde, wo man zwischen Nackttänzen allabendlich drei pornographische Filme zeigte.

Milly setzte sich zu ihm. «Was sind das für Karten?» fragte sie.

«Kunden.»

«Wer war das Mädchen gestern abend?»

«Meine zukünftige Sekretärin.»

«Wie vornehm du wirst.»

«Gefällt sie dir?»

«Ich weiß nicht. Du hast mir ja keine Chance gegeben, mit ihr zu reden, vor lauter Tanzen und Flirten.»

«Ich habe nicht geflirtet.»

«Will sie dich heiraten?»

«Guter Gott, nein.»

«Willst du sie heiraten?»

«Milly, sei bitte vernünftig. Ich habe sie gestern abend zum erstenmal gesehen.»

«Marie, eine Französin im Kloster, sagt, jede wahre Liebe ist ein *Coup de Foudre.*»

«Sind das die Dinge, über die ihr euch im Kloster unterhaltet?»

«Natürlich. Das ist doch die Zukunft. Oder nicht? Wir haben keine Vergangenheit, über die wir reden können. Außer Schwester Agnes.»

«Wer ist Schwester Agnes?»

«Die traurige, hübsche. Ich habe dir schon von ihr erzählt. Sie hatte einen unglücklichen *Coup de Foudre* in ihrer Jugend, sagt Marie.»

«Hat sie das Marie erzählt?»

«Nein, natürlich nicht. Aber Marie weiß das. Sie hat selbst schon zwei unglückliche *Coups de Foudre* gehabt. Ganz plötzlich, aus heiterem Himmel.»

«In meinem Alter ist man außer Gefahr.»

«O nein. Ich weiß von einem alten Mann — er war fast fünfzig —, der bekam einen *Coup de Foudre* für Maries Mutter. Er war verheiratet, wie du.»

«Nun, meine Sekretärin ist auch verheiratet. Also dürfte ja alles in Ordnung sein.»

«Ist sie wirklich verheiratet, oder eine hübsche Witwe?»

«Das weiß ich nicht. Ich habe sie nicht gefragt. Findest du sie hübsch?»

«Eigentlich schon. In einer gewissen Art.»

Lopez rief von unten: «Eine Dame ist hier. Sie sagt, Sie erwarten sie.»

«Schicken Sie sie herauf.»

«Ich bleibe», warnte Milly.

«Beatrice, das ist Milly.»

Er sah, daß ihre Augen dieselbe Farbe wie am Vorabend hatten, auch ihr Haar — unabhängig von Palmen und Champagner. Sie sieht wirklich aus, dachte er.

«Guten Morgen», sagte Milly im Ton der Duenna. «Ich hoffe, Sie haben gut geschlafen.»

«Ich habe schrecklich geträumt.» Sie sah Wormold an, dann die Kartei, dann Milly. «Der gestrige Abend war sehr schön», sagte sie.

Milly sagte hochherzig: «Sie waren großartig mit der Sodawasserflasche, Miss —»

«Mrs. Severn. Aber bitte nennen Sie mich Beatrice.»

«Oh, Sie sind verheiratet?» fragte Milly mit gespielter Neugier.

«Ich *war* verheiratet.»

«Ist er tot?»

«Nicht daß ich wüßte. Eher verblaßt.»

«Oh.»

«Das kommt vor, bei Leuten seines Schlags.»

«Welchen Schlags?»

«Milly, es ist höchste Zeit, daß du gehst. Wie kommst du dazu, Mrs. Severn — ich meine, Beatrice — solche Fragen zu stellen.»

«In meinem Alter», sagte Milly, «muß man aus den Erfahrungen anderer lernen.»

«Sie haben ganz recht. Ich nehme an, Sie würden Leute seines Schlags intellektuell und sensibel nennen. Ich fand ihn sehr schön. Er sah aus wie eines dieser Vogeljungen, die in Kulturfilmen aus dem Nest gucken, mit Flaum rund um den Adamsapfel — einen ziemlich großen Adamsapfel. Der Jammer war nur — als er fast vierzig war, wirkte er noch immer wie ein Küken. Die Mädchen schwärmten für ihn. Er fuhr gern zu *Unesco*-Konferenzen, nach Wien, Venedig, etcetera. Haben Sie ein Safe, Mr. Wormold?»

«Nein.»

«Und was ist dann passiert?»

«Oh, mit der Zeit sah ich durch ihn hindurch — ich meine das wörtlich, nicht etwa gehässig. Er wurde sehr dünn und konkav — gewissermaßen durchsichtig. Wenn ich ihn anschaute, sah ich, wie die Delegierten zwischen seinen Rippen saßen und wie der Sprecher aufstand und sagte: ‹Freiheit ist für schöpferische Schriftsteller von Bedeutung.› Es war sehr unheimlich beim Frühstück.»

«Und Sie wissen nicht, ob er noch lebt?»

«Voriges Jahr lebte er noch, denn ich las in der Zeitung, daß er in Taormina einen Vortrag hielt: ‹Der Intellektuelle und die Wasserstoffbombe.› Sie müßten wirklich ein Safe haben, Mr. Wormold.»

«Wozu?»

«Sie können doch die Sachen nicht einfach herumliegen lassen.

Außerdem erwartet man das von einem altmodischen Handelsherrn wie Ihnen.»

«Wer hat mich einen altmodischen Handelsherrn genannt?»

«Das ist der Eindruck, den man in London von Ihnen hat. Ich kaufe Ihnen auf der Stelle ein Safe.»

«Ich gehe», sagte Milly. «Du wirst doch vernünftig sein, Vater? Du weißt, was ich meine.»

2

Es wurde ein anstrengender Tag. Zuerst machte sich Beatrice auf den Weg und erstand ein Kombinationssafe, zu dessen Transport ein Lastwagen und sechs Männer erforderlich waren. Als sie es die Stiege hinauftrugen, zertrümmerten sie das Geländer und ein Bild. Vor dem Haus sammelte sich eine Menschenmenge einschließlich mehrerer Schwänzer von der Schule nebenan, zweier schöner Negerinnen und eines Polizisten. Als Wormold sich beklagte, daß die Sache die allgemeine Aufmerksamkeit auf ihn zog, erwiderte Beatrice, daß nur der Interesse hervorrief, der ihm zu entgehen suchte.

«Nehmen Sie zum Beispiel die Siphonflasche», sagte sie. «Was mich betrifft, wird jeder denken: ‹Das ist die Frau, die den Polizisten angespritzt hat.› Niemand wird fragen, wer ich bin. Man weiß es.»

Während sie sich noch immer mit dem Safe abmühten, fuhr ein Taxi vor und ein junger Mann stieg aus und entlud den größten Koffer, den Wormold je gesehen hatte. «Das ist Rudy», sagte Beatrice.

«Wer ist Rudy?»

«Ihr Hilfsbuchhalter. Ich sagte es Ihnen gestern abend.»

«Gott sei gedankt», sagte Wormold. «Offenbar sind gestern abend auch Dinge passiert, die ich vergessen habe.»

«Komm herein, Rudy, erhol dich.»

«Es hat überhaupt keinen Sinn, ihm das zu sagen», sagte Wormold. «Herein? Wohin? Es ist kein Platz.»

«Er kann im Büro schlafen», sagte Beatrice.

«Dort ist nicht genug Platz für ein Bett, dieses Safe und meinen Schreibtisch.»

«Ich werde Ihnen einen kleineren Schreibtisch besorgen. Wie geht's, Rudy? Den Flug endlich überstanden? Das ist Mr. Wormold, der Boß.»

Rudy war sehr jung und sehr blaß und hatte gelbgefleckte Finger, von Nikotin oder Säure. «Heute nacht habe ich zweimal gebrochen, Beatrice. Eine Röntgenröhre ist hin.»

«Das hat Zeit. Erst die Vorarbeiten. Mach dich auf die Socken und kauf ein Feldbett.»

«Zu Befehl», sagte Rudy und verschwand. Eine der Negerinnen schob sich an Beatrice heran und sagte: «Ich britisch.»

«Ich auch», sagte Beatrice. «Sehr erfreut, Sie kennenzulernen.»

«Sie die was Hauptmann Segura angeschüttet hat?»

«Gott, mehr oder weniger. Eigentlich spritzte ich.»

Die Negerin drehte sich um und gab der Menge Erklärungen auf spanisch. Ein paar Leute klatschten. Der Polizist machte sich davon, mit verlegener Miene. «Sie sehr hübsch, Miss», sagte die Negerin.

«Sie sind selber ganz schön hübsch», sagte Beatrice. «Helfen Sie mir mit dem Koffer.»

Sie plagten sich mit Rudys Koffer, stießen und zogen.

«Verzeihung», sagte ein Mann und bahnte sich mit dem Ellbogen einen Weg durch die Menge, «verzeihen Sie, bitte.»

«Was wollen Sie?» fragte Beatrice. «Sehen Sie nicht, daß wir zu tun haben? Melden Sie sich an.»

«Ich möchte einen Staubsauger kaufen.»

«Ach, einen Staubsauger. Ich glaube, da gehen Sie besser hinein. Können Sie über den Koffer steigen?»

Wormold rief Lopez zu: «Kümmern Sie sich um ihn. Und schauen Sie, daß Sie ihm einen Atom-Kraft verkaufen! Wir haben noch keinen einzigen verkauft.»

«Werden Sie hier wohnen?» fragte die Negerin.

«Ich werde hier arbeiten. Schönen Dank für Ihre Hilfe.»

«Wir Britischen müssen zusammenhalten», sagte die Negerin.

Die Männer, die das Safe aufgestellt hatten, kamen herunter. Sie spuckten in die Hände und rieben sie an ihren blauen Hosen, zum Beweis, wie sehr sie sich geplagt hatten. Wormold gab ihnen ein Trinkgeld. Dann ging er in den ersten Stock und besah düster sein Büro. Daß gerade noch genügend Platz für ein Feldbett war, störte ihn am meisten, denn das nahm ihm jeglichen Vorwand. «Es ist nirgends Platz für Rudys Kleider», sagte er.

«Rudy gibt sich mit allem zufrieden. Daran ist er gewöhnt. Außerdem bleibt immer noch Ihr Schreibtisch. Wir leeren die Laden ins Safe. Dann kann Rudy seine Sachen in die Laden tun.»

«Ich habe noch nie ein Kombinationsschloß benützt.»

«Es ist ganz einfach. Sie wählen drei Zahlen, die Sie sich leicht merken können. Welche Nummer hat Ihre Straße?»

«Ich weiß nicht.»

«Schön, also Ihre Telephonnummer — nein, das ist zu unsicher. Das sind die Nummern, die ein Einbrecher probiert. Wann sind Sie geboren?»

«1914.»

«Und Ihr Geburtstag?»

«6. Dezember.»

«Schön, dann nehmen wir 19-6-14.»

«Das werde ich mir nicht merken.»

«O doch, das werden Sie. Sie können Ihren eigenen Geburtstag nicht vergessen. Und jetzt schauen Sie her: Sie drehen den Knopf viermal im entgegengesetzten Sinn des Uhrzeigers, dann vor auf 19, dreimal im Uhrzeigersinn, dann auf 6, zweimal im entgegengesetzten Uhrzeigersinn, dann auf 14, dann rundherum, und es ist zu. Aufgesperrt wird genauso — 19-6-14 — und eins zwei drei, offen.»

Im Safe lag eine tote Maus.

«Gebraucht», sagte Beatrice. «Ich hätte einen Preisnachlaß bekommen müssen.»

Sie begann Rudys Koffer auszupacken und zog Stücke und Teile einer Sendeanlage hervor, Batterien, Photozubehör, geheimnisvolle Röhren, die in Rudys Socken steckten. «Wie haben Sie dieses ganze Zeug durch den Zoll gebracht?» fragte Wormold.

«Gar nicht. 59200/4/5 holte es aus Kingston.»

«Wer ist das?»

«Ein kreolischer Schmuggler. Er schmuggelt Kokain, Opium und Marihuana. Natürlich hat er die Zollbehörden längst bestochen. Diesmal glaubten sie, es wäre seine übliche Ladung.»

«In so einen Koffer geht eine Menge Rauschgift.»

«Ja. Wir mußten auch schwer zahlen.»

Flink und ordentlich verstaute sie alles in den Laden, die sie ins Safe entleert hatte. «Rudys Hemden werden zerknittert sein — aber das macht nichts.»

«Mir nicht.»

«Was ist das für eine Kartei?» fragte sie und nahm die Karten, die er durchgesehen hatte.

«Meine Agenten.»

«Soll das heißen, Sie lassen sie auf Ihrem Schreibtisch herumliegen?»

«Oh, abends sperre ich sie fort.»

«Von Vorsichtsmaßnahmen haben Sie wohl nie gehört?» Sie zog eine Karte heraus. «Wer ist Teresa?»

«Sie tanzt nackt.»

«Sie tanzt nackt?»

«Ja.»

«Wie interessant für Sie. London will, daß ich mit Ihren Agenten Verbindung aufnehme. Werden Sie mich Teresa vorstellen, wenn sie einmal was anhat?»

«Ich glaube kaum, daß sie für eine Frau arbeiten würde», sagte Wormold. «Sie wissen ja, wie diese Mädel sind.»

«Ich nicht. Sie. Ah, Ingenieur Cifuentes. London hält viel von ihm. Sie werden mir doch nicht sagen, daß er etwas dagegen hätte, für eine Frau zu arbeiten.»

«Er kann nicht Englisch.»

«Vielleicht könnte ich Spanisch lernen. Spanischunterricht wäre keine schlechte Tarnung. Ist er so schön wie Teresa?»

«Er hat eine sehr eifersüchtige Frau.»

«Oh, mit der würde ich schon fertig, glaube ich.»

«Absurd, natürlich, wenn man bedenkt, wie alt er ist.»

«Wie alt ist er?»

«Fünfundsechzig. Außerdem würde ihn — davon abgesehen — keine Frau anschauen: er ist schmerbäuchig. Wenn Sie wollen, frage ich ihn wegen der Spanischstunden.»

«Das eilt nicht. Lassen wir's einstweilen. Ich könnte mit dem hier anfangen: Professor Sanchez. An den Umgang mit Intellektuellen hat mich mein Mann gewöhnt.»

«Er kann auch nicht Englisch.»

«Aber doch sicher Französisch. Meine Mutter war Französin. Ich bin zweisprachig.»

«Ich weiß nicht, ob er Französisch kann. Aber ich werde es feststellen.»

«Sie hätten diese ganzen Namen wirklich nicht auf die Karten schreiben dürfen — so *en Clair*. Was ist, wenn Hauptmann Segura eine Hausdurchsuchung macht? Der Gedanke, Cifuentes' Schmerbauch könnte als Zigarettenetui enden, ist mir gar nicht angenehm. Sie müssen nur genügend Einzelheiten unter die Nummern schreiben. Dann erinnern Sie sich schon. Zum Beispiel: 59200/5/3 — eifersüchtige Frau und Schmerbauch. Ich werde das erledigen und die alten Karten verbrennen. Teufel! Wo ist das Zelluloid?»

«Zelluloid?»

«Zum raschen Verbrennen von Papieren. Wahrscheinlich hat Rudy es in seine Hemden gesteckt.»

«Wieviel Krimskrams Sie mitschleppen.»

«Jetzt müssen wir die Dunkelkammer einrichten.»

«Ich habe keine Dunkelkammer.»

«Heutzutage hat niemand eine. Darauf bin ich vorbereitet: Verdunklungsvorhänge und eine rote Lampe. Und natürlich ein Mikroskop.»

«Wozu brauchen wir ein Mikroskop?»

«Mikrophotographie. Sollte es einmal etwas wirklich Wichtiges geben, das nicht gekabelt werden kann, will London, daß wir den zeitraubenden Umweg über Kingston vermeiden. Ein Mikrophoto kann man in einen gewöhnlichen Briefumschlag stecken: man klebt es als Punkt auf und drüben wird der Brief so lange ins Wasser gelegt, bis sich der Punkt ablöst. Sie schreiben doch sicher manchmal nach Hause. Geschäftsbriefe...?»

«Die gehen nach New York.»

«Freunde, Verwandte?»

«Zu denen habe ich in den letzten zehn Jahren den Kontakt verloren. Außer zu meiner Schwester. Natürlich schreibe ich Weihnachtskarten.»

«Vielleicht werden wir nicht bis Weihnachten warten können.»

«Manchmal schicke ich einem kleinen Neffen Briefmarken.»

«Das ist das Wahre. Wir könnten ein Mikrophoto auf die Rückseite einer der Marken kleben.»

Rudy, mit seinem Feldbett beladen, stapfte die Treppe herauf. Der Bilderrahmen zerbrach noch einmal. Beatrice und Wormold gingen ins Nebenzimmer, um Rudy Platz zu machen, und setzten sich auf Wormolds Bett. Man hörte lautes Gestoße und Geklirre. Dann zerbrach etwas.

«Rudy ist nicht besonders geschickt», sagte Beatrice. Ihr Blick schweifte. «Kein einziges Photo», sagte sie. «Haben Sie kein Privatleben?»

«Kein sehr ausgedehntes», sagte er. «Außer Milly. Und Dr. Hasselbacher.»

«London ist gegen Dr. Hasselbacher.»

«London soll zum Teufel gehen», sagte Wormold. Plötzlich drängte es ihn, ihr die Verwüstung der Wohnung Dr. Hasselbachers zu schildern, das Ende seiner harmlosen Experimente. «Leute wie Ihre Freunde in London...», sagte er. «Es tut mir leid. Sie gehören dazu.»

«Sie auch.»

«Ja, natürlich. Ich auch.»

«Ich bin soweit», rief Rudy aus dem Nebenzimmer.

«Ich wollte, Sie gehörten nicht dazu», sagte Wormold.

«Man kann davon leben», sagte sie.

«Aber nicht wirklich. Dieses ganze Spionieren. Was bringt man denn heraus? Geheimagenten, die entdecken, was jeder längst weiß...»

«Oder es erfinden», sagte sie. Er verstummte, und sie fuhr fort, in unverändertem Ton: «Es gibt eine Menge anderer Berufe, die auch nicht wirklich sind: Plastikseifenschüsseln entwerfen, in Brandmalerei Witze an Wirtshauswände schreiben, Werbeslogans erfinden, Abgeordneter sein, bei *Unesco*-Konferenzen reden. Aber das Geld ist wirklich. Was man nach der Arbeit tut, ist wirklich. Ich meine: Ihre Tochter ist wirklich und ihr siebzehnter Geburtstag ist wirklich.»

«Was tun Sie nach der Arbeit?»

«Jetzt nichts Besonderes. Aber als ich verliebt war ... Wir gingen ins Kino, tranken Kaffee in Espressos, und an Sommerabenden saßen wir im Park.»

«Was ist geschehen?»

«Um etwas ‹wirklich› zu erhalten, braucht es zwei. Er spielte dauernd Theater, hielt sich für *den* Liebhaber. Manchmal wünschte ich fast, er würde eine Weile impotent, vielleicht hätte er dann sein Selbstvertrauen verloren. Man kann nicht lieben und sicher sein wie er. Wer liebt, hat Angst zu verlieren, nicht wahr? Aber warum erzähle ich Ihnen das alles», unterbrach sie sich. «Gehen wir lieber Mikrophotos machen und Telegramme chiffrieren.» Sie warf einen Blick ins Nebenzimmer. «Rudy liegt auf seinem Bett. Wahrscheinlich ist er schon wieder flugkrank. Kann man so lange flugkrank sein? Haben Sie kein Zimmer ohne Bett? Betten bringen einen immer zum Reden.» Sie öffnete eine andere Türe. «Gedeckter Tisch. Kaltes Fleisch und Salat. Zwei Teller. Wer macht das? Ein Heinzelmännchen?»

«Eine Frau. Sie kommt jeden Morgen auf zwei Stunden.»

«Und das nächste Zimmer?»

«Gehört Milly. Dort steht auch ein Bett.»

Drittes Kapitel

I

Die Lage war ungemütlich, von welchem Standpunkt auch immer er sie betrachtete. Wormold hatte nunmehr die Gewohnheit, gelegentlich Spesen für Ingenieur Cifuentes und den Professor, sowie Monatsgehälter für sich, den Kapitän der *Juan Belmonte* und Teresa, die Nackttänzerin, zu beziehen. Der trunksüchtige Pilot wurde für gewöhnlich mit Whisky bezahlt. Das Geld legte Wormold auf sein Konto. Eines Tages würde es Millys Mitgift sein. Um diese Zahlungen zu rechtfertigen, hatte er natürlich wöchentliche Berichte zu liefern. Mit Hilfe einer großen Landkarte, der Wochenzeitschrift *Time*, die der westlichen Hemisphäre eine Reihe von Seiten vorbehielt und Cuba großzügigen Platz einräumte, verschiedener offizieller Wirtschaftsbulletins, vor allem aber mit Hilfe seiner Phantasie, war es ihm bisher gelungen, mindestens einen Bericht pro Woche zusammenzubrauen, und bis zu Beatrices Ankunft hatte er seine Samstagabende für diese Arbeit freigehalten. Der Professor war Fachmann für Wirtschaftsfragen, Ingenieur Cifuentes befaßte sich mit den geheimnisvollen Anlagen im Orientegebirge. (Seine Berichte wurden vom Cubana-Piloten bald bestätigt, bald bestritten. Widerspruch schmeckte nach Wahrheit.) Der Kapitän schilderte die Arbeitsmarktlage in Santiago, Matanzas und Cienfuegos und berichtete von wachsender Besorgnis in Marinekreisen. Was die Nackttänzerin betraf, so lieferte sie pikante Einzelheiten über Privatleben und sexuelle Launen des Verteidigungsministers sowie des Post- und Telegraphenamtdirektors. Ihre Berichte zeigten auffallende Ähnlichkeit mit Artikeln über Filmstars in *Confidential*, da Wormolds Phantasie diesbezüglich zu wünschen übrig ließ.

Nun, seit Beatrice da war, hatte Wormold noch ganz andere Sorgen als seine Samstag-Hausübungen. Da waren nicht nur die Schulung — Beatrice bestand darauf, ihn in Mikrophotographie zu unterrichten —, sondern auch die Telegramme, die er sich ausdenken mußte, um Rudy bei guter Laune zu erhalten. Und je mehr Telegramme Wormold schickte, desto mehr bekam er. London wurde immer lästiger. Woche für Woche verlangte man Photos der Anlagen in Oriente, und Woche für Woche forderte Beatrice mit steigender Ungeduld, Verbindung zu seinen Agenten aufzunehmen. Es war gegen jede Vorschrift, sagte sie, daß der Chef einer Station mit seinen Gewährsleuten persönlich zusammentraf. Einmal führte er sie in den Country-Club zum Abendessen, und zu seinem Pech wurde Ingenieur Cifuentes zum Telephon gerufen. Ein auffallend großer, hagerer, schielender Mann erhob sich von einem nahen Tisch.

«Das ist Cifuentes?» fragte Beatrice scharf.

«Ja.»

«Sie sagten doch, er wäre fünfundsechzig.»

«Er wirkt jung für sein Alter.»

«Und Sie sagten, er sei schmerbäuchig.»

«Nicht schmerbäuchig — schweräugig. So sagt man hier für schielen.» Es war ein Entkommen mit knappster Not.

Nach diesem Zwischenfall begann sie sich für eines von Wormolds romantischeren Phantasiegebilden zu interessieren — den Cubana-Piloten. Begeistert arbeitete sie an der Vervollständigung seiner Karteikarte und fragte nach den persönlichsten Details. Raul Dominguez war tragikumwittert, das ließ sich nicht leugnen. Er hatte seine Frau im Spanischen Bürgerkrieg bei einem Massaker verloren und politisch eine doppelte Enttäuschung erlebt, insbesondere bei seinen kommunistischen Freunden. Je mehr Fragen Beatrice stellte, desto mehr entwickelte sich sein Charakter, und desto mehr brannte sie darauf, ihn kennenzulernen. Manchmal empfand Wormold einen Stich der Eifersucht, und er versuchte das Bild zu schmälern. «Er sauft eine Flasche täglich», sagte er.

«Nur seine Flucht vor Einsamkeit und Erinnerung», sagte Beatrice. «Denken Sie nie an Flucht?»

«Das tun wir wohl alle, ab und zu.»

«Ich kenne diese Art von Einsamkeit», sagte sie verständnisvoll. «Trinkt er den ganzen Tag?»

«Nein. Am ärgsten ist es um zwei Uhr früh. Wenn er da aufwacht, kann er nicht mehr einschlafen, so viel geht ihm im Kopf herum. Also trinkt er.» Es erstaunte Wormold, wie prompt er jegliche Frage über seine Gestalten beantworten konnte; sie schienen an der Schwelle seines Bewußtseins zu leben — er brauchte nur ein Licht einzuschalten, und da standen sie, festgefroren in einer bezeichnenden Handlung. Bald nach Beatrices Ankunft hatte Raul Geburtstag. Sie schlug vor, ihm eine Kiste Champagner zu schicken.

«Würde er nicht anrühren», sagte Wormold, ohne zu wissen, warum. «Er bekommt leicht Sodbrennen. Wenn er Champagner trinkt, kriegt er einen Ausschlag. Der Professor hingegen trinkt nichts anderes.»

«Ein kostspieliger Geschmack.»

«Ein verderbter Geschmack», sagte Wormold aufs Geratewohl. «Am liebsten hat er spanischen.» Manchmal erschreckte es ihn, wie diese Leute sich im Dunkel entwickelten, ohne sein Wissen. Was tat Teresa dort unten, außer Sicht? Er wollte lieber nicht daran denken. Ihre schamlosen Berichte, wie es mit ihren zwei Liebhabern zuging, entrüsteten ihn zuweilen. Doch das dringlichste Problem war Raul. Manchmal dachte er, mit wirklichen Agenten wäre es einfacher gewesen.

Wormold überlegte am liebsten in der Badewanne. Eines Morgens konzentrierte er sich mit aller Kraft, hörte zwar Laute der Entrüstung, Faustschläge an die Tür, dann, daß jemand die Stiege hinunterstürmte, aber ein schöpferischer Augenblick war gekommen und er kümmerte sich nicht um die Welt jenseits des Dampfes. Die Cubana-Fluggesellschaft hatte Raul wegen Trunkenheit entlassen. Er war verzweifelt; arbeitslos; hatte eine unerfreuliche Unterredung mit Hauptmann Segura, der ihm drohte... «Alles in Ordnung?» rief Beatrice von draußen. «Oder liegen Sie im Sterben? Soll ich die Türe aufbrechen?»

Er band ein Handtuch um die Mitte und tauchte aus dem Dunst in sein Schlafzimmer und nunmehriges Büro.

«Milly ging wütend fort», sagte Beatrice. «Sie ist um ihr Bad gekommen.»

«Der jetzige Augenblick ist einer von jenen, die unter Umständen den Lauf der Geschichte ändern», sagte Wormold. «Wo ist Rudy?»

«Erinnern Sie sich nicht? Sie haben ihm übers Wochenende freigegeben.»

«Macht nichts. Dann muß das Telegramm übers Konsulat. Geben Sie mir das Kodebuch.»

«Es liegt im Safe. Wie war die Kombination? Ihr Geburtstag, nicht wahr? 6. Dezember?»

«Nicht mehr.»

«Was? Ihr Geburtstag?»

«Nein, nein. Die Kombination, natürlich.» Er fügte hinzu, als gäbe er eine Weisheit von sich: «Je weniger sie kennen, desto besser für uns alle. Rudy und ich — das genügt vollkommen. Immer nach der Vorschrift.» Er ging in Rudys Zimmer und begann den Knopf zu drehen, viermal nach links, dreimal nach rechts, langsam und gewissenhaft. Sein Handtuch rutschte. «Außerdem braucht man nur auf meiner Identitätskarte nachzuschauen, um mein Geburtsdatum festzustellen. Höchst unsicher. Die Art von Zahl, die man sofort probiert.»

«Weiter», sagte Beatrice. «Noch einmal.»

«Auf die Kombination kommt niemand drauf. Sie ist todsicher.»

«Worauf warten Sie?»

«Ich muß mich geirrt haben. Ich muß noch einmal anfangen.»

«Die Kombination scheint tatsächlich sicher zu sein.»

«Bitte schauen Sie mir nicht zu. Sie machen mich nervös.» Beatrice ging und drehte sich zur Wand. «Sagen Sie's mir, wenn ich mich umdrehen darf», sagte sie.

«Es ist eigenartig. Das Zeug muß kaputt sein. Rufen Sie Rudy an.»

«Das kann ich nicht. Ich weiß nicht, wo er ist. Er ist baden gefahren, an den Strand von Varadero.»

«Teufel!»

«Vielleicht, wenn Sie mir sagen, wie Sie sich die Nummer merken . . . sofern man das merken nennen kann . . .»

«Es war die Telephonnummer meiner Großtante.»

«Wo wohnt sie?»

«Woodstock Road 95, Oxford.»

«Warum Ihre Großtante?»

«Warum nicht meine Großtante?»

«Wir könnten ein Ferngespräch nach Oxford anmelden und die Auskunft fragen.»

«Ich bezweifle, daß das etwas nützen wird.»

«Wie heißt sie?»

«Das habe ich auch vergessen.»

«Die Kombination ist wirklich sicher, was?»

«Wir kannten sie nur als Großtante Kate. Außerdem ist sie seit fünfzehn Jahren tot. Und seither hat man die Nummer vielleicht geändert.»

«Ich begreife nicht, warum Sie überhaupt ihre Nummer genommen haben.»

«Haben Sie nicht auch ein paar Zahlen, die Ihnen das ganze Leben im Gedächtnis bleiben, ohne daß Sie recht wissen, warum?»

«Die scheint nicht sehr lange geblieben zu sein.»

«Sie wird mir sofort einfallen. So ähnlich wie 7, 7, 5, 3, 9.»

«Fünfstellig! Das sieht Oxford ähnlich.»

«Wir könnten alle Kombinationen von 77539 probieren.»

«Wissen Sie, wie viele es gibt? Etwa sechshundert, schätze ich. Ich hoffe, Ihr Telegramm ist nicht dringend.»

«Ich erinnere mich an alles, bis auf die 7.»

«Das ist fein! Welche Sieben? Außerdem glaube ich jetzt, daß wir an die sechstausend Kombinationen durchprobieren müßten. Ich bin kein Mathematiker.»

«Rudy muß die Zahl irgendwo aufgeschrieben haben.»

«Wahrscheinlich auf wasserdichtem Papier, damit er den Zettel in die Badehose stecken kann. Wir sind ein tüchtiges Büro.»

«Vielleicht sollten wir lieber den alten Kode verwenden», sagte Wormold.

«Ein bißchen unsicher. Aber schließlich und endlich...» Nach langem Suchen fanden sie Charles Lamb neben Millys Bett; ein umgebogenes Blatt zeigte, daß sie eben die «Beiden Veroneser» las.

«Ich diktiere das Telegramm», sagte Wormold. «Schreiben Sie: ‹Zwischenraum, März, Zwischenraum.›»

«Wissen Sie nicht einmal das heutige Datum?»

«‹Von 59 200 Strich 5 Beginn Absatz a 59 200 Strich 5 Strich 4 entlassen wegen Trunkenheit im Dienst stop Fürchtet Deportation Spanien wo sein Leben in Gefahr stop Beginn Absatz b 59 200 Strich 5 Strich 4...›»

«Könnte ich nicht schreiben ‹er›?»

«Bitte. Er. ‹Er wäre unter diesen Umständen eventuell bereit für angemessene Prämie und zugesichertes Asyl Jamaica mit Privatflugzeug Geheimanlagen zu überfliegen zwecks Photobeschaffung Beginn Absatz c Müßte von Santiago Kingston weiterfliegen falls 59 200 Empfang vorbereiten kann stop.›»

«Mit der Zeit tun wir ja was», sagte Beatrice.

«‹Beginn Absatz d Bewilligen Sie fünfhundert Dollar für Flugzeugmiete für 59 200 Strich 5 Strich 4 weitere zweihundert Dollar wahrscheinlich erforderlich für Bestechung Bodenpersonal Havanna stop Beginn Absatz e Prämie für 59 200 Strich 5 Strich 4 müßte beträchtlich sein da größte Abschußgefahr über Orientegebirge durch Armeeflugzeuge stop Schlage vor eintausend Dollar stop.›»

«So viel schönes Geld», sagte Beatrice.

«‹Ende.› Worauf warten Sie?»

«Ich versuche bloß, einen brauchbaren Satz zu finden. Ich habe für Lambs ‹Nacherzählungen› nicht viel übrig. Sie?»

«Siebzehnhundert Dollar», sagte Wormold nachdenklich.

«Sie hätten zweitausend verlangen sollen. Der A. O. mag runde Summen.»

«Ich wollte nicht unbescheiden sein», sagte Wormold. Siebzehnhundert Dollar. Mehr konnte ein Jahr letzter Schliff in einem Schweizer Pensionat nicht kosten.

«Sie schauen aus, als ob Sie mit sich nicht zufrieden wären», sagte Beatrice. «Kommt Ihnen denn gar nicht in den Sinn, daß Sie einen Mann vielleicht in den Tod schicken?» Das ist genau meine Absicht, dachte er.

«Sagen Sie den Leuten vom Konsulat, das Telegramm hat Dringlichkeitsstufe eins.»

«Es ist sehr lang», sagte Beatrice. «Was meinen Sie zu diesem Satz? ‹Er brachte Polydor und Cadwal vor den König und sagte, sie wären seine beiden verlorenen Söhne Guiderius und Arviragus.› Manchmal ist Shakespeare recht fad, finden Sie nicht?»

2

Eine Woche später führte er Beatrice zum Abendessen aus, in ein Fisch-Spezialitätenrestaurant am Hafen. Die Bewilligung war eingelangt, allerdings für zweihundert Dollar weniger, so daß der A. O. seine runde Summe letzten Endes doch bekommen hatte. Wormold dachte an Raul, der jetzt zum Flugplatz fuhr, um seinen gefahrvollen Flug zu unternehmen. Die Geschichte war noch nicht aus. Es konnte Unfälle geben, genau wie im wirklichen Leben; eine erdachte Gestalt mochte die Herrschaft an sich reißen. Vielleicht wurde Raul vor dem Start verhaftet, vielleicht stellte ihn ein Polizeiauto auf dem Weg zum Flugfeld. Oder er verschwand in Hauptmann Seguras Folterkammern, totgeschwiegen von der Presse. Dann würde Wormold London benachrichtigen, daß er bereit war, unterzutauchen, sollte man Raul zum Sprechen zwingen. Die Funkanlage würde nach Absendung des letzten Funkspruchs zerlegt und versteckt, das Zelluloid für ein Feuerfinale zurechtgelegt werden ... Aber vielleicht würde Raul ungehindert abfliegen und niemand je erfahren, was ihm über den Bergen von Oriente zugestoßen war. Nur eines stand fest: keine Ankunft in Jamaica, keine Photos.

«Woran denken Sie?» fragte Beatrice. Er hatte seine gefüllte Languste nicht angerührt.

«An Raul.»

Vom Atlantik fegte der Wind landeinwärts, und das Kastell Moro sperrte den Hafen wie ein Dampfer, den der Sturm am Auslaufen hindert.

«Aufgeregt?»

«Natürlich bin ich aufgeregt.» Wenn Raul um Mitternacht abgeflogen war, mußte er knapp vor Sonnenaufgang in Santiago tanken. Dem dortigen Bodenpersonal konnte man trauen: in der Provinz Oriente war im Grunde seines Herzens ein jeder Rebell. Dann, wenn es gerade hell genug zum Photographieren und noch zu früh für die Patrouillenflugzeuge war, würde er aufsteigen, zum Rekognoszierungsflug über Berge und Wälder.

«Er ist doch nüchtern?»

«Er hat es mir versprochen. Aber man kann nie wissen.»

«Armer Raul.»

«Armer Raul.»

«Er hat nicht viel vom Leben gehabt, nicht wahr? Sie hätten ihn Teresa vorstellen sollen.»

Er warf ihr einen jähen Blick zu, doch sie schien ausschließlich mit ihrer Languste beschäftigt.

«Das wäre nicht sehr vorsichtig gewesen, oder?»

«Oh, zum Teufel mit der Vorsicht», sagte sie.

Nach dem Abendessen gingen sie zu Fuß nach Hause, auf der Häuserseite der Avenida de Maceo. In der feuchten windigen Nacht war fast niemand unterwegs. Nur wenige Autos fuhren vorbei. Die Wogen kamen aus dem Atlantik gerollt und krachten über die Mole. Der Gischt stob über die Straße, hinweg über die vier Fahrbahnen, und schlug wie Regen an die Pfeiler, in deren Schatten sie gingen. Vom Osten jagten Wolken einher, und es war ihm, als sei er ein Teil der meerbespülten Stadt und ihres sachten Wenigerwerdens. Fünfzehn Jahre waren eine lange Zeit. «Sehen Sie die Lichter dort oben?» sagte er. «Eines ist vielleicht er. Wie einsam ihm zumute sein muß.»

«Sie reden wie ein Romanschriftsteller», sagte sie.

Er blieb unter einem Pfeiler stehen und musterte sie, argwöhnisch und angstvoll.

«Was wollen Sie damit sagen?»

«Ach, nichts Besonderes. Aber manchmal finde ich, Sie behandeln Ihre Agenten wie Puppen, wie Figuren eines Buchs. Dort oben ist ein lebendiger Mensch — oder nicht?»

«Das ist nicht sehr schmeichelhaft, was Sie da sagen.»

«Ach, lassen wir's. Erzählen Sie mir von jemandem, an dem Ihnen wirklich liegt. Von Ihrer Frau. Erzählen Sie mir von ihr.»

«Sie war hübsch.»

«Geht sie Ihnen ab?»

«Natürlich. Wenn ich an sie denke.»

«Mir geht Peter nicht ab.»

«Peter?»

«Mein Mann. Der *Unesco*-Mann.»

«Dann sind Sie zu beneiden. Sie sind frei.»

Er blickte auf die Uhr, dann auf den Himmel. «Jetzt müßte er über Matanzas sein. Sofern er nicht aufgehalten wurde.»

«Haben Sie ihn dorthin geschickt?»

«Oh, er wählt natürlich seine eigene Route.»

«Und seinen eigenen Tod?»

Etwas in der Stimme, eine Art Feindseligkeit, ließ ihn neuerlich aufhorchen. War es möglich, daß sie ihn schon verdächtigte? Er ging rasch weiter. Sie kamen an der Carmen-Bar vorbei, am Cha-Cha-Cha-Klub — hellen Aufschriften, an die alten Läden der Fassade gemalt, die aus dem achtzehnten Jahrhundert stammte. Hübsche Gesichter blickten aus dunklen Räumen, braune Augen, schwarzes Haar, spanisch und grellgelb: prachtvolle Hintern lehnten an Theken, in Erwartung alles Lebendigen, das die meernasse Straße entlangkommen mochte. In Havanna leben, hieß in einer Fabrik leben, die am Fließband menschliche Schönheit produzierte. Er wollte keine Schönheit. Er blieb unter einer Lampe stehen und blickte unverwandt in unverwandt blickende Augen. Er wollte Aufrichtigkeit. «Wohin gehen wir?»

«Das wissen Sie nicht? Ist nicht alles geplant wie Rauls Flug?»

«Ich bin einfach gegangen.»

«Wollen Sie sich nicht zum Empfänger setzen? Rudy hat Dienst.»

«Vor Sonnenaufgang sind keine Nachrichten zu erwarten.»

«Sie haben also keine Spätnachricht vorgesehen? Keinen Absturz über Santiago?»

Seine Lippen waren trocken, von Salz und Furcht. Es schien ihm, sie müßte alles erraten haben. Würde sie ihn anzeigen? Wie würde ‹man› reagieren? Sie hatten keine gesetzliche Handhabe, doch er nahm an, daß sie ihm England für immer verschließen konnten. Sie wird mit dem nächsten Flugzeug zurückfliegen, dachte er, und natürlich war es besser so. Sein Leben gehörte Milly. «Ich verstehe nicht, was Sie meinen», sagte er. Eine Riesenwoge war an den Damm der Avenida gerannt, stob auf wie ein hoher, mit künstlichem Reif behangener Christbaum, versank, und ein anderer Baum wuchs weiter vorne an der Fahrbahn, in der Nähe des Nacional. «Sie waren den ganzen Abend sonderbar», sagte er. Es hatte keinen Sinn, zu warten. Wenn das Spiel zu Ende ging, dann lieber gleich. «Worauf wollen Sie hinaus?» fragte er.

«Es wird also keinen Unfall am Flugplatz geben — oder auf dem Weg?»

«Woher soll ich das wissen?»

«Sie haben den ganzen Abend getan, als wüßten Sie's. Haben nie von ihm gesprochen, als wäre er ein lebendiger Mensch, sondern Elegien über ihn geschrieben wie ein schlechter Romanschreiber, der seinen Effekt vorbereitet.»

Der Wind warf sie gegeneinander. «Wie lange werden Sie noch zusehen, wie andere ihr Leben riskieren? Und wofür? Für ein Räuber-und-Gendarm-Spiel à la Kinderzeitung *Boy's Own Paper*?»

«Sie spielen mit.»

«Aber ich glaube nicht daran wie Mandrill», sagte sie wütend. «Ich bin lieber ein Schwindler als ein Dummkopf oder ein Backfisch. Verdienen Sie denn nicht genug mit Ihren Staubsaugern, um sich aus all dem herauszuhalten?»

«Nein. Ich muß an Milly denken.»

«Angenommen, Mandrill hätte Sie nicht überfallen?»

«Dann hätte ich vielleicht wieder geheiratet», spaßte er jämmerlich. «Eine reiche Frau.»

«Würden Sie wieder heiraten?» Sie schien entschlossen, ernst zu sein.

«Gott», sagte er, «ich glaube kaum. Milly würde es nicht als Ehe betrachten, und man kann schließlich sein eigenes Kind nicht vor den Kopf stoßen. Sollen wir nach Hause gehen und uns zum Apparat setzen?»

«Aber Sie erwarten doch keinen Funkspruch. Das haben Sie selbst gesagt!»

«Nicht in den nächsten drei Stunden», sagte er ausweichend. «Aber vor der Landung wird er funken, nehme ich an.» Das Seltsame war, daß er sich der Spannung langsam bewußt wurde. Es war, als hoffte er, aus dem stürmischen Himmel würde ihn eine Botschaft erreichen.

«Wollen Sie mir Ihr Wort geben, daß Sie nichts — gar nichts — vorgesehen haben?» sagte sie.

Er gab keine Antwort, machte kehrt, ging in Richtung des Präsidentenpalais, hinter dessen schwarzen Fenstern der Präsident seit dem letzten Mordanschlag kein einziges Mal geschlafen hatte, und sah Dr. Hasselbacher. Er kam die Fahrbahn entlang, den Kopf gesenkt, um sich vor dem Gischt zu schützen. Wahrscheinlich war er auf dem Heimweg von der Wunder-Bar.

«Dr. Hasselbacher», rief Wormold.

Der alte Mann blickte auf. Einen Augenblick dachte Wormold, er würde sich umdrehen und wortlos weitergehen. «Was ist los, Hasselbacher?»

«Oh, Sie, Mr. Wormold. Ich dachte eben an Sie. Wenn man den Teufel an die Wand malt —», er zog die Sache ins Spaßhafte, aber Wormold hätte schwören mögen, der Teufel hatte ihn erschreckt.

«Sie erinnern sich an Mrs. Severn, meine Sekretärin?»

«Die Geburtstagsparty, natürlich, und die Siphonflasche. Was treiben Sie so spät, Mr. Wormold?»

«Wir waren aus, haben abendgegessen, einen Spaziergang gemacht — und Sie?»

«Ich auch.»

Aus dem weiten wogenden Himmel ratterte Motorengeräusch, schwoll an, ließ nach, erstarb im Brüllen des Winds und der See. «Das Flugzeug aus Santiago», sagte Dr. Hasselbacher. «Aber viel zu spät. In Oriente muß schlechtes Wetter sein.»

«Erwarten Sie jemanden?» fragte Wormold.

«Nein. Nein. Ich erwarte niemanden. Darf ich Sie und Mrs. Severn auf einen Drink in meine Wohnung bitten?»

Gewalt war über die Wohnung hingefegt, gekommen und gegangen. Die Bilder hingen wieder an ihren Plätzen, die Stahlrohrsessel standen herum wie befangene Gäste. Die Wohnung war zurechtgemacht wie ein Toter fürs Begräbnis. Dr. Hasselbacher goß Whisky ein.

«Schön, daß Mr. Wormold eine Sekretärin hat», sagte er. «Noch vor kurzem hatten Sie Sorgen, erinnere ich mich. Die Geschäfte gingen schlecht, und dieses neue Modell . . .»

«Das ändert sich oft ohne Grund.»

Zum erstenmal bemerkte er die Photographie eines jungen Dr. Hasselbacher in der altmodischen Uniform eines Offiziers aus dem Ersten Weltkrieg. Vielleicht war es eines der Bilder, die die Eindringlinge von der Wand genommen hatten. «Ich wußte nicht, daß Sie beim Militär waren, Hasselbacher.»

«Ich studierte noch Medizin, als der Krieg ausbrach, Mr. Wormold. Es kam mir unsinnig vor, Menschen zu heilen, damit sie früher umgebracht werden könnten. Man wollte sie doch heilen, damit sie länger am Leben blieben.»

«Wann haben Sie Deutschland verlassen, Dr. Hasselbacher?» fragte Beatrice.

«1934. Also nicht schuldig, junge Dame, in bezug auf das, was Sie meinen.»

«Das meinte ich nicht.»

«Dann müssen Sie mir vergeben. Fragen Sie Mr. Wormold — ich war nicht immer so argwöhnisch. Wollen Sie Musik hören?»

Er legte eine Tristanplatte auf. Wormold dachte an seine Frau: sie war sogar weniger wirklich als Raul, gemahnte ihn nicht an Liebe und Tod; nur an *Woman's Home Journal,* einen diamantbesetzten Verlobungsring, an Schlaf im Morgengrauen. Er blickte auf Beatrice Severn, und sie schien ihm derselben Welt anzugehören wie der Schicksalstrank, die hoffnungslose Fahrt aus Irland, das Erliegen im Wald. Plötzlich stand Dr. Hasselbacher auf und zog den Stecker aus der Wand. «Entschuldigen Sie», sagte er. «Ich erwarte einen Anruf. Die Musik ist zu laut.»

«Zu einem Kranken?»

«Eigentlich nicht.» Er goß Whisky nach.

«Haben Sie Ihre Experimente wieder begonnen, Hasselbacher?»

«Nein.» Er blickte verzweifelt in die Runde. «Es tut mir leid. Ich habe kein Soda mehr.»

«Ich trinke gern pur», sagte Beatrice. Sie ging zum Bücherregal. «Lesen Sie nur medizinische Bücher, Doktor Hasselbacher, oder auch andere?»

«Nicht viele. Heine, Goethe. Alles auf deutsch. Können Sie Deutsch, Mrs. Severn?»

«Nein. Aber Sie haben ein paar englische Bücher.»

«Ein Patient gab sie mir, an Geldes Statt. Ich muß gestehen, ich habe sie nicht gelesen. Hier ist Ihr Whisky, Mrs. Severn.»

Sie kam zurück und nahm den Whisky. «Ist das Ihr Haus, Dr. Hasselbacher?» Sie betrachtete eine kolorierte Lithographie aus Viktorianischer Zeit, die neben dem Porträt des jungen Hauptmann Hasselbacher hing.

«Dort wurde ich geboren. Ja. Eine sehr kleine Stadt. Ein paar alte Mauern, ein verfallenes Schloß . . .»

«Ich bin dort gewesen», sagte Beatrice, «vor dem Krieg. Mein Vater fuhr mit uns hin. In der Nähe von Leipzig, nicht wahr?»

«Ja, Mrs. Severn», sagte Dr. Hasselbacher und betrachtete sie unfreundlich. «In der Nähe von Leipzig.»

«Ich hoffe, die Russen haben keinen Schaden angerichtet.»

In Dr. Hasselbachers Vorzimmer begann das Telephon zu läuten. Er zögerte. Dann sagte er: «Entschuldigen Sie, Mrs. Severn», ging hinaus und schloß die Türe. «Ob Osten oder Westen, zu Hause ist's am besten», sagte Beatrice.

«Das wollen Sie wohl London berichten? Aber ich kenne ihn seit fünfzehn Jahren. Seit über zwanzig lebt er hier. Er ist ein herzensguter alter Mann, der beste Freund...» Die Türe ging auf und Dr. Hasselbacher kam zurück. «Es tut mir leid», sagte er. «Ich fühle mich nicht wohl. Vielleicht kommen Sie ein andermal Musik hören.» Er ließ sich schwer auf einen Sessel fallen, griff nach dem Whiskyglas, stellte es wieder hin. Schweiß stand auf seiner Stirne, aber schließlich war es eine feuchte Nacht.

«Schlechte Nachrichten?» fragte Wormold.

«Ja.»

«Kann ich helfen?»

«Sie!» sagte Dr. Hasselbacher. «Nein. *Sie* können nicht helfen. Noch Mrs. Severn.»

«Ein Patient?» Dr. Hasselbacher schüttelte den Kopf. Dann zog er sein Taschentuch heraus und trocknete seine Stirn. «Wer ist kein Patient?» sagte er.

«Ich glaube, wir gehen lieber.»

«Ja, gehen Sie. Es ist so, wie ich sagte. Man sollte die Menschen heilen können, damit sie länger leben.»

«Ich verstehe nicht.»

«Hat es denn nie so etwas wie Frieden gegeben?» fragte Dr. Hasselbacher. «Verzeihen Sie. Ein Arzt sollte sich an den Tod gewöhnen. Wenigstens erwartet man es von ihm. Aber ich bin kein guter Arzt.»

«Wer ist gestorben?»

«Es ist ein Unfall geschehen», sagte Dr. Hasselbacher. «Nur ein Unfall. Natürlich ein Unfall. Ein Autounfall, auf der Straße zum Flugfeld. Ein junger Mann...» Wütend setzte er hinzu: «Unfälle gibt's immer, nicht wahr, überall. Und das muß ein Unfall gewesen sein. Er hat zu gern getrunken.»

«Hieß er vielleicht zufällig Raul?» fragte Beatrice.

«Ja», sagte Dr. Hasselbacher. «So hieß er.»

VIERTER TEIL

Erstes Kapitel

I

Wormold sperrte auf. Im Licht der Türlampe sah er undeutlich die Staubsauger. Sie standen herum wie Grabmale. Er ging auf die Treppe zu. «Halt», flüsterte Beatrice. «Ich glaube, ich habe etwas gehört...»

Es waren die ersten Worte, seitdem sie die Türe zu Doktor Hasselbachers Wohnung geschlossen hatten.

«Was ist?»

Sie streckte die Hand aus und nahm etwas Metallisches vom Verkaufspult; sie hielt es wie eine Keule und sagte: «Ich fürchte mich.»

Nicht halb so sehr wie ich, dachte er. Können wir menschliche Wesen ins Leben schreiben? Und in was für eines? Hatte Shakespeare von Duncans Tod in einer Schenke erfahren, hatte er es an seine Schlafzimmertür pochen gehört, als Macbeth vollendet war? Er stand im Geschäft und summte eine Melodie, um sich Mut zu machen.

> «Sie sagen: ‹Die Erde
> ist rund.› Es scheint sie zu stören,
> daß ich nicht normal bin.»

«Pst», sagte Beatrice. «Oben geht jemand.»

Doch es war ihm, als fürchtete er nur die Gebilde seiner Phantasie, nicht ein lebendiges Wesen, das Bretter zum Knarren brachte. Er lief die Treppe hinauf. Ein Schatten brachte ihn zu jähem Stillstand. Wormold fühlte sich versucht, alle seine Geschöpfe beim Namen zu rufen und davonzujagen — Teresa, den Kapitän, den Professor, den Ingenieur.

«Wie spät du kommst», sagte Millys Stimme. Es war nur Milly. Sie stand in dem Gang zwischen dem Klosett und ihrem Zimmer.

«Wir waren spazieren.»

«Du hast sie mitgebracht?» fragte Milly. «Warum?»

Beatrice kam vorsichtig die Stiege herauf, die improvisierte Keule schlagbereit.

«Ist Rudy wach?»

«Ich glaube nicht.»

«Wenn eine Nachricht gekommen wäre, hätte er auf Sie gewartet», sagte Beatrice.

Erdachte Gestalten, die lebendig genug waren, zu sterben, waren zweifellos wirklich genug, um Nachrichten zu senden. Er öffnete die Türe zum Büro. Rudy regte sich.

«Was Neues, Rudy?»

«Nein.»

«Ihr habt alles versäumt», sagte Milly.

«Was?»

«Die Polizei ist überall herumgesaust. Und die Sirenen! Ich dachte, Revolution. Also rief ich Hauptmann Segura an.»

«Ja?»

«Irgendwer wollte wen ermorden, der aus dem Innenministerium kam. Er muß ihn für den Minister gehalten haben, aber er war es nicht. Er schoß aus einem Auto und entkam.»

«Wer?»

«Sie haben ihn noch nicht.»

«Ich meine — das Opfer.»

«Niemand Wichtiger. Aber er schaut dem Minister ähnlich. Wo habt ihr genachtmahlt?»

«Im ‹Victoria›.»

«Gefüllte Languste?»

«Ja.»

«Ich bin so froh, daß du dem Präsidenten nicht ähnlich schaust. Hauptmann Segura sagte, der arme Dr. Cifuentes hat sich vor Angst angemacht, und dann im Country Club besoffen.»

«Dr. Cifuentes?»

«Der Ingenieur — du kennst ihn doch.»

«Man hat auf ihn geschossen?»

«Ich sagte dir doch, ein Irrtum.»

«Setzen wir uns», sagte Beatrice. Sie sprach für beide.

«Im Eßzimmer . . .», sagte er.

«Ich will keinen harten Sessel. Ich will etwas Weiches. Ich werde vielleicht weinen müssen.»

«Wenn Ihnen das Schlafzimmer recht ist», sagte er zweifelnd, mit einem Blick auf Milly.

«Kannten Sie Dr. Cifuentes?» fragte Milly mitfühlend.

«Nein. Ich weiß nur, daß er schweräugig ist.»

«Schweräugig? Was heißt das?»

«So sagt man hier für schielen, sagte mir Ihr Vater.»

«So?» sagte Milly. «Armer Vater! Da sind Sie schön auf dem Holzweg.»

«Möchtest du nicht schlafengehen, Milly? Beatrice und ich haben zu arbeiten.»

«Zu arbeiten?»

«Ja, zu arbeiten.»

«Es ist schrecklich spät, zum Arbeiten.»

«Er zahlt mir Überstunden», sagte Beatrice.

«Machen Sie einen Staubsaugerkurs?» fragte Milly. «Was Sie in der Hand halten, ist ein Sprüher.»

«So? Ich nahm es nur auf alle Fälle — falls ich jemanden niederschlagen mochte.»

«Dazu eignet es sich nicht besonders», sagte Milly. «Er hat einen Faltschlauch.»

«Und wenn schon?»

«Er könnte sich im falschen Moment falten.»

«Milly, ich bitte dich...», sagte Wormold. «Es ist fast zwei.»

«Keine Angst. Ich gehe schon. Und ich werde für Dr. Cifuentes beten. Es ist kein Vergnügen, angeschossen zu werden. Die Kugel ging durch eine Ziegelmauer, wie nichts. Also kannst du dir vorstellen, wie sie Dr. Cifuentes zugerichtet hätte.»

«Beten Sie auch für jemanden namens Raul», sagte Beatrice. «Ihn hat's erwischt.»

Wormold legte sich aufs Bett und schloß die Augen. «Ich verstehe nicht», sagte er. «Nichts. Nicht das geringste. Es ist Zufall. Es muß Zufall sein.»

«Die Leute werden ungemütlich, wer immer sie sein mögen.»

«Aber warum?»

«Spionieren ist ein gefährlicher Beruf.»

«Aber Cifuentes hat doch nicht... Ich meine, er war nicht wichtig.»

«Aber die Anlagen in Oriente sind wichtig. Ihre Agenten haben offenbar die Gewohnheit, aufzufliegen. Ich frage mich, wieso. Ich glaube, Sie sollten Professor Sanchez warnen. Und das Mädel.»

«Das Mädel?»

«Die Nackttänzerin.»

«Wie denn?» Er konnte ihr nicht erklären, daß er keine Agenten hatte, weder Cifuentes noch Dr. Sanchez je begegnet war, daß es keine Teresa gab, keinen Raul: Raul war nur lebendig geworden, um getötet zu werden.

«Was hat Milly gesagt? Was ist das?»

«Ein Sprüher.»

«So etwas muß ich schon irgendwo gesehen haben.»

«Das ist anzunehmen. Die meisten Staubsauger haben es.» Er nahm ihr den Sprüher aus der Hand. Er konnte sich nicht erinnern, ob er ihn für die Pläne verwendet hatte, die an Mandrill abgegangen waren.

«Was soll ich jetzt tun, Beatrice?»

«Ich glaube, Ihre Leute müßten eine Weile untertauchen. Nicht hier, natürlich. Hier ist zu wenig Platz, und außerdem wäre es zu unsicher. Was ist mit Ihrem Kapitän? Könnte er sie an Bord schmuggeln?»

«Er ist auf See, auf dem Weg nach Cienfuegos.»

«Außerdem wird er wahrscheinlich auch hochgehen», sagte sie gedankenvoll. «Ich frage mich, warum man uns beide hierher zurückkommen ließ.»

«Was wollen Sie damit sagen?»

«Auf der Küstenstraße hätte man uns leicht niederschießen können. Aber vielleicht verwenden sie uns als Köder. Den wirft man natürlich weg, wenn er nichts taugt.»

«Was für eine makabre Frau Sie sind.»

«O nein. Wir spielen nur wieder Räuber und Gendarm. *Boy's Own Paper*. Sie können von Glück reden.»

«Warum?»

«Es hätte *Sunday Mirror* sein können. Heutzutag nimmt sich die Welt die beliebtesten Magazine zum Vorbild. Mein Mann kam aus *Encounter*. Was wir herausfinden müssen, ist, zu welcher Zeitung *sie* gehören.»

«Sie?»

«Nehmen wir an, sie gehören auch zu *Boy's Own Paper*. Sind es russische Agenten? Deutsche? Amerikanische? Wahrscheinlich kubanische. Diese Betonsockel sind doch sicher eine Staatssache, oder nicht? Armer Raul. Ich hoffe, er starb einen schnellen Tod.»

Er war versucht, ihr alles zu sagen, aber was war ‹alles›? Er wußte es nicht mehr. Raul war tot. Hasselbacher hatte es gesagt.

«Zuerst ins Shanghai-Theater», sagte sie. «Wird es noch offen sein?»

«Jetzt läuft die zweite Show.»

«Falls die Polizei nicht vor uns dort ist. Natürlich setzten sie gegen Cifuentes nicht die Polizei ein. Wahrscheinlich war er zu wichtig. Wenn man jemanden ermordet, muß man Aufsehen vermeiden.»

«Von diesem Standpunkt habe ich es noch nicht betrachtet.»

Beatrice schaltete die Nachttischlampe ab und ging zum Fenster. «Haben Sie keinen Hinterausgang?» fragte sie.

«Nein.»

«Das werden wir ändern müssen», sagte sie leichthin, als wäre sie auch Architekt. «Kennen Sie einen hinkenden Neger?»

«Joe, wahrscheinlich.»

«Er geht langsam vorbei.»

«Er verkauft schmutzige Ansichtskarten. Er geht nach Hause, sonst nichts.»

«Von einem Menschen mit diesem Gang würde man Sie kaum beschatten lassen. Aber vielleicht ist er ihr Verbindungsmann. Jedenfalls müssen wir's riskieren. Offenbar räumen sie heute nacht auf. Frauen und Kinder zuerst. Der Professor kann warten.»

«Aber ich habe Teresa noch nie auf der Bühne gesehen. Wahrscheinlich hat sie dort einen andern Namen.»

«Sie werden sie doch erkennen, auch ohne Kleider! Obwohl ich glaube, nackt schauen wir alle gleich aus, wie die Japaner.»

«Ich glaube, Sie sollten nicht mitkommen.»

«Ich muß. Wenn einer von uns gefaßt wird, kann der andere rennen.»

«Ich meinte, ins Shanghai. Es ist nicht gerade *Boy's Own Paper*.»

«Die Ehe ebensowenig», sagte sie. «Nicht einmal bei *Unesco*.»

2

Das Shanghai, von Barschächten umgeben, lag in einer schmalen Seitengasse der Zanjastraße. Ein Plakat kündigte *Posiciones* an, und aus irgendeinem Grund wurden die Karten auf dem Gehsteig verkauft, vielleicht, weil für einen Kassenschalter kein Platz war: im Foyer gab es eine pornographische Buchhandlung zu Nutz und Frommen jener, die in der Pause Unterhaltung brauchten. Die dunklen Zuhälter auf der Straße musterten sie neugierig. Europäerinnen war man hier nicht gewöhnt.

«Wie weit weg man sich hier vorkommt», sagte Beatrice.

Sämtliche Plätze kosteten einen Peso fünfundzwanzig, und in dem großen Saal sah man nur wenig leere. Der Platzanweiser bot Wormold einen Pack pornographischer Bilder für einen Peso an, und als Wormold ablehnte, zog er eine zweite Serie aus der Tasche.

«Kaufen Sie sie, wenn Sie wollen», sagte Beatrice. «Wenn es Sie in Verlegenheit bringt, schaue ich inzwischen auf die Bühne.»

«Da gibt's kaum einen Unterschied», sagte Wormold, «zwischen den Photos und der Show.»

Der Platzanweiser fragte, ob die Dame vielleicht eine Marihuanazigarette wolle.

«Nein, danke», sagte Beatrice auf deutsch. Ihre Sprachen gerieten durcheinander.

Plakate zu beiden Seiten der Bühne machten Reklame für die

Nachtlokale der Umgebung, wo es angeblich schöne Girls gab. Eine Bekanntmachung — spanisch und schlechtes Englisch — verbot dem Publikum, die Tänzerinnen zu belästigen.

«Welche ist Teresa?» fragte Beatrice.

«Ich glaube, die maskierte Dicke», sagte Wormold auf gut Glück.

Sie ging eben ab, unter dem Gewoge ihres nackten Riesenhintern, und das Publikum klatschte und pfiff vor Begeisterung. Dann erlosch das Licht, eine Leinwand wurde herabgelassen und ein Film begann, anfangs recht harmlos. Man sah einen Radfahrer, waldige Gegend, einen Fahrradreifen, der ein Loch hatte, eine Zufallsbekanntschaft, einen Herrn, der seinen Strohhut lüpfte. Der Film war verschwommen und flimmrig.

Beatrice saß stumm. Sie waren einander seltsam nahe, während sie diesen Grundriß der Liebe betrachteten. Solche Bewegungen des Körpers hatten ihnen einst mehr bedeutet als alles, was die Welt zu bieten hatte. Der Akt der Lust und der Akt der Liebe ist ein und derselbe, läßt sich nicht verfälschen wie Gefühl. Das Licht flammte auf. Sie saßen schweigend. «Meine Lippen sind ganz trocken», sagte Wormold.

«Ich hab' keine Spucke mehr. Können wir nicht hinter die Bühne gehen und mit Teresa sprechen?»

«Erst kommt noch ein Film. Dann wieder die Tänzerinnen.»

«Noch ein Film? Dem bin ich nicht gewachsen», sagte Beatrice.

«Vor Ende der Show läßt man uns nicht nach hinten.»

«Warten wir auf der Straße, ja? Dann sehen wir wenigstens, ob man uns gefolgt ist.»

Sie gingen, als der zweite Film begann. Außer ihnen stand niemand auf, also mußte sie ein etwaiger Verfolger auf der Straße erwarten. Doch sie sahen keinen einleuchtenden Kandidaten unter den Zuhältern und Taxichauffeuren. Ein Mann schlief, an einen Laternenpfahl gelehnt, eine Losnummer schief um den Hals. Wormold erinnerte sich an die Nacht mit Dr. Hasselbacher. Damals hatte man ihn mit der neuen Verwendungsmöglichkeit von Lambs ‹Nacherzähltem Shakespeare› vertraut gemacht. Der arme Hasselbacher war stockbesoffen gewesen. Wormold erinnerte sich, wie er ihn vorgefunden hatte, als er aus Mandrills Zimmer in die Hotelhalle kam: auf einem Sessel zusammengesunken. «Wie schwer ist es, einen Buchkode zu sprengen, sobald man das richtige Buch hat?» fragte er Beatrice.

«Für einen Fachmann eine Kleinigkeit», sagte sie. «Nur eine Frage der Geduld.» Sie ging zu dem Losverkäufer und glättete die Nummer. Der Mann wachte nicht auf. «Ich konnte sie von der Seite nicht lesen», sagte sie.

Hatte er den Lamb unterm Arm getragen? In seiner Tasche? In der Aktentasche? Hatte er das Buch aus der Hand gelegt, als er Dr. Hasselbacher aufhalf? Er konnte sich an nichts erinnern und sein Verdacht war kleinlich.

«Wissen Sie, was mir aufgefallen ist», sagte Beatrice. «Dr. Hasselbacher liest Lambs Nacherzählungen, und zwar in der richtigen Ausgabe. Eigenartiger Zufall nicht?» Es war, als hätte zu ihrer Grundschulung auch Telepathie gehört.

«Sie sahen das Buch in seiner Wohnung?»

«Ja.»

«Aber er hätte es versteckt», widersprach er, «wenn es das geringste zu bedeuten hätte.»

«Vielleicht wollte er Sie warnen. Bedenken Sie: er lud uns ein. Er erzählte uns von Raul.«

«Er konnte nicht wissen, daß er uns begegnen würde.»

«Woher wissen Sie das?»

Er wollte widersprechen, wollte sagen, daß nichts zusammenstimmte, daß es keinen Raul, keine Teresa gab, doch da bedachte er, daß sie ihre Koffer packen und wegfahren würde und daß die ganze Sache dann einer Fabel ohne Sinn glich.

«Leute kommen heraus», sagte Beatrice.

Sie fanden einen Seiteneingang und gelangten in einen großen Umkleideraum. Eine nackte Birne, die schon viel zu viele Tage und viel zu viele Nächte gebrannt hatte, erhellte den Korridor. Abfallkübel verstellten ihn fast zur Gänze und ein Neger kehrte mit einem Besen Baumwollabfälle zusammen. Sie waren voll Schmutz: Puder, Lippenstift und zweideutige Dinge. Es roch nach Birnendrops. Vielleicht hatte er sich umsonst geängstigt, vielleicht gab es niemanden namens Teresa, doch er wünschte, er hätte keine so volkstümliche Heilige gewählt. Er stieß eine Türe auf, und was er sah, war ein mittelalterliches Inferno — Rauch und nackte Weiber.

«Glauben Sie nicht, Sie sollten lieber nach Hause gehen?» sagte er zu Beatrice.

«Wenn einer hier Schutz braucht, sind Sie's», sagte sie.

Niemand beachtete sie. Die Maske baumelte vom Ohr der fetten Frau, die Wein aus einem Glas trank, ein Bein auf einen Sessel gelegt. Ein sehr dünnes Mädchen mit Rippen wie Klaviertasten rollte ihre Strümpfe hoch. Brüste wogten, Hintern senkten sich, halbe Zigaretten rauchten in Untertassen. Die Luft war dick von glimmendem Papier. Auf einer Stufenleiter stand ein Mann mit einem Schraubenzieher und reparierte etwas.

«Wo ist sie?» fragte Beatrice.

«Ich glaube nicht, daß sie hier ist. Vielleicht ist sie krank. Oder bei ihrem Freund.»

Jemand zog ein Kleid an, und eine Welle warmer Luft schlug ihnen entgegen. Kleine Puderkörner staubten auf wie Asche und setzten sich fest.

«Probieren Sie doch, sie zu rufen.»

«Teresa», rief er, nicht sehr bereitwillig. Niemand achtete darauf. Er versuchte es noch einmal, und der Mann mit dem Schraubenzieher blickte auf ihn herab.

«Pasa algo?» fragte er.

Wormold sagte auf spanisch, er suche ein Mädchen namens Teresa. Der Mann fand, Maria würde sich genausogut eignen. Er zeigte mit dem Schraubenzieher auf die fette Frau.

«Was sagt er?»

«Er scheint Teresa nicht zu kennen.»

Der Mann mit dem Schraubenzieher setzte sich auf die oberste Leitersprosse und begann eine Rede zu halten. Maria sei die beste Frau, die man in Havanna finden könnte, sagte er. Sie wog hundert Kilo, mit nichts an.

«Offenbar ist Teresa nicht hier», erklärte Wormold erleichtert.

«Teresa. Teresa. Was wollen Sie von Teresa?»

«Ja. Was wollen Sie von mir?» fragte das dünne Mädchen und trat vor, einen Strumpf in der ausgestreckten Hand. Ihre kleinen Brüste waren birnengroß.

«Wer sind Sie?»

«Soy Teresa.»

«Ist das Teresa?» fragte Beatrice. «Sie sagten, sie sei fett — wie die mit der Maske.»

«Nein, nein», sagte Wormold, «das ist nicht Teresa, sondern Teresas Schwester. *Soy* heißt Schwester.» Und er fügte hinzu: «Aber sie wird ihr etwas ausrichten.» Er faßte das dünne Mädchen am Arm und führte sie beiseite. Dann versuchte er, ihr auf spanisch zu erklären, daß sie vorsichtig sein mußte.

«Wer sind Sie? Ich verstehe nicht.»

«Das Ganze ist ein Irrtum. Eine zu lange Geschichte. Aber es gibt Menschen, die werden vielleicht versuchen, Ihnen etwas anzutun. Bitte bleiben Sie ein paar Tage zu Hause. Kommen Sie nicht ins Theater.»

«Ich muß aber. Hier treffe ich meine Kunden.»

Wormold zog ein Bündel Geldscheine heraus. «Haben Sie Verwandte?» fragte er.

«Meine Mutter.»

«Gehen Sie zu ihr.»

«Sie ist aber in Cienfuegos.»

«Mit diesem Geld kommen Sie leicht bis Cienfuegos.» Jetzt hörten alle zu. Sie drängten näher. Der Mann mit dem Schraubenzieher war von der Leiter herabgestiegen. Wormold sah Beatrice außerhalb des Kreises. Sie zwängte sich heran, suchte zu verstehen, was er sagte. Der Mann mit dem Schraubenzieher sagte: «Das ist Pedros Mädel. Sie können sie nicht einfach mitnehmen. Sie müssen erst mit Pedro sprechen.»

«Ich will nicht nach Cienfuegos», sagte das Mädchen.

«Dort kann Ihnen nichts passieren.»

Hilfesuchend wandte sie sich an den Mann. «Ich hab' Angst vor ihm. Ich kann nicht verstehen, was er will.» Sie zeigte die Pesos. «Das ist zuviel Geld.» Sie wandte sich an alle. «Ich bin ein anständiges Mädel.»

«Wie man sich bettet, so liegt man», sagte die fette Frau feierlich.

«Wo ist dein Pedro?» fragte der Mann.

«Er ist krank. Warum gibt dieser Mann mir soviel Geld? Ich bin ein anständiges Mädel. Mein Preis ist fünfzehn Pesos. Das wißt ihr. Ich bin nicht unverschämt.»

«Kein Rauch ohne Feuer», sagte die fette Frau. Offenbar hatte sie ein Sprichwort für jede Gelegenheit.

«Was ist los?» fragte Beatrice.

Eine Stimme zischte «Pst! Pst!» Es war der Neger, der den Gang gekehrt hatte. Er sagte «*Policia!*»

«Das hat mir noch gefehlt», sagte Wormold. «Ich muß Sie hier wegbringen.» Niemand schien übermäßig besorgt. Die fette Frau leerte ihr Weinglas und zog eine Hose an. Das Mädchen, das Teresa hieß, fuhr in ihren zweiten Strumpf.

«Kümmern Sie sich nicht um mich», sagte Beatrice. «Erst müssen Sie *sie* fortbringen.»

«Was will die Polizei?» fragte Wormold den Mann auf der Leiter.

«Ein Mädel», sagte er zynisch.

«Ich will dieses Mädel wegbringen», sagte Wormold. «Gibt's hier keine Hintertür?»

«Bei der Polizei gibt's immer eine Hintertür.»

«Wo?»

«Haben Sie fünfzig Pesos übrig?»

«Ja.»

«Geben Sie her. He, Miguel», rief er dem Neger zu. «Sag ihnen, sie sollen drei Minuten schlafen. Also? Wer läßt sich Freiheit spendieren?»

«Das Kommissariat ist mir lieber», sagte die fette Frau. «Aber man muß ordentlich angezogen sein.» Sie schob ihren Busenhalter zurecht.

«Komm», sagte Wormold zu Teresa.

«Warum?»

«Verstehst du denn nicht – du wirst gesucht.»

«Das bezweifle ich», sagte der Mann mit dem Schraubenzieher. «Sie ist zu mager. Beeilen Sie sich lieber. Fünfzig Pesos halten nicht ewig.»

«Da», sagte Beatrice. «Nehmen Sie meinen Mantel.» Sie legte ihn um die Schultern des Mädchens, das jetzt zwei Strümpfe trug, und nichts sonst.

«Ich will dableiben», sagte das Mädchen.

Der Mann schlug sie auf den Hintern und gab ihr einen Stoß. «Du hast sein Geld», sagte er. «Geh mit ihm.» Er schob sie in ein winziges, garstiges Klosett, dann durch ein Fenster. Sie standen auf der Straße. Ein Polizist, der Wache stand, blickte aufmerksam anderswohin. Ein Zuhälter pfiff und zeigte auf Wormolds Wagen. Wieder sagte das Mädchen: «Ich will dableiben», aber Beatrice stieß es auf den hinteren Sitz und stieg ein. «Ich schreie», teilte ihnen das Mädchen mit und beugte sich aus dem Fenster.

«Seien Sie nicht wahnsinnig», sagte Beatrice und riß sie zurück. Wormold startete den Wagen. Das Mädchen schrie, doch es war nur ein schwacher Versuch. Der Polizist drehte sich um und schaute in die entgegengesetzte Richtung. Die fünfzig Pesos schienen noch zu wirken.

Sie bogen rechts ab und fuhren der Küstenstraße zu. Kein Auto folgte ihnen. So einfach war die Sache. Nun, da dem Mädchen keine Wahl blieb, schloß es gesittet den Mantel, lehnte sich behaglich zurück und sagte: *«Hay mucha corriente.»*

«Was sagt sie?»

«Sie beklagt sich, daß es zieht», sagte Wormold.

«Sie scheint nicht sehr dankbar zu sein. Wo ist ihre Schwester?»

«Bei der Post- und Telegraphendirektion, in Cienfuegos. Natürlich könnte ich sie hinbringen. Bis wir ankämen, wäre es Zeit zum Frühstück. Aber ich muß an Milly denken.»

«Nicht nur an Milly. Da ist noch viel mehr. Haben Sie Professor Sanchez vergessen?»

«Professor Sanchez wird warten können.»

«Sie schlagen rasch zu, wer immer sie sind.»

«Ich weiß nicht, wo er wohnt.»

«Aber ich. Ich habe die Adresse im Country-Club-Register nachgeschlagen, bevor wir wegfuhren.»

«Sie nehmen dieses Mädel nach Hause mit und warten dort.»
Sie kamen auf die Küstenstraße. «Jetzt links», sagte Beatrice.
«Ich fahre Sie nach Hause.»
«Es ist besser, wir bleiben beisammen.»
«Milly ...»
«*Sie* wollen sie doch nicht kompromittieren?»
Widerstrebend bog Wormold links ab. «Wohin?»
«Vedado», sagte Beatrice.

3

Die Wolkenkratzer der Neustadt ragten vor ihnen auf wie Eiszapfen im Mondlicht. Ein großes S. M. stand am Himmel wie das Monogramm an Mandrills Tasche, doch es war ebensowenig königlich: es machte bloß Reklame für Mr. Morris. Der Wind schaukelte den Wagen und Gischt übersprühte die Fahrbahn und beschlug die Scheiben auf der Meerseite. Die heiße Nacht schmeckte nach Salz. Wormold lenkte das Auto vom Meer weg. Das Mädchen sagte: «*Hace demasiado calor.*»
«Was sagt sie jetzt?»
«Sie sagt, es ist zu heiß.»
«Sie ist schwer zufriedenzustellen», sagte Beatrice. «Machen Sie das Fenster wieder auf.»
«Und wenn sie schreit?»
«Dann hauen Sie sie.»
Sie waren jetzt in Vedado, dem modernen Stadtviertel: kleine weiße und cremefarbene Villen, die reichen Leuten gehörten. Je reicher der Besitzer, desto weniger Stockwerke. Nur ein Millionär konnte es sich leisten, auf einem Grund, der für einen Wolkenkratzer genügt hätte, einen Bungalow zu bauen. Als Beatrice das Fenster tiefer kurbelte, konnten sie die Blumen riechen. Bei einem Tor in einer hohen weißen Mauer ließ sie ihn halten. «Im Patio ist Licht», sagte sie. «Alles scheint soweit in Ordnung. Gehen Sie hinein. Ich hüte einstweilen Ihr kostbares Stück Fleisch.»
«Für einen Professor scheint er sehr reich zu sein.»
«Nicht zu reich, um Spesen zu berechnen — laut Ihrer Buchführung.»
«Lassen Sie mir ein paar Minuten Zeit», sagte Wormold. «Gehen Sie nicht fort.»
«Schaut mir das ähnlich? Beeilen Sie sich lieber. Bisher haben sie von dreien erst einen erwischt, vom Fehlschuß abgesehen.»
Er drückte auf die Klinke des Gittertors. Es war unversperrt.

Die Lage war absurd. Wie sollte er seinen Besuch erklären? «Sie wissen es zwar nicht, aber Sie sind einer meiner Agenten. Sie sind in Gefahr. Sie müssen sich verstecken.» Er wußte nicht einmal, was für ein Professor Sanchez war.

Zwischen zwei Palmen hindurch führte ein kurzer Weg zu einem zweiten Gittertor. Dahinter lag ein kleiner Patio. Dort brannte Licht. Ein Grammophon spielte gedämpft, und zwei hohe Gestalten zogen schweigend ihre Kreise, Wange an Wange. Als er den Weg entlanghinkte, schrillte eine verborgene Alarmanlage. Die Tanzenden blieben stehen, und einer trat vor und kam auf ihn zu.

«Wer ist da?»

«Professor Sanchez?»

«Ja.»

Sie gingen einander entgegen und traten ins Licht. Der Professor trug einen weißen Smoking. Sein Haar war weiß und an seinem Kinn waren weiße Frühstoppeln. Er hielt einen Revolver und zielte auf Wormold. Wormold sah, daß die Frau, die hinter ihm stand, sehr jung war und sehr hübsch. Sie beugte sich nieder und stellte das Grammophon ab.

«Verzeihen Sie, daß ich Sie um diese Zeit aufsuche», sagte Wormold. Er hatte keine Ahnung, wie er beginnen sollte, und der Revolver brachte ihn ein wenig aus der Ruhe. Professoren sollten keine Revolver bei sich tragen.

«Leider kommt mir Ihr Gesicht nicht bekannt vor», sagte der Professor höflich und hielt den Revolver auf Wormolds Magen gerichtet.

«Es besteht kein Grund, warum es das sollte. Es sei denn, Sie haben einen Staubsauger.»

«Staubsauger? Wahrscheinlich habe ich einen. Warum? Meine Frau würde das wissen.» Die junge Frau kam aus dem Patio und stellte sich zu ihnen. Sie trug keine Schuhe. Die abgestreiften Schuhe standen neben dem Grammophon, wie Mausefallen. «Was will er?» fragte sie feindselig.

«Entschuldigen Sie die Störung, Señora Sanchez.»

«Sag ihm, ich bin nicht Señora Sanchez», sagte die junge Frau.

«Er sagt etwas von Staubsaugern», sagte der Professor. «Glaubst du, daß Maria, bevor sie fort ist ...»

«Was will er hier, um eins in der Früh?»

«Sie müssen entschuldigen», sagte der Professor und es schien, als sei er verlegen, «aber die Stunde ist wirklich etwas ungewöhnlich.» Der Revolver rückte ein wenig vom Ziel ab. Er ließ es geschehen. «Im allgemeinen erwartet man um diese Zeit keinen Besuch.»

«Sie schienen ihn zu erwarten.»

«Ach, das ... man muß vorsichtig sein. Ich besitze ein paar sehr schöne Renoirs.»

«Er kommt nicht wegen Bildern. Maria hat ihn geschickt. Sie sind ein Spion, was?» sagte die junge Frau wild.

«Mehr oder weniger.»

Die junge Frau begann zu zetern und hämmerte an ihre langen schmalen Hüften. Ihre Armbänder glitzerten und klirrten.

«Nicht, Liebling, nicht. Bestimmt gibt's eine Erklärung.»

«Sie neidet uns unser Glück», sagte die junge Frau. «Erst schickt sie den Kardinal, und jetzt diesen Menschen ... Sind Sie Pfarrer?» fragte sie.

«Natürlich ist er kein Pfarrer, meine Liebe. Schau seinen Anzug an.»

«Du bist vielleicht Professor für vergleichende Erziehung», sagte die junge Frau, «aber deshalb legt dich trotzdem jeder hinein. Sind Sie Pfarrer?» wiederholte sie.

«Nein.»

«Was denn?»

«Wenn Sie es genau wissen wollen — ich verkaufe Staubsauger.»

«Sie sagten, Sie wären Spion.»

«Gott, ja, in gewissem Sinn ...»

«Wozu sind Sie hergekommen?»

«Um Sie zu warnen.»

Die junge Frau gab einen seltsamen Laut von sich. Er klang wie Hundegeheul. «Siehst du», sagte sie zum Professor. «Jetzt droht sie uns. Erst der Kardinal, und dann ...»

«Der Kardinal hat nur seine Pflicht getan. Schließlich ist er Marias Vetter.»

«Du fürchtest dich vor ihm. Du willst mich verlassen.»

«Du weißt, daß das nicht stimmt, meine Liebe.» Er wandte sich an Wormold. «Wo ist Maria jetzt?»

«Ich weiß nicht.»

«Wann sahen Sie sie zum letztenmal?»

«Aber ich habe sie nie gesehn.»

«Sie widersprechen sich ganz schön, nicht?»

«Er ist ein verlogener Hund», sagte die junge Frau.

«Nicht unbedingt, meine Liebe. Wahrscheinlich arbeitet er für irgendeine Agentur. Setzen wir uns lieber, und hören wir, was er uns zu sagen hat. Zorn ist immer ein Irrtum. Er tut seine Pflicht — und das ist mehr, als man von uns behaupten kann.» Der Professor ging voraus, zurück in den Patio. Er hatte den Revolver eingesteckt. Die junge Frau wartete, bis Wormold Miene machte, zu folgen. Dann bildete sie die Nachhut wie ein scharfer Hund. Fast erwartete er, sie würde ihn in den Knöchel beißen. Wenn ich nicht bald spreche, dachte er, spreche ich nie.

«Nehmen Sie Platz», sagte der Professor. Was war vergleichende Erziehung?

«Darf ich Ihnen einen Drink anbieten?»

«Bitte bemühen Sie sich nicht.»

«Sie trinken nicht im Dienst?»

«Dienst!» sagte die junge Frau. «Du behandelst ihn wie ein menschliches Wesen. Als ob er irgendwem Dienste erweisen könnte, außer seinen gemeinen Auftraggebern.»

«Ich kam, um Sie zu warnen. Die Polizei ...»

«Nun, nun», sagte der Professor. «Übertreiben Sie nicht. Ehebruch ist kein Verbrechen, wurde meines Wissens nur selten als solches betrachtet — außer in den amerikanischen Kolonien, im siebzehnten Jahrhundert. Und im Alten Testament, natürlich.»

«Ehebruch hat nichts damit zu tun», sagte die junge Frau. «Daß wir zusammen schlafen, hat sie nie gestört. Nur, daß wir zusammen sind.»

«Du wirst ersteres schwerlich ohne letzteres können», sagte der Professor, «es sei denn, du denkst an das Neue Testament. Sündigen mit dem Herzen.»

«Du hast kein Herz, wenn du diesen Mann nicht hinauswirfst. Wir sitzen hier und reden, als wären wir seit Jahren verheiratet. Wenn das alles ist, was du willst — die ganze Nacht sitzen und reden —, warum bist du dann nicht bei Maria geblieben?»

«Es war deine Idee, vor dem Schlafengehen zu tanzen, meine Liebe.»

«Das nennst du tanzen?»

«Ich sagte dir schon, ich würde Stunden nehmen.»

«Natürlich. Damit du mit Mädeln zusammenkommst.»

Es schien Wormold, als kollerte die Unterhaltung außer Sicht. «Man hat auf Ingenieur Cifuentes geschossen», sagte er verzweifelt. «Sie sind in derselben Gefahr.»

«Meine Liebe, wenn ich Mädchen wollte — an der Universität sind mehr als genug. Sie kommen zu meinen Vorlesungen, was dir zweifellos bekannt sein dürfte. Du kamst ja selbst.»

«Das wirfst du mir vor?»

«Wir bleiben nicht beim Thema, Liebste. Das Thema heißt: was plant Maria nun?»

«Sie hätte vor zwei Jahren anfangen sollen, Diät zu halten», sagte das Mädchen gehässig. «Schließlich kennt sie dich. Dich interessiert nur der Körper. In deinem Alter! Du solltest dich schämen.»

«Wenn du nicht willst, daß ich dich liebe . . .»

«Liebe. Liebe.» Die junge Frau begann im Patio auf und ab zu gehen und fuchtelte herum, als risse sie die Liebe in Stücke. «Sie haben Ursache, besorgt zu sein», sagte Wormold. «Aber nicht Marias wegen.»

«Sie verlogener Hund», schrie sie ihn an. «Sie haben sie nie gesehen, sagten Sie.»

«Habe ich auch nicht.»

«Warum nennen Sie sie dann Maria?» rief sie und begann einen Triumphtanz mit einem unsichtbaren Partner.

«Sie haben von Cifuentes gesprochen, junger Mann?»

«Er wurde heute abend angeschossen.»

«Von wem?»

«Ich weiß es nicht genau. Aber das gehört alles zu einer Razzia. Sie scheinen wirklich in großer Gefahr zu sein, Professor Sanchez. Natürlich ist das Ganze ein Irrtum. Die Polizei war auch im Shanghai-Theater.»

«Was hat das Shanghai-Theater mit mir zu tun?»

«Was nur?» schrie die junge Frau dramatisch. Dann sagte sie: «Männer! Männer! Arme Maria! Als ob sie nur eine Frau gegen sich hätte! Sie wird an Massenmord denken müssen.»

«Ich hatte nie die geringste Beziehung zu irgendwem vom Shanghai-Theater.»

«Maria weiß es besser. Wahrscheinlich bist du Schlafwandler.»

«Du hast gehört, was er sagte. Das Ganze ist ein Irrtum. Schließlich haben sie Cifuentes angeschossen. Daran kannst du ihr nicht die Schuld geben.»

«Cifuentes, hat er gesagt Cifuentes? Oh, du spanischer Idiot! Ein einziges Mal redet er mit mir — im Klub, während du unter der Dusche bist —, und schon gehst du her und mietest Desperados, um ihn umzubringen.»

«Sei doch vernünftig, Liebste, ich bitte dich. Ich habe es eben erst erfahren, als dieser Herr . . .»

«Er ist kein Herr. Er ist ein verlogener Hund.» Wieder schloß sich der Kreis der Unterhaltung.

«Wenn er lügt, brauchen wir seinen Worten keine Bedeutung beizumessen. Wahrscheinlich verleumdet er auch Maria.»

«Ah, zu der hältst du, was?»

Wormold sagte verzweifelt — es war sein letzter Versuch: «Die Sache hat mit Maria nichts zu tun — ich meine mit Señora Sanchez.»

«Was zum Teufel hat Señora Sanchez damit zu tun?» fragte der Professor.

«Ich dachte, Sie dachten. Maria . . .»

«Junger Mann, Sie wollen mir doch nicht im Ernst erzählen, daß Maria plant, sowohl meiner Frau als auch meiner Freundin hier etwas anzutun? Das ist absurd.»

Bisher war es Wormold verhältnismäßig einfach vorgekommen, mit dem Irrtum fertigzuwerden. Jetzt aber schien ihm, als hätte er einen Baumwollfaden herumliegen gesehen, spielerisch daran gezogen, und ein ganzer Anzug begänne sich aufzutrennen. War das vergleichende Erziehung? Er sagte: «Ich kam, um Sie zu warnen. Ich dachte, ich erwiese Ihnen einen Dienst. Aber jetzt sieht es fast so aus, als wäre der Tod für Sie die beste Lösung.»

«Sie sind ein verwirrender junger Mann.»

«Jung nicht. Sie sind jung, Professor, dem Anschein nach.»

In seiner Erregung sagte er laut: «Wenn Beatrice nur hier wäre.»

Der Professor sagte schnell: «Ich versichere dir auf Ehre, Liebste, ich kenne niemanden, der Beatrice heißt. Niemanden.»

Die junge Frau stieß ein blutdürstiges Lachen aus.

«Sie scheinen mit der ausschließlichen Absicht hergekommen zu sein, Verwirrung zu stiften», sagte der Professor. Es war sein erster Vorwurf, und in Anbetracht der Umstände schien er äußerst mild. «Ich kann mir nicht vorstellen, was Sie dabei zu gewinnen haben.» Er ging ins Haus und schloß die Türe.

«Er ist ein Ungeheuer», sagte das Mädchen. «Ein Ungeheuer. Ein Sexual-Ungeheuer. Ein Satyr.»

«Sie verstehen nicht.»

«Oh, ich kenne die Litanei — alles verstehen heißt alles verzeihen. Nicht hier. Nein, hier nicht.» Ihre Feindseligkeit gegen Wormold schien verflogen. «Maria — ich — Beatrice — seine Frau zähle ich nicht, die Arme. Ich habe nichts gegen sie. Haben Sie einen Revolver?»

«Natürlich nicht. Ich kam her, um ihm zu helfen», sagte Wormold.

«Sollen sie nur schießen», sagte die junge Frau. «In den Bauch. Tief unten.» Und auch sie ging ins Haus, mit entschlossener Miene.

Wormold mußte gehen. Es blieb ihm nichts anderes übrig. Die unsichtbare Alarmvorrichtung schrillte wieder, als er sich dem Tor näherte. Doch nichts rührte sich in dem kleinen weißen Haus. Ich tat mein Bestes, dachte Wormold. Der Professor schien für jede Gefahr vorbereitet. Vielleicht würde die Ankunft der Polizei eine Erlösung für ihn sein. Mit ihr wurde man leichter fertig als mit der jungen Dame.

Als er dem Ausgang zuschritt, durch den Duft der Blüten, die nachts ihre Kelche öffneten, hatte er nur einen Wunsch: Beatrice alles zu gestehen: Ich bin kein Geheimagent, ich bin ein Schwindler, kein einziger dieser Leute ist mein Agent, ich weiß nicht, was vorgeht, ich kenne mich nicht aus. Ich habe Angst. Bestimmt würde sie die Lage meistern, irgendwie. Schließlich war sie kein Amateur. Doch er wußte, daß er nicht mit ihr sprechen, Millys gesicherte Zukunft nicht aufs Spiel setzen würde. Lieber sollten sie ihn beseitigen, wie Raul. Gab diese Firma Kindern eine Rente? Aber wer war Raul?

Als er sich dem zweiten Tor näherte, rief Beatrice: «Jim! Paß auf. Geh weg.» Selbst in diesem geballten Augenblick streifte ihn der Gedanke: mein Name ist Wormold, Señor Vomel, niemand nennt mich Jim. Dann rannte er — Schritt, Pause, Schritt — der Stimme zu, und auf die Straße hinaus, zu einem Funkwagen, drei Polizisten und einem neuerlichen Revolver, der auf seinen Magen zielte. Er sah Beatrice auf dem Gehsteig stehen, und neben ihr das Mädchen. Es mühte sich, einen Mantel zuzuhalten, der nicht dafür gedacht war.

«Was ist los?»

«Ich verstehe kein Wort.»

Einer der Polizisten befahl ihnen, das Polizeiauto zu besteigen.

«Und mein eigenes?»

«Wird aufs Kommissariat gebracht.» Ehe er gehorchte, tastete man ihn nach Waffen ab, Hüften und Brust. «Ich weiß nicht, was los ist», sagte er zu Beatrice, «aber es sieht fast aus wie das Ende einer glanzvollen Karriere.» Der Polizist sagte wieder etwas. «Sie sollen auch einsteigen.»

«Sagen Sie ihm, ich nehme Teresas Schwester mit. Ich traue ihnen nicht.»

Sacht fuhren die beiden Autos an, vorbei an den kleinen Häusern der Millionäre, vermieden es, störend aufzufallen, als führen sie durch eine Spitalszone: die Reichen brauchen Schlaf. Sie hatten nicht weit: ein Hof, ein Tor, das sich hinter ihnen schloß, und dann Kommissariatsgeruch, wie der Ammoniakgestank aller Zoos der Welt. Einen weißgetünchten Korridor entlang hingen die Porträts steckbrieflich gesuchter Männer. Sie schauten unecht aus, wie alte, bärtige Lehrer. Im letzten Zimmer saß Hauptmann Segura und spielte Dame. «Stich», sagte er und nahm zwei Steine. Dann blickte er auf. «Mr. Wormold», sagte er überrascht und fuhr wie eine kleine pralle grüne Schlange von seinem Sessel, als er

Beatrice sah. Dann schaute er auf Teresa, die hinter ihr stand. Der Mantel war wieder auseinandergefallen, vielleicht mit Absicht. «Wer zum Teufel...!» sagte er. Und dann, zu dem Polizisten, mit dem er gespielt hatte: «*Anda!*»

«Was hat das zu bedeuten, Hauptmann Segura?»

«Das fragen Sie mich, Mr. Wormold?»

«Ja.»

«Ich wollte, Sie sagten mir, was es zu bedeuten hat. Ich hatte keine Ahnung, daß ich Sie sehen würde, Millys Vater. Mr. Wormold, wir erhielten einen Anruf von einem Professor Sanchez. Er sagte, ein Mann sei in sein Haus gedrungen, mit vagen Drohungen. Er dachte, es hätte etwas mit seinen Gemälden zu tun. Er besitzt sehr kostbare Gemälde. Ich schicke einen Funkwagen, und wer wird gefaßt? Sie, die Señorita (wir kennen einander) und eine nackte Hure.» Und er fügte hinzu, wie der Polizeisergeant in Santiago: «Das ist nicht sehr hübsch, Mr. Wormold.»

«Wir kamen aus dem Shanghai.»

«Das ist auch nicht sehr hübsch.»

«Vielleicht hört die Polizei endlich auf, mir zu sagen, daß ich nicht hübsch bin», sagte Wormold.

«Warum gingen Sie zu Professor Sanchez?»

«Das war ein Irrtum.»

«Warum haben Sie eine nackte Hure in Ihrem Auto?»

«Wir haben sie ein Stück mitgenommen.»

«Auf der Straße darf sie nicht nackt sein. Das ist verboten.» Der Sergeant beugte sich über den Schreibtisch und flüsterte. «Aha», sagte Hauptmann Segura. «Ich beginne zu verstehen. Im Shanghai war heute abend eine Polizei-Inspektion. Wahrscheinlich hatte das Mädchen seine Papiere vergessen und wollte die Nacht nicht im Gefängnis verbringen. Sie gefiel Ihnen, und...»

«So war es nicht.»

«Es sollte aber lieber so gewesen sein, Mr. Wormold. In Ihrem Interesse.» Dann sagte er zu dem Mädchen, auf spanisch: «Ausweis. Du hast keinen Ausweis.»

Sie sagte entrüstet: «*Si, yo tengo.*» Sie bückte sich und fischte zerknitterte Papiere aus ihrem Strumpfsaum. Hauptmann Segura nahm und prüfte sie. Er seufzte tief. «Mr. Wormold, Mr. Wormold, ihre Papiere sind in Ordnung. Warum fahren Sie mit einem nackten Mädchen durch die Straßen? Warum dringen Sie in Professor Sanchez' Haus ein, sprechen von seiner Frau und bedrohen ihn? Wie stehen Sie zu seiner Frau?» Er wandte sich zu dem Mädchen und sagte scharf: «Geh.» Sie zögerte und begann den Mantel auszuziehen.

«Sie soll ihn behalten», sagte Beatrice.

Hauptmann Segura setzte sich an sein Damebrett. Er schien müde und bekümmert. «Mr. Wormold, ich will Ihnen etwas sagen, in Ihrem Interesse: lassen Sie die Finger von Professor Sanchez' Frau. Sie ist nicht zu unterschätzen.»

«Ich habe meine Finger nicht...»

«Spielen Sie Dame, Mr. Wormold?»

«Ja. Aber nicht sehr gut, fürchte ich.»

«Bestimmt besser als diese Schweine hier im Kommissariat. Wir sollten ab und zu miteinander spielen, Sie und ich. Aber beim Damespiel müssen Sie sehr vorsichtig sein, genau wie mit Professor Sanchez' Frau.» Spielerisch verschob er einen Stein auf dem Brett und sagte: «Sie waren heute abend bei Dr. Hasselbacher.»

«Ja.»

«War das klug, Mr. Wormold?» Er blickte nicht auf, schob die Steine hin und her, spielte mit sich selbst.

«Klug?»

«Dr. Hasselbacher ist in seltsame Gesellschaft geraten.»

«Davon weiß ich nichts.»

«Warum schrieben Sie ihm aus Santiago eine Karte mit einem Kreuz an Ihrem Zimmerfenster?»

«Wieviel unwichtiges Zeug Sie wissen, Hauptmann Segura!»

«Ich habe Gründe, mich für Sie zu interessieren. In gewisse Dinge möchte ich Sie nicht verwickelt sehen. Was wollte Dr. Hasselbacher Ihnen heute abend sagen? Sein Telephon wird nämlich überwacht.»

«Er wollte uns eine *Tristan*-Platte vorspielen.»

«Und Ihnen vielleicht davon erzählen?» Hauptmann Segura drehte ein Photo um, das auf seinem Schreibtisch lag. Es war eine Blitzlichtaufnahme: Gesichter, wie weiße Flecken, um einen Haufen zertrümmerten Metalls, das einmal ein Auto gewesen war. «Und davon?» Das Gesicht eines jungen Mannes, starr im Blitzlicht: eine leere Zigarettenschachtel, zertreten wie sein Leben: ein Männerfuß an seiner Schulter.

«Kennen Sie ihn?»

«Nein.»

Hauptmann Segura drückte einen Knopf und eine Stimme sprach auf englisch aus einem Kästchen auf seinem Schreibtisch. «Hallo. Hallo. Hier Hasselbacher.»

«Ist jemand bei Ihnen, H- Hasselbacher?»

«Ja. Freunde.»

«Was für Freunde?»

«Mr. Wormold, wenn Sie es unbedingt wissen müssen.»

«Sagen Sie ihm, Raul ist tot.»

«Tot? Aber sie versprachen mir ...»

«Zufälle lassen sich nicht immer lenken, H- Hasselbacher.» Die Stimme zögerte fast unmerklich vor dem Hauchlaut.

«Sie haben mir Ihr Wort gegeben ...»

«Das Auto hat sich zu oft überschlagen.»

«Sie sagten, es sollte nur eine Warnung sein.»

«Das ist es noch. Gehen Sie h-hinein und sagen Sie ihm, Raul ist tot.»

Das Band rauschte weiter. Eine Tür fiel zu.

«Behaupten Sie noch immer, Sie wissen nichts von Raul?» fragte Segura.

Wormold warf einen Blick auf Beatrice. Sie deutete ein winziges ‹Nein›. Wormold sagte: «Ich gebe Ihnen mein Ehrenwort, Segura, bis heute abend wußte ich nicht einmal, daß es ihn gab.»

Segura rückte einen Stein. «Ihr Ehrenwort?»

«Mein Ehrenwort.»

«Sie sind Millys Vater. Es muß mir genügen. Aber hüten Sie sich vor nackten Weibern und vor der Frau des Professors. Gute Nacht, Mr. Wormold.»

«Gute Nacht.»

Sie standen schon bei der Türe, als Segura wieder zu sprechen begann. «Und vergessen Sie unsere Damepartie nicht, Mr. Wormold.»

Der alte Hillman wartete auf der Straße. «Ich bringe·Sie zu Milly», sagte Wormold.

«Gehen Sie nicht nach Hause?»

«Es ist zu spät, zum schlafen.»

«Wohin gehen Sie? Kann ich nicht mitkommen?»

«Ich möchte, daß Sie bei Milly bleiben, falls etwas passiert. Haben Sie das Photo gesehen?»

«Nein.»

Sie sprachen kein Wort mehr bis Lamparilla. Dann sagte Beatrice: «Ich wollte, Sie hätten Ihr Ehrenwort nicht gegeben. So weit hätten Sie nicht zu gehen brauchen.»

«Nein?»

«Natürlich war es sehr fachmännisch, das gebe ich zu. Es tut mir leid. Das war sehr dumm von mir. Aber Sie sind ein größerer Fachmann, als ich jemals gedacht hätte.» Er sperrte das Haustor auf und blickte ihr nach: sie ging an den Staubsaugern vorbei wie eine Trauernde an Gräbern.

Am Eingang zu Dr. Hasselbachers Haus drückte er die Klingel eines Unbekannten im zweiten Stock, dessen Licht brannte. Ein Summen, und das Tor sprang auf. Der Lift stand bereit. Er fuhr zu Dr. Hasselbachers Wohnung. Auch Dr. Hasselbacher hatte offenbar keinen Schlaf gefunden: durch die Türritze schimmerte Licht. War er allein? Oder in Besprechung mit der Stimme, die er vom Tonband kannte?

Mit der Zeit lernte er die Vorsichtsmaßnahmen, die Tricks seines unwirklichen Berufs. Ein hohes Fenster führte vom Stiegenhaus auf einen sinnlosen Balkon: er war so schmal, daß man sich nicht vorstellen konnte, wozu er diente. Von diesem Balkon sah er Licht in der Wohnung des Doktors, und vom Nachbarbalkon trennte ihn nur ein langer Schritt. Er tat ihn, ohne hinunterzublicken. Die Vorhänge waren nicht ganz zugezogen. Er spähte durch den Spalt.

Dr. Hasselbacher saß da, das Gesicht ihm zugewandt. Er trug eine alte Pickelhaube, einen Brustharnisch, Stiefel, weiße Handschuhe — kurzum, eine Ausrüstung, die nur eine alte Ulanenuniform sein konnte. Seine Augen waren geschlossen, und er schien zu schlafen. Er hatte ein Schwert an der Seite und sah aus wie ein Filmstatist. Wormold klopfte an die Scheibe. Dr. Hasselbacher schlug die Augen auf und starrte ihn an.

«Hasselbacher.»

Der Doktor machte eine kleine Bewegung — vielleicht eine Geste fassungsloser Angst. Er versuchte den Helm abzuschütteln, doch das Kinnband hinderte ihn.

«Ich bin es. Wormold.»

Widerstrebend kam der Doktor zum Fenster. Seine Hose war viel zu eng. Sie war für einen jüngeren Mann gemacht worden.

«Was tun Sie hier, Mr. Wormold?»

«Was tun Sie hier, Hasselbacher?»

Der Doktor öffnete das Fenster und ließ Wormold ein. Er sah, daß er in das Schlafzimmer des Doktors geraten war. Der Kleiderschrank stand offen. Zwei weiße Anzüge hingen darin wie die letzten Zähne in einem alten Mund. Hasselbacher begann die Handschuhe auszuziehen. «Waren Sie auf einem Maskenball, Hasselbacher?»

«Sie würden nicht verstehen», sagte Dr. Hasselbacher beschämt. Stück für Stück entledigte er sich seiner Requisiten, streifte erst die Handschuhe ab, dann den Helm, den Brustharnisch, der Wormold und die Zimmereinrichtung widerspiegelte und verzerrte wie Gestalten in einem Spiegelkabinett. «Warum sind Sie zurückgekommen? Warum haben Sie nicht geläutet?»

«Ich will wissen, wer Raul ist.»

«Das wissen Sie bereits.»

«Ich habe keine Ahnung.»

Dr. Hasselbacher setzte sich und zog an seinen Stiefeln.

«Sind Sie ein Anhänger Charles Lambs, Dr. Hasselbacher?»

«Milly lieh mir das Buch. Erinnern Sie sich nicht, wie sie davon sprach...?» Verstört saß er da, in seiner zu engen Hose. Wormold bemerkte, daß ein Saum aufgetrennt worden war, um dem nunmehrigen Hasselbacher Platz zu schaffen. Ja, er erinnerte sich jetzt an den Abend im Tropicana.

«Diese Uniform wird für Sie wohl einer Erklärung bedürfen», sagte Hasselbacher.

«Anderes viel mehr.»

«Ich war Ulanenoffizier — oh, vor fünfundvierzig Jahren.»

«Ich erinnere mich an eine Photographie von Ihnen, im Nebenzimmer. Da waren Sie aber anders angezogen, sahen — praktischer aus.»

«Das war nach Kriegsausbruch. Schauen Sie dorthin, neben dem Toilettetisch — 1913, Junimanöver. Damals inspizierte uns der Kaiser.» Die alte vergilbte Photographie — der Name des Photographen war in die Ecke eingestanzt — zeigte lange Reihen Kavallerie, gezogene Säbel, und eine kleine kaiserliche Gestalt mit verdorrtem Arm, die auf einem weißen Pferd vorüberritt. «Damals war alles so friedlich», sagte Dr. Hasselbacher.

«Friedlich?»

«Bis der Krieg kam.»

«Aber ich dachte, Sie waren Arzt.»

«Ich sagte Ihnen nicht die Wahrheit. Arzt wurde ich erst später. Als der Krieg vorbei war. Nachdem ich einen Menschen getötet hatte. Einen Menschen töten — das ist leicht», sagte Dr. Hasselbacher. «Dazu braucht man keine Übung. Man kann seiner Sache sicher sein, den Tod feststellen — aber einen Menschen am Leben erhalten — dazu muß man sechs Jahre studieren und länger. Und am Ende ist man nie sicher, ob man selbst ihn gerettet hat. Bazillen töten Bazillen. Die Leute überleben es einfach. Es gibt keinen Patienten, von dem ich sicher wüßte, daß ich ihn gerettet habe. Aber der Mann, den ich tötete — den kenne ich. Er war Russe, und er war sehr mager. Ich scharrte am Knochen, als ich den Stahl hineinstieß. Es ging mir durch Mark und Bein. Rundherum waren Sümpfe, nichts als Sümpfe. Es hieß Tannenberg. Ich hasse den Krieg, Mr. Wormold.»

«Warum verkleiden Sie sich dann als Soldat?»

«Als ich einen Mann tötete, war ich anders angezogen. Das hier war friedvoll. Ich liebe es.» Er berührte den Brustharnisch, der neben ihm auf dem Bett lag. «Dort waren wir voll vom Schlamm der Sümpfe. Sehnen Sie sich nie nach dem Frieden zurück, Mr. Wormold? Aber ich vergesse ja: Sie sind jung. Sie haben ihn nie gekannt. Das war der letzte Friede für uns alle. Die Hose paßt nicht mehr.»

«Warum haben Sie sich — heute — so angezogen, Hasselbacher? Was war der Grund?»

«Der Tod eines Menschen.»

«Raul?»

«Ja.»

«Kannten Sie ihn?»

«Ich will nicht sprechen.»

«Es wäre besser, zu sprechen.»

«Wir beide sind schuld an seinem Tod», sagte Hasselbacher. «Sie und ich. Ich weiß nicht, wie man Sie dazu gebracht hat, noch wer, aber wenn ich mich geweigert hätte, ihnen zu helfen, wäre ich ausgewiesen worden. Was könnte ich jetzt noch anfangen, außerhalb Kubas? Ich sagte Ihnen, ich habe Papiere verloren.»

«Was für Papiere?»

«Das ist nicht wichtig. Hat nicht jede Vergangenheit dunkle Punkte? Jetzt weiß ich, warum man meine Wohnung aufgebrochen hat. Weil ich Ihr Freund war. Bitte gehen Sie, Mr. Wormold. Wüßten sie, daß Sie hier waren, wer weiß, was sie von mir verlangen.»

«Wer sind sie?»

«Das wissen Sie besser als ich, Mr. Wormold. Sie stellen sich nicht vor.»

Im Nebenzimmer regte sich etwas.

«Nur eine Maus, Mr. Wormold. Nachts lege ich ihr ein bißchen Käse hin.»

«Milly lieh Ihnen also Lambs Nacherzählungen.»

«Ich bin froh, daß Sie Ihren Kode geändert haben», sagte Hasselbacher. «Vielleicht lassen sie mich jetzt in Ruhe. Ich kann ihnen nicht mehr helfen. Mit Silben-, Kreuzwort- und Rechenrätseln fängt man an, und ehe man sich's versieht, muß man arbeiten ... Heutzutage muß man sogar mit seinen Hobbys vorsichtig sein.»

«Aber Raul — er existierte nicht einmal. Sie rieten mir, zu lügen, und ich log. Lauter Erfindungen, Hasselbacher.»

«Und Cifuentes? Wollen Sie mir erzählen, daß es den auch nicht gab?»

«Das war etwas anderes. Raul erfand ich.»

«Dann erfanden Sie ihn zu gut, Mr. Wormold. Jetzt gibt's einen ganzen Akt über ihn.»

«Er war nicht wirklicher als eine Romanfigur.»

«Werden die immer erfunden? Ich weiß nicht, wie ein Schriftsteller arbeitet, Mr. Wormold. Sie sind der erste, den ich kenne.»

«Es gab keinen trunksüchtigen Piloten bei der Cubana-Fluggesellschaft.»

«Dieses Detail müssen Sie erfunden haben, das gebe ich zu. Ich weiß nicht, warum.»

«Wenn Sie meine Telegramme entschlüsselt haben, müssen Sie gemerkt haben, daß kein wahres Wort daran war. Sie kennen doch die Stadt. Ein Pilot, wegen Trunkenheit entlassen, ein Freund mit einem Flugzeug – reine Erfindungen.»

«Ich kenne Ihre Beweggründe nicht, Mr. Wormold. Vielleicht wollten Sie seine Identität verschleiern, für den Fall, daß wir Ihren Kode sprengten. Hätten Ihre Freunde gewußt, daß er Vermögen und ein eigenes Flugzeug besaß, hätten sie vielleicht weniger gezahlt. Wieviel davon floß in seine Tasche, wieviel in Ihre? Das frage ich mich.»

«Ich verstehe kein Wort.»

«Sie lesen Zeitung, Mr. Wormold; wissen, daß man vor einem Monat seinen Flugschein konfiszierte, weil er betrunken in einem Garten gelandet war, neben einem spielenden Kind.»

«Ich lese die Lokalzeitungen nicht.»

«Nie? Natürlich bestritt er, für Sie zu arbeiten. Man bot ihm eine Menge Geld an, wenn er statt dessen für sie arbeiten wollte. Auch die andern wollen Bilder von den Riesensockeln in den Bergen von Oriente, Mr. Wormold.»

«Es gibt keine Riesensockel.»

«Erwarten Sie nicht von mir, daß ich allzuviel glaube, Mr. Wormold. In einem Telegramm erwähnten Sie Pläne, die Sie nach London geschickt hatten. Auch Ihre Leute wollten Photos.»

«Sie müssen wissen, wer ‹sie› sind.»

«*Cui bono?*»

«Was haben sie mit mir vor?»

«Nichts. Das versprachen sie mir zuerst. Sie waren ihnen nützlich. Sie wissen von Ihnen, Mr. Wormold, seit allem Anfang. Aber sie nahmen Sie nicht ernst. Sie dachten sogar, Sie erfänden Ihre Berichte. Doch dann änderten Sie Ihren Kode und Ihr Stab vergrößerte sich. Der britische Geheimdienst würde sich nicht so leicht hineinlegen lassen, nicht wahr?» Eine Art Loyalität zu Mandrill ließ Wormold schweigen. «Mr. Wormold, Mr. Wormold, warum haben Sie je angefangen?»

«Sie wissen, warum. Ich brauchte das Geld.» Er sah, daß er seine Zuflucht zur Wahrheit nahm wie zu einem Beruhigungsmittel.

«Ich hätte Ihnen Geld geliehen. Ich bot es Ihnen an.»

«Ich brauchte mehr, als Sie mir leihen konnten.»

«Für Milly?»

«Ja.»

«Geben Sie gut acht auf sie, Mr. Wormold. Sie üben einen Beruf aus, in dem es gefährlich ist, irgend etwas, irgend jemanden zu lieben. Das vernichten sie. Ich hatte Kulturen angesetzt, Sie erinnern sich doch?»

«Ja.»

«Hätten sie damals meinen Lebenswillen nicht gebrochen, vielleicht hätten sie mich nicht so leicht dazu gebracht.»

«Glauben Sie wirklich...?»

«Ich bitte Sie nur, vorsichtig zu sein.»

«Darf ich Ihr Telephon benützen?»

«Ja.»

Wormold rief zu Hause an. Hörte er wirklich ein leises Klick, den Beweis, daß der Horcher am Werk war, oder bildete er es sich ein? Beatrice hob ab. Er sagte: «Alles in Ordnung?»

«Ja.»

«Warten Sie auf mich. — Mit Milly auch?»

«Ja. Sie schläft, tief und fest.»

«Ich komme jetzt.»

«Aus Ihrer Stimme hätte keine Liebe klingen dürfen», sagte Dr. Hasselbacher. «Wer weiß, wer mitgehört hat.» Er ging zur Türe. Das Gehen fiel ihm schwer, wegen der engen Hose. «Gute Nacht, Mr. Wormold. Hier ist der Lamb.»

«Ich brauche ihn nicht mehr.»

«Vielleicht möchte ihn Milly. Und würden Sie so gut sein, niemandem von diesem — diesem Kostüm zu erzählen? Ich weiß, ich bin lächerlich, aber ich liebte diese Zeit. Einmal sprach mich der Kaiser an.»

«Was sagte er?»

«Er sagte: ‹Ich kenne Sie. Sie sind Hauptmann Müller.›»

Wenn der Chef Gäste hatte, aß er daheim zu Abend und kochte selbst, denn kein Restaurant genügte seinen peinlich genauen romantischen Ansprüchen. Man erzählte sogar folgende Geschichte: als er einmal krank war, weigerte er sich, eine Einladung rückgängig zu machen — er hatte einen Freund zu sich gebeten —, und kochte das Essen per Telephon, vom Bett aus. Eine Uhr neben sich auf dem Nachttisch, unterbrach er die Unterhaltung im gegebenen Augenblick, um seinem Diener Anweisungen zu geben. «Hallo, Brewer, hallo, nehmen Sie das Huhn aus dem Backrohr und begießen Sie es noch einmal.»

Auch eine andere Geschichte war in Umlauf: eines Abends war er im Büro zurückgehalten worden und hatte versucht, das Abendessen von dort zu kochen. Es mißlang jedoch, weil er aus alter Gewohnheit das rote Störtelephon verwendete und nur seltsame Laute, schnellem Japanisch nicht unähnlich, das Ohr seines Dieners erreichten.

Das Mahl, das er dem Unterstaatssekretär vorsetzte, war einfach und vorzüglich: Braten mit einem Hauch Knoblauch. Auf der Anrichte stand Wensleydale-Käse bereit, und rings um sie lag die Stille von Albany tief und dicht wie Schnee. Dem Chef selbst haftete nach seiner Leistung in der Küche ein schwacher Saucengeruch an.

«Wirklich ausgezeichnet. Ausgezeichnet.»

«Ein altes Rezept aus Norfolk. Oma Browns Ipswich-Roast.»

«Und das Fleisch... schmilzt auf der Zunge...»

«Einkaufen habe ich Brewer beigebracht, aber kochen wird er nie lernen. Man muß ihn dauernd überwachen.»

Sie aßen eine Weile, in ehrfurchtsvoller Stille. Rope Walk entlang klapperten Frauenschuhe. Das war die einzige Ablenkung.

«Ein guter Wein», sagte der Unterstaatssekretär endlich.

«Der Fünfundfünfziger läßt sich gut an. Vielleicht nicht abgelegen genug?»

«Kaum.»

Beim Käse begann der Chef wieder zu sprechen. «Was hält der F. O. von der russischen Note?»

«Wir wissen nicht, was wir von der Erwähnung der karibischen Stützpunkte halten sollen.» Romary-Kekse knirschten. «Sie können sich kaum auf die Bahamas beziehen. Die sind nicht mehr wert, als was uns die Yankees zahlten — ein paar alte Zerstörer. Trotzdem haben wir seit jeher angenommen, daß diese kubanischen Anlagen kommunistischen Ursprungs sind. Sie glauben doch nicht, amerikanischen?»

«Hätte man uns das nicht mitgeteilt?»

«Nicht unbedingt, fürchte ich. Seit dem Fall Fuchs. Wir rücken auch nicht mit allem heraus, sagen sie. Was sagt Ihr Mann in Havanna?»

«Ich werde von ihm einen Lagebericht verlangen. Wie ist der Wensleydale?»

«Ideal.»

«Versuchen Sie den Portwein.»

«Fünfunddreißiger Cockburn, nicht wahr?»

«Siebenundzwanziger.»

«Glauben Sie, sie sind letzten Endes auf Krieg aus?» fragte der Chef.

«Ich weiß auch nicht mehr als Sie.»

«In Kuba sind sie jetzt sehr rührig — offenbar mit Hilfe der Polizei. Unser Mann in Havanna hatte große Schwierigkeiten. Wie Sie wissen, wurde sein bester Agent getötet — Unfall, natürlich, als er auf dem Weg zum Flugplatz war, Flugaufnahmen von den Anlagen zu machen. Aber ich gäbe für diese Photos viel mehr als ein Menschenleben. Ein anderer unserer Agenten wurde auf der Straße angeschossen. Jetzt hat er Angst. Ein dritter ist untergetaucht. Auch eine Frau ist dabei. Obwohl sie die Geliebte des Post- und Telegraphendirektors ist, wurde sie verhört. Unsern Mann haben sie bis jetzt ungeschoren gelassen. Vielleicht wollen sie ihn beobachten. Jedenfalls ist er ihnen gewachsen.»

«Allzu vorsichtig kann er nicht sein, sonst hätte er nicht so viele Agenten verloren.»

«Zu Beginn muß man immer mit Verlusten rechnen. Sie haben seinen Buchkode gesprengt. Diese Buchkodes sind mir seit jeher ein Dorn im Auge. Ein Deutscher ist auch dort. Er scheint der wichtigste Agent der Gegenseite zu sein, und ein Geheimschriftfachmann. Mandrill warnte unsern Mann, aber Sie kennen doch diese alten Handelsherren: loyal bis zur Verbohrtheit. Vielleicht war es die paar Verluste wert, ihm endlich die Augen zu öffnen. Zigarre?»

«Danke. Wird er neu anfangen können, falls er auffliegt?»

«Oh, er ist den Leuten haushoch überlegen, hat den Krieg ins feindliche Lager getragen. Wissen Sie, wo er einen Doppelagenten geworben hat? Im Polizeihauptquartier!»

«Sind Doppelagenten nicht immer ein bißchen — riskant? Man weiß nie, ob man die Brot- oder die Butterseite kriegt.»

«Unser Mann sticht ihn jedesmal», sagte der Chef. «Davon bin ich überzeugt. Und ich sage ‹sticht›, weil beide leidenschaftliche Damespieler sind. Das ist übrigens ihr Vorwand, einander zu treffen.»

«Ich kann gar nicht oft genug sagen, C., wie besorgt wir wegen der Anlagen sind. Zu dumm, daß Sie die Photos nicht bekommen haben, bevor man Ihren Agenten umgebracht hat. Der P. M. drängt darauf, daß wir die Yankees informieren und um Unterstützung ersuchen.»

«Das müssen Sie ihm ausreden. Auf ihre Sicherheitsvorkehrungen ist kein Verlaß.»

FÜNFTER TEIL

Erstes Kapitel

«Stich», sagte Hauptmann Segura. Sie saßen im Havanna-Klub. Im Havanna-Klub, der beileibe kein Klub war und Baccardis Konkurrenz gehörte, waren Rumgetränke frei. Wormold, der in seinen Spesenaufstellungen natürlich trotzdem Drinks verrechnete, konnte daher mehr ersparen. Es wäre mühsam, wenn nicht unmöglich gewesen, London begreiflich zu machen, daß es die Drinks dort umsonst gab. Die Bar lag im ersten Stock eines Hauses, das aus dem siebzehnten Jahrhundert stammte, und ihre Fenster öffneten sich auf die Kathedrale, in der einst die Leiche des Christoph Columbus gelegen hatte. Eine graue Columbusstatue stand vor der Kathedrale. Sie sah aus, als sei sie unter Wasser gewachsen wie ein Korallenriff, jahrhundertealtes Werk emsiger Insekten.

«Ich muß Ihnen etwas sagen», sagte Hauptmann Segura. «Es gab eine Zeit, da dachte ich, Sie können mich nicht leiden.»

«Sympathie ist nicht der einzige Grund, Dame zu spielen.»

«Für mich auch nicht», sagte Hauptmann Segura. «Da! Ich kriege eine Dame.»

«Und ich steche Sie dreimal.»

«Sie meinen wohl, das habe ich nicht gesehen. Aber Sie werden merken, der Zug ist mein Vorteil. Bitte: jetzt nehme ich Ihre einzige Dame. Warum fuhren Sie vor zwei Wochen nach Santiago, Santa Clara und Cienfuegos?»

«Um diese Jahreszeit fahre ich immer hin, meine Einzelhändler besuchen.»

«Es sah wirklich so aus, als wäre das der Grund gewesen. Sie wohnten in dem neuen Hotel in Cienfuegos; aßen allein in einem Restaurant am Hafen; gingen in ein Kino, und dann nach Hause. Am nächsten Morgen...»

«Halten Sie mich wirklich für einen Geheimagenten?»

«Ich beginne es zu bezweifeln. Ich glaube, unsere Freunde haben sich geirrt.»

«Wer sind unsere Freunde?»

«Nun, sagen wir, Dr. Hasselbachers Freunde.»

«Und wer sind sie?»

«Ich muß wissen, was in Havanna vorgeht. Dazu bin ich da»,

sagte Hauptmann Segura. «Nicht dazu, Partei zu ergreifen oder Auskünfte zu geben.» Ungehindert schob er seine Dame das Feld entlang.

«Gibt's denn etwas in Kuba, das wichtig genug wäre, einen Geheimdienst zu interessieren?»

«Wir sind nur ein kleines Land, das stimmt, aber die amerikanische Küste ist nicht weit und wir zeigen direkt auf euren Stützpunkt Jamaica. Wenn ein Land eingekreist ist wie Rußland, wird es versuchen, ein Loch von innen zu bohren.»

«Und wozu könnte man mich — oder Dr. Hasselbacher — in der Weltstrategie verwenden? Einen Mann, der Staubsauger verkauft? Einen pensionierten Arzt?»

«In jedem Spiel gibt's Nebenfiguren», sagte Hauptmann Segura. «Wie die hier, zum Beispiel. Ich nehme sie, und es macht Ihnen nichts aus, sie zu verlieren. Und Dr. Hasselbacher versteht sich vorzüglich auf Kreuzworträtsel.»

«Was haben Kreuzworträtsel damit zu tun?»

«Wer Kreuzworträtsel löst, hat Talent zum Chiffrieren. Einmal zeigte mir jemand eines Ihrer Telegramme — samt Übersetzung. Ließ sie mich erraten, vielmehr. Vielleicht dachte man, ich würde Sie ausweisen.» Er lachte. «Millys Vater! Wie schlecht man mich kannte.»

«Wovon war die Rede?»

«Sie behaupteten, Ingenieur Cifuentes eingestellt zu haben. Absurd, natürlich. Ich kenne ihn gut. Vielleicht schoß man ihn an, um das Telegramm glaubhafter zu machen. Vielleicht schrieb man es, um Sie loszuwerden. Oder vielleicht ist man leichtgläubiger als ich.»

«Eine erstaunliche Geschichte.» Wormold rückte einen Stein. «Woraus schließen Sie mit solcher Sicherheit, daß Cifuentes nicht mein Agent ist?»

«Aus der Art, wie Sie Dame spielen, Mr. Wormold. Und weil ich Cifuentes verhörte.»

«Haben Sie ihn gefoltert?»

Hauptmann Segura lachte. «Nein. Er gehört nicht zu den Folterbaren.»

«Ich wußte nicht, daß es beim Foltern Klassenunterschiede gibt.»

«Mein lieber Mr. Wormold, es ist Ihnen doch sicher klar, daß es Leute gibt, die damit rechnen, gefoltert zu werden, und andere, die der bloße Gedanke daran empören würde. Man foltert nie, außer in einem gewissen gegenseitigen Einverständnis.»

«Es gibt Folter und Folter. Als man Dr. Hasselbachers Laboratorium zerstörte, war das also Folter . . . ?»

«Man kann nie wissen, was Amateuren einfällt. Die Polizei hatte damit nichts zu tun. Dr. Hasselbacher gehört nicht zu den Folterbaren.»

«Wer denn?»

«Die Armen in meinem, in jedem südamerikanischen Land. Die Armen in Mitteleuropa und im Orient. Ihr in euren Wohlfahrtsstaaten habt natürlich keine Armen, seid also nicht folterbar. Mit Einwanderern aus Südamerika und den baltischen Staaten kann die kubanische Polizei verfahren wie sie will. Nicht aber mit Fremden aus Ihrem Land oder aus Skandinavien. Das ist auf beiden Seiten eine Sache des Instinkts. Katholiken sind folterbarer als Protestanten, wie sie auch die größere Anzahl Verbrecher stellen. Sehen Sie? Ich tat recht daran, mir diese Dame zu holen, und jetzt steche ich zum letztenmal.»

«Sie gewinnen immer, nicht wahr? Ihre Theorie ist interessant.»

«Daß die großen kommunistischen Länder keine Klassenunterschiede anerkennen, ist einer der Gründe, warum der Westen sie haßt. Manchmal foltern sie die Falschen. Das tat natürlich auch Hitler und empörte die Welt. Niemand fragt danach, was in unseren Gefängnissen vorgeht, oder in den Gefängnissen von Lissabon oder Caracas, aber Hitler wußte nicht zu unterscheiden. Es war, als hätte in Ihrem Land ein Chauffeur mit einer Herzogin geschlafen.»

«Das empört uns nicht mehr.»

«Es ist gefährlich für jedermann, wenn sich das Empörende ändert.»

Sie tranken beide noch einen Daiquiri. Das Getränk war so steifgefroren, daß es in winzigen Schlucken genippt werden mußte, sonst schmerzte die Mundhöhle.

«Und wie geht es Milly?» fragte Hauptmann Segura.

«Gut.»

«Ich habe das Kind sehr gern. Sie wurde erzogen, wie es sich gehört.»

«Es freut mich, daß Sie so denken.»

«Das ist einer der Gründe, warum ich Sie ungern in Schwierigkeiten sähe, Mr. Wormold. Das könnte nämlich unter Umständen den Verlust Ihrer Aufenthaltsgenehmigung bedeuten. Havanna wäre ärmer ohne Ihre Tochter.»

«Ich erwarte nicht, daß Sie mir glauben, Hauptmann, aber Cifuentes war wirklich nicht mein Agent.»

«Ich glaube Ihnen. Ich glaube, jemand wollte Sie vielleicht als Strohmann benützen, oder als eine dieser künstlichen Enten, mit denen man die Wildgänse anlockt. Das kommt mir nur recht. Auch ich sehe gern zu, wie die Zugvögel kommen, aus Rußland, Amerika, England, manchmal sogar aus Deutschland. Sie verachten natürlich den armen eingeborenen Jäger. Aber eines Tages, wenn alle da sind, werde ich auf die Jagd gehen. Wird das ein Schützenfest werden!»

«Wir leben in einer schwierigen Welt. Ich finde es einfacher, Staubsauger zu verkaufen.»

«Das Unternehmen gedeiht, hoffe ich?»

«O ja, ja.»

«Ich sah mit Interesse, daß Sie Ihre Belegschaft vergrößert haben. Die reizende Sekretärin mit dem Siphon und dem Mantel, der nicht zugehen wollte. — Und der junge Mann.»

«Ich brauche jemanden für die Buchhaltung. Auf Lopez ist kein Verlaß.»

«Ach, Lopez. Noch einer Ihrer Agenten. So sagte man mir wenigstens.»

«Ja. Er versorgt mich mit Geheiminformationen über die Polizei.»

«Vorsicht, Mr. Wormold. Er ist einer der Folterbaren.» Sie lachten beide und tranken Daiquiri. An einem sonnigen Tag kann man über Folter leicht lachen. «Ich muß gehen, Mr. Wormold.»

«Die Zellen sind wahrscheinlich voll von meinen Spionen.»

«Ein paar Hinrichtungen, und wir haben wieder Platz. Dieser Ausweg bleibt immer.»

«Eines Tages, Hauptmann, werde ich Sie beim Damespiel schlagen.»

«Das bezweifle ich, Mr. Wormold.»

Er trat ans Fenster und blickte Hauptmann Segura nach, der auf dem Weg in sein Büro an der grauen bimssteinähnlichen Columbusstatue vorbeiging.

Dann trank er noch einen unentgeltlichen Daiquiri. Der Havanna-Klub und Hauptmann Segura schienen die Wunder-Bar und Dr. Hasselbacher abgelöst zu haben. Es war wie ein neues Leben, und er mußte herausholen, was ging. Die Zeit ließ sich nicht zurückdrehen. Dr. Hasselbacher war vor seinen Augen gedemütigt worden, und Freundschaft verträgt keine Demütigung. Er hatte Dr. Hasselbacher nicht wiedergesehen. Im Klub — wie in der Wunder-Bar — fühlte er sich als Bürger Havannas. Der elegante junge Mann, der ihm seinen Drink servierte, versuchte nicht, ihm eine der Rumflaschen zu verkaufen, die auf der Theke aufgebaut waren. Ein graubärtiger Mann las die Morgenzeitung wie stets um diese Zeit, und wie gewöhnlich hatte ein Briefträger seine Runde unterbrochen, um seinen Freidrink zu konsumieren. Auch sie waren Einheimische. Vier Fremde verließen die Bar; sie trugen Rumflaschen in geflochtenen Hüllen, stolz und fröhlich, und hegten die Illusion, ihre Drinks umsonst bekommen zu haben. Ausländer, dachte er, also nicht folterbar.

Wormold trank seinen Daiquiri zu schnell, und seine Augen schmerzten, als er den Havanna-Klub verließ. Die Touristen beugten sich über den Brunnen, der aus dem siebzehnten Jahrhundert stammte. Sie hatten schon doppelt soviel Münzen hineingeworfen, als ihre Drinks gekostet hätten: für eine glückliche Heimkehr. Eine Frauenstimme rief ihn, und er sah Beatrice. Sie stand zwischen den Säulen der Kolonnade inmitten der Flaschen, Klappern und Negerpuppen eines Raritätengeschäfts.

«Was tun Sie hier?»

«Ich bin immer in Sorge, wenn Sie Segura treffen. Diesmal wollte ich sicher sein...»

«Sicher? Weshalb?» Er fragte sich, ob sie endlich zu argwöhnen begann, daß er keine Agenten hatte. Vielleicht war sie beauftragt, ihn zu beobachten, von London oder Kingston, von 59 200. Sie machten sich auf den Heimweg.

«Sicher, daß es keine Falle ist. Daß die Polizei nicht auf Sie wartet. Ein Doppelagent ist eine riskante Sache.»

«Sie sorgen sich zuviel.»

«Und Sie haben so wenig Erfahrung. Erinnern Sie sich, was Raul passiert ist, und Cifuentes.»

«Cifuentes wurde verhört.» Er setzte erleichtert hinzu: «Er ist aufgeflogen. Für uns also nicht mehr zu brauchen.»

«Wieso Sie dann nicht auch?»

«Er hat nichts verraten. Hauptmann Segura stellte die Fragen, und Segura steht auf unserer Seite. Ich denke, es wäre an der Zeit, ihm eine Prämie zu zahlen. Er bemüht sich, ein vollständiges Verzeichnis der hiesigen Geheimagenten für uns zu machen — Zugvögel nennt er sie.»

«Das wäre allerhand. Und die Betonsockel?»

«Müssen vorderhand warten. Ich kann ihn nicht dazu bringen, gegen sein eigenes Land zu arbeiten.»

Als sie an der Kathedrale vorbeigingen, gab Wormold dem blinden Bettler, der auf den Stufen saß, wie immer eine Münze.

«Bei dieser Sonne steht's fast dafür, blind zu sein», sagte Beatrice.

In Wormold regte sich der Schöpfergeist. «Er ist nicht blind», sagte er. «Er sieht alles, was vorgeht.»

«Dann muß er ein guter Schauspieler sein. Während Sie bei Segura waren, habe ich ihn beobachtet.»

«Und er Sie. Er ist sogar einer meiner besten Spitzel. Immer, wenn ich Segura treffe, lasse ich ihn hier Posten stehen. Eine primitive Vorsichtsmaßregel. Ich bin nicht so gedankenlos, wie Sie glauben.»

«Das haben Sie nie gemeldet.»

«Wozu? Einen blinden Bettler hätte man schwerlich ausgeforscht. Und ich verwende ihn nicht für Informationszwecke. Aber wäre ich verhaftet worden, hätten Sie's binnen zehn Minuten gewußt. Was hätten Sie getan?»

«Die Akten verbrannt und Milly auf die Gesandtschaft gebracht.»

«Und Rudy?»

«Erst hätte ich ihn nach London funken lassen, daß wir das Büro auflösen, dann hätte ich ihm gesagt, er soll untertauchen.»

«Wie taucht man unter?»

Er drängte nicht auf Antwort. Und da die Geschichte von selbst Gestalt annahm, sagte er: «Der Bettler heißt Miguel. Er tut es aus Dankbarkeit: ich habe ihm das Leben gerettet.»

«Wie?»

«Oh, nicht der Rede wert. Ein Fährenunfall. Ich konnte bloß schwimmen, und er nicht.»

«Hat man Ihnen eine Medaille verliehen?»

Er warf ihr einen raschen Blick zu, doch in ihren Zügen stand nur unschuldiges Interesse.

«Nein. Es war völlig ruhmlos. Ich mußte sogar Strafe zahlen, weil ich ihn innerhalb der militärischen Schutzzone an Land brachte.»

«Eine romantische Geschichte! Und jetzt gäbe er natürlich sein Leben für Sie.»

«Oh, das würde ich wieder nicht behaupten.»

«Sagen Sie mir eines — haben Sie irgendwo ein altes billiges Notizbuch, in Waschleder gebunden?»

«Ich glaube kaum. Warum?»

«Bei Ihren ersten Stahlfedern und Radiergummis?»

«Warum Stahlfedern, um Gottes willen?»

«Nur so.»

«Es gibt keine billigen Ledernotizbücher mehr. Und Stahlfedern? Niemand verwendet mehr Stahlfedern.»

«Schon gut. Bloß etwas, das Stephen sagte. Ein Fehlschluß.»

«Wer ist Stephen?» fragte er.

«59 200», sagte sie.

Er empfand ein Gefühl seltsamer Eifersucht, denn ungeachtet aller Sicherheitsmaßnahmen hatte sie ihn erst einmal Jim genannt.

Als sie zurückkehrten, war das Haus leer, wie immer um diese Zeit; es kam ihm zum Bewußtsein, daß er Milly nicht mehr vermißte, und er fühlte die trübe Erleichterung dessen, der erkennt, daß es zumindest eine Liebe gibt, die ihn nicht mehr verwundet.

«Rudy ist fortgegangen», sagte Beatrice. «Wahrscheinlich Bonbons kaufen. Er ißt zu viele Bonbons. Er muß eine Unmenge Energie verausgaben, denn er nimmt nicht zu. Allerdings weiß ich nicht, wofür.»

«Arbeiten wir lieber. Ein Telegramm ist abzuschicken. Segura gab mir wertvolle Hinweise über die kommunistische Durchsetzung der Polizei. Man würde es kaum für möglich halten...»

«Ich halte fast alles für möglich. Sehen Sie sich das an! Eben habe ich etwas Faszinierendes im Kodebuch gefunden. Es gibt eine Chiffre für ‹Eunuch›. Haben Sie das gewußt? Glauben Sie, das Wort kommt in Telegrammen oft vor?»

«Der Funker in Istanbul wird es wahrscheinlich brauchen.»

«Ich wollte, wir könnten es unterbringen. Keine Möglichkeit?»

«Werden Sie je wieder heiraten?»

«Ihre Assoziationen sind manchmal recht durchsichtig», sagte Beatrice. «Glauben Sie, Rudy hat ein Privatleben? Er kann diese ganze Energie nicht im Büro verbrauchen.»

«Wie lautet die Vorschrift für ein Privatleben? Braucht man eine Bewilligung aus London, wenn man eines anfangen will?»

«Gott, bevor Sie's zu weit kommen lassen, müßten Sie natürlich eine Überprüfung beantragen. Aber London hat's lieber, wenn Sex in der Abteilung bleibt.»

Zweites Kapitel

I

«Ich scheine bedeutend zu werden», sagte Wormold. «Man hat mich aufgefordert, eine Rede zu halten.»

«Wo?» fragte Milly und blickte höflich vom «Jahrbuch der Reiterin» auf. Es war die Abendstunde nach getaner Arbeit, wenn das letzte goldene Licht platt auf den Dächern lag, das honigfarbene Haar berührte und den Whisky in seinem Glas.

«Beim Jahreslunch des Verbands Europäischer Geschäftsleute. Dr. Braun, der Präsident, hat mich darum ersucht. Weil ich das älteste Mitglied bin. Der amerikanische Generalkonsul ist Ehrengast», fügte er mit Stolz hinzu. So wenig Zeit schien vergangen, seit er nach Havanna gekommen war und in der Floridita-Bar nebst ihrer Familie das Mädchen kennengelernt hatte, das Millys Mutter werden sollte; nun war er der älteste europäische Geschäftsmann der Stadt. Viele waren in den Ruhestand getreten, andere, Engländer, Franzosen, Deutsche — in die Heimat gefahren, um im letzten Krieg mitzukämpfen. Ihn hatte man abgewiesen, wegen seines verkürzten Beins. Keiner war nach Kuba zurückgekehrt.

«Worüber wirst du reden?»

Er sagte traurig: «Ich werde nicht reden. Ich wüßte nicht, was ich sagen sollte.»

«Ich bin überzeugt, du würdest besser reden als alle miteinander.»

«O nein. Ich bin vielleicht das älteste Mitglied, Milly, aber auch das unwichtigste. Rumexporteure, Zigarrenleute — das sind die bedeutenden Männer.»

«Du bist du.»

«Ich wollte, du hättest dir einen gescheiteren Vater ausgesucht.»

«Hauptmann Segura sagt, du bist gar kein so schlechter Damespieler.»

«Aber lang kein so guter wie er.»

«Bitte, sag ja, Vater», sagte sie. «Ich wäre so stolz auf dich.»

«Ich würde mich nur lächerlich machen.»

«Nein, das würdest du nicht. Mir zuliebe.»

«Dir zuliebe würde ich radschlagen.»

Rudy klopfte. Um diese Zeit hörte er die letzten Meldungen ab. Jetzt war es in London Mitternacht. «Ein dringendes Telegramm aus Kingston», sagte er. «Soll ich Beatrice holen?»

«Nein, ich mache es selbst. Sie geht ins Kino.»

«Die Geschäfte scheinen ja in vollem Schwung.»

«Ja.»

«Aber du scheinst keine Staubsauger mehr zu verkaufen.»

«Es ist eine Beförderung auf lange Sicht», sagte Wormold.

Er ging in sein Schlafzimmer und entschlüsselte das Telegramm. Es war von Mandrill. Wormold hatte mit dem nächsten Flugzeug nach Kingston zu kommen, zum Rapport. Jetzt wissen sie's endlich, dachte er.

2

Die Zusammenkunft sollte im Myrtle Bank Hotel stattfinden. Wormold war seit Jahren nicht mehr in Jamaica gewesen, und der Schmutz und die Hitze erschreckten ihn. Wie war die Verwahrlosung britischen Besitztums zu erklären? Spanier, Portugiesen, Franzosen bauten Städte, wo sie hinkamen, die Engländer ließen sie wachsen. Die ärmlichste Straße Havannas hatte Würde im Vergleich mit Kingstons Budenzeilen — Hütten aus ehemaligen Benzinkanistern, überdacht mit Blech, das von Autofriedhöfen stammte.

Mandrill saß auf einem Liegestuhl auf der Terrasse des Myrtle Bank und trank einen ‹Pflanzerpunsch› durch einen Strohhalm. Sein Anzug war ebenso makellos wie bei ihrer ersten Begegnung, und ein wenig gestockter Talkpuder unter seinem linken Ohr war das einzige Zeichen der großen Hitze. «Schmeißen Sie sich her», sagte er. Selbst der Slang war wieder da.

«Danke.»

«Guter Flug?»

«Ja, danke.»

«Sie freuen sich sicher, daheim zu sein.»

«Daheim?»

«Ich meine hier — auf Urlaub von den Kubanegern. Wieder auf britischem Boden.» Wormold dachte an die Hütten am Strand, an einen hoffnungslosen alten Mann, der in einem Schattenfleck schlief, an ein zerlumptes Kind, das statt einer Puppe ein Stück Treibholz wiegte. «Havanna ist nicht so übel», sagte er.

«Trinken Sie einen Pflanzerpunsch. Sind gut hier.»

«Danke.»

«Ich habe Sie herbestellt, weil's Schwierigkeiten gibt», sagte Mandrill.

«Ja?» Jetzt kam wohl die Wahrheit ans Licht. Konnte man ihn verhaften nun, da er sich auf britischem Gebiet befand? Wie würde die Anklage lauten? Daß er Geld erschwindelt hatte, unter falschen Voraussetzungen? Oder eine undurchsichtigere Anschuldigung, die *in camera* zur Verhandlung kam, nach dem Hochverratsgesetz?

«Wegen dieser Betonsockel.»

Er wollte erklären, daß Beatrice nichts von allem wußte; er hatte keine Mitschuldigen — nur die Leichtgläubigkeit anderer.

«Was?» fragte er.

«Ich wollte, Sie hätten die Photos beschaffen können.»

«Ich versuchte es. Sie wissen ja, was passiert ist.»

«Ja. Die Pläne sind etwas verwirrend.»

«Ja. Sie stammen nicht von einem Fachmann.»

«Mißverstehen Sie mich nicht, mein Lieber — Sie waren großartig. Dabei gab es eine Zeit, da hatte ich fast den Verdacht —»

«Ja?»

«Also kurz und gut — ein paar erinnerten mich an Teile eines Staubsaugers.»

«Ja, das fiel auch mir auf.»

«Und dann — dann erinnerte ich mich an das ganze Zeugs in Ihrem Geschäft.»

«Sie dachten, ich hätte den Geheimdienst zum Narren gehalten?»

«Jetzt klingt das natürlich phantastisch, ich weiß. Aber trotzdem — irgendwie war ich erleichtert, als ich draufkam, daß die andern beschlossen haben, Sie umzubringen.»

«Mich umzubringen?»

«Sehen Sie — das beweist endgültig, daß die Pläne echt sind.»

«Welche andern?»

«Die Gegenseite. Zum Glück habe ich meinen absurden Verdacht bei mir behalten.»

«Wie wollen sie mich umbringen?»

«Oh, dazu kommen wir noch. Eine Giftgeschichte. Aber was ich sagen wollte: von Photos abgesehen, ist das die zweitbeste Bestätigung Ihrer Berichte. Zuerst gaben wir sie kaum aus der Hand. Aber jetzt haben wir sie an sämtliche Abteilungen geschickt. Auch der Atomforschung. Aber die Leute brachten uns überhaupt nicht weiter. Sagten, die Sache hätte mit Kernspaltung nichts zu tun. Das ist nämlich das Schlimme: diese Atomburschen haben uns derart benebelt, daß wir eines total vergessen haben: es gibt vielleicht andere Formen wissenschaftlicher Kriegführung, die ebenso gefährlich sind.»

«Wie wollen sie mich vergiften?»

«Immer schön der Reihe nach, mein Lieber. Man darf den wirtschaftlichen Aspekt nicht außer acht lassen: Kuba kann es sich nicht leisten, Wasserstoffbomben zu produzieren. Aber haben sie vielleicht etwas erfunden, daß auf geringe Distanz ebenso wirksam, und — vor allem — *billig* ist? Das ist der springende Punkt: billig.«

«Hätten Sie vielleicht etwas dagegen, mir zu sagen, wie man mich umbringen will? Es betrifft mich nämlich persönlich.»

«Klar, klar — ich wollte Ihnen nur zuerst einen Überblick geben und sagen, wie sehr wir uns alle freuen — ich meine, über die Bestätigung Ihrer Berichte. Es ist geplant, Sie bei einer Art Geschäftsbankett zu vergiften.»

«Im Verband Europäischer Geschäftsleute?»

«Ich glaube.»

«Woher wissen Sie das?»

«Wir haben ein paar Leute in ihrer Organisation. Sie würden staunen: wir wissen eine Menge von dem, was sich bei Ihnen tut. Zum Beispiel kann ich Ihnen sagen, daß der Tod von Strich vier Zufall war. Sie wollten ihn erschrecken, wie Strich drei. Sie sind der erste, der richtig ermordet werden soll.»

«Das ist ein Trost.»

«Ein Kompliment, in gewissem Sinn. Sie sind jetzt gefährlich.»
Mit einem langen Sauggeräusch schlürfte Mandrill zwischen Ana-
nas-, Eis-, Orangenschichten und der Kirsche ganz oben das letzte
Naß hervor.

«Ich glaube», sagte Wormold, «ich bleibe lieber zu Hause.» Er
empfand ein überraschendes Gefühl der Enttäuschung. «Es wird
der erste Lunch in zehn Jahren sein, den ich versäume. Die Firma
erwartet von mir, daß ich hingehe. Die Fahne hochhalten, so un-
gefähr.»

«Natürlich müssen Sie hingehen.»

«Und vergiftet werden?»

«Sie brauchen doch nichts zu essen, oder?»

«Haben Sie jemals probiert, zu einem Bankett zu gehen und
nichts zu essen? Außerdem sind da noch die Getränke.»

«Man kann nicht gut eine ganze Flasche vergiften. Sie könnten
zum Beispiel tun, als wären Sie ein Säufer — jemand, der nicht
ißt, sondern nur trinkt.»

«Danke! Das wäre sicher gut für die Firma.»

«Die Leute haben eine geheime Schwäche für Säufer», sagte
Mandrill. «Außerdem — wenn Sie nicht hingehen, wird man Verdacht schöpfen. Und das gefährdet meinen Gewährsmann. Gewährsleute sind zu schützen.»

«Vorschrift, nicht?»

«Genau, mein Lieber. Und noch etwas: wir kennen zwar den
Plan, aber nicht die Planer. Nur ihre Decknamen. Wenn wir her-
auskriegen, wer sie sind, können wir darauf bestehen, daß sie verhaftet werden. Wir werden die Organisation sprengen.»

«Natürlich. Es gibt ja keinen perfekten Mord, nicht wahr? Sicher wird man bei der Leichenschau ein Indiz finden. Damit können Sie dann Segura zum Handeln bewegen.»

«Sie haben doch keine Angst? Dieser Job ist gefährlich. Sie hätten ihn nicht annehmen dürfen, wenn Sie nicht . . .»

«Sie sind wie eine spartanische Mutter, Mandrill. Mit dem Schild
oder auf dem Schild.»

«Wissen Sie was? Unterm Schild! Im richtigen Augenblick fallen Sie unter den Tisch. Die Mörder halten Sie für tot, die andern
für besoffen.»

«Das ist kein Treffen der Großen Vier in Moskau. Europäische
Geschäftsleute fallen nicht unter den Tisch.»

«Nie?»

«Nie. Sie halten mich wohl für übermäßig besorgt?»

«Ich finde, Sie haben noch keinen Grund zur Aufregung. Schließlich legt man Ihnen die Sachen nicht auf den Teller. Sie bedienen sich.»

«Natürlich. Aber im Nacional gibt's als Vorspeise immer Morro-Krebs. Der wird im vorhinein angerichtet.»

«Dann dürfen Sie ihn nicht essen. Massenhaft Leute mögen Krebs nicht. Und bei den anderen Gängen nehmen Sie nie die Portion, die Ihnen am nächsten liegt. Wie bei einem Zauberer, der einem eine Karte zustecken will. Man darf sie eben nicht nehmen.»

«Aber für gewöhnlich gelingt es dem Zauberer trotzdem, sie einem zuzustecken.»

«Wissen Sie was — sagten Sie nicht eben, der Lunch ist im Nacional?»

«Ja.»

«Dann setzen Sie doch Strich sieben ein!»

«Strich sieben?»

«Vergessen Sie Ihre eigenen Agenten? Der Oberkellner im Nacional! Er soll aufpassen, daß niemand sich an Ihrem Essen zu schaffen macht. Höchste Zeit, daß er was tut für sein Geld. Ich erinnere mich nicht, einen einzigen Bericht von ihm gesehen zu haben.»

«Können Sie mir denn keinen Anhaltspunkt geben, wer der Mann bei dem Lunch sein wird? Ich meine, der Mann, der die Absicht hat, mich zu ...» Er scheute vor dem Wort ‹töten› zurück.

«Nicht den geringsten, mein Lieber. Hüten Sie sich einfach vor jedem. Noch einen Pflanzerpunsch?»

3

Das Flugzeug nach Kuba war spärlich besetzt: eine Spanierin mit einem Pack Kinder — einige schrien und einige spien, sobald sich die Maschine vom Boden hob; eine Negerin mit einem lebenden Hahn — sie hatte ihn in ihr Umhängetuch gebunden; ein kubanischer Zigarrenexporteur, dessen Bekanntschaft mit Wormold darin bestand, daß sie einander manchmal zunickten; und ein Engländer in einer Tweedjacke, der Pfeife rauchte, bis die Stewardeß ihn ersuchte, es sein zu lassen. Während des ganzen Flugs saugte er dann vorwurfsvoll an seiner leeren Pfeife und schwitzte heftig in seinem Tweed. Er sah verdrossen aus wie ein Mensch, der immer recht hat.

Als serviert wurde, übersiedelte er nach hinten und setzte sich neben Wormold.

«Kann diese brüllenden Bälger nicht vertragen. Darf ich?» Er sah auf die Papiere auf Wormolds Schoß: «Sie sind bei Phast-kleaners?» sagte er.

«Ja.»

«Ich bei Nucleaners. Name Carter.»

«Oh.»

«Ich war erst einmal in Kuba. Fidele Gegend, hat man mir gesagt», er blies seine Pfeife durch und legte sie beiseite, um zu essen.

«Möglich», sagte Wormold, «wenn Sie Roulette mögen, oder Bordelle.»

Carter tätschelte seinen Tabakbeutel wie einen Hundekopf — ‹mein treuer Rüde ist mein bester Freund›. «Daran dachte ich eigentlich nicht... Bin zwar kein Puritaner. Vielleicht wäre es sogar interessant. Mit den Wölfen heulen.» Er wechselte das Thema. «Guter Markt für eure Apparate?»

«Nicht schlecht.»

«Unser neues Modell wird alles ausstechen.» Er nahm einen großen Bissen süßen lila Kuchen und schnitt ein Stück Huhn ab.

«Tatsächlich.»

«Rasenmäher-Motor. Arbeitet wie von selbst. Hausmütterchen rührt keinen Finger. Keine Kabel in der ganzen Wohnung.»

«Laut?»

«Spezialdämpfer. Leiser als euer Modell. Heißt ‹Flüster-Fee›.» Nach einem herzhaften Schluck Schildkrötensuppe machte er sich über den Obstsalat und zermalmte die Traubenkerne, daß es krachte. «Wir werden in Bälde eine kubanische Vertretung haben. Kennen Sie Dr. Braun?»

«Flüchtig. Ich bin ihm ein paarmal begegnet, im Verband Europäischer Geschäftsleute. Er ist unser Präsident. Importiert Präzisionsinstrumente aus Genf.»

«Stimmt. Er hat uns sehr wertvolle Ratschläge gegeben. Ich gehe sogar zu eurem Gelage, als sein Gast. Kriegt man dort was Ordentliches zu essen?»

«Sie wissen, wie ein Hotel-Lunch ist.»

«Besser als das auf jeden Fall.»

Er spuckte eine Traubenhaut aus. Er hatte den Spargel in Mayonnaise übersehen und begann nun damit. Nachher kramte er in seiner Tasche. «Hier ist meine Karte.» Auf der Karte stand: «William Carter B. Tech. (Nottwich)» und in der Ecke «Nucleaners Ltd.» «Ich bleibe eine Woche im Seville-Biltmore», sagte er.

«Ich habe leider keine Karte bei mir. Mein Name ist Wormold.»

«Kennen Sie einen gewissen Davis?»

«Ich glaube nicht.»

«Wir hatten ein Zimmer zusammen. Im College. Er bekam eine Stelle bei Gripfix und fuhr dann in diese Gegend. Komisch — überall trifft man Nottwich-Leute. Sie waren doch nicht auch dort?»

«Nein.»

«Reading?»

«Ich war auf keiner Universität.»

«Hätte ich Ihnen nicht angemerkt», sagte Carter menschenfreundlich. «Ich wäre gern nach Oxford gegangen, wenn sie dort technisch weniger rückständig wären.» Er sog an einer Pfeife wie ein Kind an einem Schnuller, bis sie zwischen seinen Zähnen pfiff. Plötzlich begann er wieder zu sprechen, als hätte ein Rest Tannin seine Zunge bitter berührt. «Alles längst überholt», sagte er. «Überbleibsel, die von der Vergangenheit zehren. Würde ich abschaffen.»

«Was?»

«Oxford und Cambridge.» Er nahm das einzige Eßbare, das noch auf dem Tablett lag — eine Semmel —, und zerkrümelte es wie Alter oder Efeu einen Stein.

Wormold verlor ihn bei der Zollkontrolle. Carter hatte Schwierigkeiten mit seinem Muster-Nucleaner, und Wormold sah nicht ein, warum der Vertreter von Phastkleaners ihm bei der Einfuhr behilflich sein sollte. Beatrice erwartete ihn mit dem Hillman. Seit vielen Jahren hatte ihn keine Frau abgeholt.

«Alles in Ordnung?» fragte sie.

«Ja. O ja. Man scheint mit mir zufrieden zu sein.» Er sah die Hände an, die auf dem Lenkrad lagen; sie trug keine Handschuhe am heißen Nachmittag; es waren schöne, fähige Hände. «Sie tragen Ihren Ring nicht», sagte er.

«Ich dachte nicht, daß es jemandem auffallen würde. Aber Milly merkte es auch. Aufmerksame Familie.»

«Sie haben ihn doch nicht verloren?»

«Ich zog ihn gestern beim Waschen ab und vergaß, ihn wieder anzustecken. Einen Ring zu tragen, den man vergißt — das hat doch keinen Sinn, nicht wahr?»

Daraufhin erzählte er ihr vom Lunch.

«Sie werden doch nicht hingehen?» sagte sie.

«Mandrill erwartet es von mir. Um seinen Gewährsmann zu decken.»

«Zum Teufel mit seinem Gewährsmann.»

«Es gibt einen besseren Grund. Etwas, das Dr. Hasselbacher zu mir sagte: sie vernichten gern, was man liebt. Wenn ich nicht hingehe, denken sie sich etwas anderes aus. Etwas Schlimmeres. Und wir werden nicht wissen, was. Das nächstemal bin's dann nicht

ich — ich glaube nicht, daß ich mich genügend liebe, um sie zufriedenzustellen —, sondern vielleicht Milly. Oder Sie.» Die Bedeutung seiner Worte kam ihm erst zu Bewußtsein, als sie ihn vor
seinem Haustor abgesetzt hatte und weitergefahren war.

Drittes Kapitel

I

«Du hast nur eine Tasse Kaffee getrunken», sagte Milly. «Und
nichts gegessen. Nicht einmal ein Stück Toast.»

«Ich habe keinen Hunger.»

«Dafür wirst du dich heute beim Bankett überessen. Und dabei
weißt du sehr gut, daß du Morro-Krebs nicht verträgst.»

«Ich verspreche dir, ich werde sehr vorsichtig sein.»

«Es wäre viel gescheiter, ordentlich zu frühstücken. Du brauchst
eine Menge Haferflocken, als Unterlage für all den Alkohol, den du
trinken wirst.» Es war einer ihrer Duennatage.

«Tut mir leid, Milly. Ich kann nicht. Ich muß über Verschiedenes
nachdenken. Bitte plag mich nicht. Nicht heute.»

«Hast du deine Rede vorbereitet?»

«Ich habe mein Bestes getan, Milly. Aber ich bin kein Redner.
Ich weiß nicht, warum sie mich aufgefordert haben.» Doch er war
sich voll Unbehagen bewußt, daß er es vielleicht doch wußte. Jemand mußte Dr. Braun beeinflußt haben, mittel- oder unmittelbar,
jemand, der um jeden Preis gefunden werden mußte. Ich bin der
Preis, dachte er.

«Du wirst eine Sensation sein.»

«Ich tue mein möglichstes, bei diesem Lunch keine Sensation zu
sein.» Milly ging in die Schule, und er blieb bei Tisch sitzen. Die
Haferflockenfirma, deren Produkte Milly bevorzugte, hatte den
Weatbrix-Karton mit den neuesten Abenteuern des Zwergs Klein-Dudu versehen. Zwerg Klein-Dudu — die Fortsetzung war eher kurz —
begegnete einer Ratte von der Größe eines Bernhardiners und jagte sie in die Flucht, indem er so tat, als sei er ein Kater, und Miau
sagte. Eine denkbar einfache Geschichte. Man konnte sie kaum eine
Vorbereitung auf das Leben nennen. Außerdem verschenkte die
Firma für zwölf Schachteldeckel ein Luftgewehr. Die Schachtel
war fast leer, also begann Wormold den Deckel abzutrennen. Vorsichtig zog er mit dem Messer die gepunktete Linie nach und

umschnitt eben die letzte Ecke, als Beatrice hereinkam. «Was tun Sie da?»

«Ich dachte, ein Luftgewehr im Büro könnte nicht schaden. Wir brauchen nur noch elf Schachteldeckel.»

«Gestern nacht konnte ich nicht schlafen.»

«Zuviel Kaffee?»

«Nein. Etwas, das Dr. Hasselbacher sagte. Wegen Milly. Bitte gehen Sie nicht zu diesem Lunch.»

«Es ist das mindeste, das ich tun kann.»

«Sie tun genug. In London ist man mit Ihnen zufrieden. Das sehe ich aus der Art, wie man Ihnen telegraphiert. Stephen kann sagen, was er will — London wäre nie damit einverstanden, daß Sie sich einer blödsinnigen Gefahr aussetzen.»

«Was er sagt, stimmt genau: wenn ich nicht gehe, probieren sie etwas anderes.»

«Machen Sie sich keine Sorgen wegen Milly: ich werde sie bewachen wie ein Luchs.»

«Und wer wird Sie bewachen?»

«Ich bin nun einmal bei dem Geschäft. Aus freien Stücken. Sie brauchen sich für mich nicht verantwortlich zu fühlen.»

«Waren Sie schon je in einem solchen Büro?»

«Nein. Ich hatte aber auch noch nie einen solchen Chef. Sie scheinen die Leute in Bewegung zu bringen. Für gewöhnlich bedeutet dieser Job nichts als Schreibtisch, Kartei und langweilige Telegramme; auf Morde sind wir nicht trainiert. Und ich will nicht, daß Sie ermordet werden. Sie sind wirklich. Sie sind nicht *Boy's Own Paper*. So legen Sie doch endlich diese blöde Schachtel weg und hören Sie mir zu.»

«Ich las nur noch einmal Zwerg Klein-Dudu.»

«Dann bleiben Sie zu Hause und leisten Sie ihm Gesellschaft. Ich gehe alle alten Kartons kaufen, damit Sie aufholen können.»

«Was Mandrill sagt, hat Hand und Fuß. Ich brauche nur beim Essen aufzupassen. Und es *ist* wichtig, herauszukriegen, wer die Leute sind. Dann habe ich für mein Geld etwas getan.»

«Sie haben schon jetzt genug getan. Es besteht nicht der geringste Grund, zu diesem verdammten Lunch zu gehen.»

«Doch, es gibt einen. Stolz.»

«Wem wollen Sie imponieren?»

«Ihnen.»

Er ging durch die Halle des Hotel Nacional, vorbei an Vitrinen mit italienischen Schuhen, dänischen Aschenbechern, schwedischem Glasgeschirr und lila Wollwaren aus England. Der Speisesaal, den der Verband Europäischer Geschäftsleute alljährlich mietete, begann genau hinter dem Sessel, auf dem Dr. Hasselbacher saß und sichtlich wartete. Wormold verlangsamte seinen Schritt; es war das erste Mal, das er Dr. Hasselbacher traf, seit jener Nacht, da er in seiner Ulanenuniform auf dem Bett gesessen und von der Vergangenheit gesprochen hatte. Mitglieder des Verbands, auf dem Weg in den Privatspeisesaal, blieben stehen und redeten ihn an; Dr. Hasselbacher beachtete sie nicht.

Wormold kam zu seinem Sessel. «Gehen Sie nicht hinein, Mr. Wormold», sagte Dr. Hasselbacher. Er sprach, ohne die Stimme zu senken. Die Worte verzitterten an den Vitrinen, erregten Aufmerksamkeit.

«Wie geht's, Hasselbacher?»

«Gehen Sie nicht hinein, sagte ich.»

«Ich hörte Sie schon beim erstenmal.»

«Man wird Sie umbringen, Mr. Wormold.»

«Woher wissen Sie das, Hasselbacher?»

«Man hat vor, Sie drinnen zu vergiften.»

Ein paar Gäste blieben stehen, schauten verblüfft und lächelten. Einer von ihnen, ein Amerikaner, sagte: «Ist das Essen so schlecht?» Alle lachten.

«Bleiben Sie nicht hier, Hasselbacher», sagte Wormold. «Sie sind zu auffällig.»

«Gehen Sie hinein?»

«Natürlich. Ich bin einer der Redner.»

«Denken Sie an Milly. Vergessen Sie sie nicht.»

«Natürlich. Machen Sie sich keine Sorgen um Milly. Ich werde aufrecht herauskommen, Hasselbacher. Bitte gehen Sie nach Hause.»

«Schön», sagte Dr. Hasselbacher. «Aber ich mußte es versuchen. Ich warte am Telephon.»

«Ich rufe Sie an, wenn ich fortgehe.»

«Adieu, Jim.»

«Adieu, Doktor.» Daß der Doktor ihn beim Vornamen nannte, traf Wormold unvorbereitet. Es erinnerte ihn daran, was er immer im Scherz gedacht hatte: daß Dr. Hasselbacher seinen Vornamen erst an seinem Totenbett aussprechen würde, wenn er keine Hoffnung mehr sah. Plötzlich bekam er Angst, fühlte sich furchtsam, allein, weit weg von zu Hause.

«Wormold», sagte eine Stimme. Er drehte sich um und sah Carter von Nucleaners. Doch für Wormold bedeutete Carter in diesem Augenblick viel mehr. Er bedeutete Mittelengland, englische Großtuerei, englische Gewöhnlichkeit, das ganze Gefühl der Zusammengehörigkeit, der Sicherheit, das ihm das Wort England vermittelte.

«Carter!» rief er, als wäre Carter der Mensch in Havanna, den er am sehnsüchtigsten zu treffen wünschte. Und in diesem Augenblick war er es auch.

«Verdammt froh, Sie zu treffen», sagte Carter. «Kenne keine Seele bei diesem Lunch. Nicht einmal meinen — nicht einmal Dr. Braun.» Pfeife und Tabakbeutel schwellten seine Tasche. Er tätschelte sie, als suchte er Zuspruch, als fühlte auch er sich fern der Heimat.

«Carter, das ist Dr. Hasselbacher. Ein alter Freund.»

«Guten Tag, Doktor.» Er sagte zu Wormold: «Gestern habe ich Sie überall gesucht, aber nicht gefunden. Ich weiß nicht, wieso — ich gehe immer in die falschen Lokale.»

Seite an Seite betraten sie den Privatspeisesaal. Das Vertrauen, das er zu seinem Landsmann empfand, hatte mit Vernunft nichts zu tun — doch neben Carter fühlte er sich geborgen.

3

Zu Ehren des Generalkonsuls war der Speisesaal mit zwei großen amerikanischen Fahnen dekoriert und Papierfähnchen bezeichneten die Plätze der Teilnehmer, wie in einem Flughafenrestaurant. Am Kopfende des Tisches stand eine Schweizer Flagge für Dr. Braun, den Präsidenten; sogar die monegassische Fahne war da, für den Konsul von Monaco, einen der bedeutendsten Zigarrenexporteure Havannas. Er sollte zur Rechten des Generalkonsuls sitzen, in Anerkennung des königlichen Pakts. Als Wormold und Carter eintraten, wurden Cocktails serviert und ein Kellner kam unverzüglich auf sie zu. War es Einbildung, oder drehte der Kellner das Tablett so, daß der letzte Daiquiri Wormold am nächsten stand?

«Nein. Nein, danke.»

Carter streckte die Hand aus, doch der Kellner ging bereits dem Personalausgang zu.

«Vielleicht hätten Sie lieber Dry Martini, Sir?» sagte eine Stimme. Er drehte sich um. Es war der Oberkellner.

«Nein, nein. Der schmeckt mir nicht.»

«Scotch, Sir? Sherry? Old-Fashioned? Was immer Sie wünschen.»

«Ich trinke nicht», sagte Wormold und der Oberkellner bemühte sich um einen anderen Gast. Vermutlich war er Strich sieben; seltsam, wenn eine Ironie des Zufalls ihn auch zu seinem Mörder ausersehen hatte. Wormold blickte sich nach Carter um, doch der hatte sich entfernt, im Kielwasser des Gastgebers.

«Trinken Sie lieber, was Sie können», sagte eine Stimme mit schottischem Akzent. «Ich heiße MacDougall. Anscheinend sitzen wir nebeneinander.»

«Wir sind uns noch nie begegnet, oder?»

«Ich bin McIntyres Nachfolger. Den haben Sie doch sicher gekannt?»

«O ja, ja.» Dr. Braun — er hatte den unwichtigen Carter an einen anderen Schweizer abgeschoben, der mit Uhren handelte — machte mit dem amerikanischen Generalkonsul die Runde und stellte ihm die exklusiveren Mitglieder vor. Die Deutschen bildeten eine Gruppe für sich, passenderweise an der Westwand; sie trugen die Überlegenheit der D-Mark im Gesicht wie Schmisse. Die Volksehre, die Belsen überdauert hatte, hing jetzt vom Wechselkurs ab. Wormold fragte sich, ob einer von ihnen das Geheimnis des Lunchs an Doktor Hasselbacher verraten hatte. Verraten? Nicht unbedingt. Vielleicht hatte man den Doktor erpreßt, das Gift zu liefern. Dann würde er sicher, um alter Freundschaft willen, etwas Schmerzloses gewählt haben, falls irgendein Gift schmerzlos war.

«Ich habe Ihnen gesagt», fuhr Mr. MacDougall fort, unaufhaltsam wie ein schottischer Rundtanz, «Sie täten besser daran, jetzt zu trinken. Mehr kriegen Sie nämlich nicht.»

«Es wird doch Wein geben?»

«Sehen Sie sich den Tisch an.» Bei jedem Gedeck stand eine kleine Milchflasche. «Haben Sie die Einladung nicht gelesen? Amerikanischer Blautellerlunch, zu Ehren unserer großen amerikanischen Verbündeten.»

«Blauteller?»

«Sie werden doch wissen, was ein Blautellerlunch ist? Man kriegt das ganze Essen vor die Nase gestellt, fix und fertig angerichtet — gebratener Truthahn, Preiselbeersauce, Würstchen, Karotten, Pommes frites. Ich hasse Pommes frites, aber bei einem Blautellerlunch kann man sich's nicht aussuchen.»

«Nicht aussuchen?»

«Man ißt, was man kriegt. Das ist Demokratie, mein Lieber.»

Dr. Braun bat zu Tisch. Wormold hoffte, daß Landsleute nebeneinander sitzen würden, so daß er Carter zu seiner Linken fände. Doch neben ihm saß ein unbekannter Schwede und blickte stirnrunzelnd auf seine Milchflasche. Der Jemand hat das gut organisiert, dachte Wormold. Nichts ist harmlos, nicht einmal die Milch.

An der Anrichte machten sich die Kellner bereits mit den Morro-Krebsen zu schaffen. Da bemerkte er zu seiner Erleichterung, daß Carter ihm gegenüber saß. Es war etwas so Beruhigendes um seine Gewöhnlichkeit. An ihn konnte man sich um Hilfe wenden wie an einen englischen Polizisten: man wußte, was er dachte.

«Nein», sagte er zum Kellner, «keinen Krebs.»

«Sie haben ganz recht», sagte Mr. MacDougall. «Ich esse das Zeug auch nicht. Paßt nicht zum Whisky. Wollen Sie nicht ein bißchen von Ihrem Eiswasser trinken und das Glas unter den Tisch halten? Meine Flasche reicht für beide.»

Ohne zu überlegen, streckte Wormold die Hand nach seinem Glas aus, doch dann kam der Zweifel. Wer war MacDougall? Er hatte ihn bisher nirgends gesehen und erst jetzt gehört, daß McIntyre nicht mehr da war. Konnte das Wasser nicht vergiftet sein? Oder der Whisky in der Flasche?

«Warum ist McIntyre fort?» fragte er, die Hand um das Glas.

«Oh, eine dieser Geschichten», sagte Mr. MacDougall, «Sie wissen ja. Los, trinken Sie Ihr Wasser. Sie werden doch den Scotch nicht wässern wollen. Bestes Hochlandmalz.»

«Es ist noch zu früh. Um diese Tageszeit trinke ich nie. Aber danke trotzdem.»

«Sie haben ganz recht, wenn Sie dem Wasser nicht trauen», sagte Mr. MacDougall zweideutig. «Ich trinke auch pur. Wenn es Ihnen nichts ausmacht, mit mir aus dem Flaschenbecher zu trinken...»

«Nein, wirklich nicht. Ich trinke nie um diese Zeit.»

«Die Engländer haben die Trinkzeiten erfunden, nicht die Schotten. Nächstens werden sie noch Sterbestunden festsetzen.»

«Mir macht es nichts», sagte Carter über den Tisch. «Name ist Carter.» Wormold sah mit Erleichterung, daß Mr. MacDougall Carters Glas füllte; ein Argwohn weniger, denn sicher hatte niemand Interesse daran, Carter zu vergiften. Trotzdem dachte er: mit Mr. MacDougalls Schottentum stimmt etwas nicht. Es roch nach Schwindel wie Ossian.

«Svenson», knurrte der mürrische Skandinavier hinter dem schwedischen Fähnchen hervor, zumindest hielt Wormold es für eine schwedische Flagge; skandinavische Landesfarben konnte er nie mit Sicherheit unterscheiden.

«Wormold», sagte er.

«Was ist das für ein Unsinn mit der Milch?»

«Ich glaube, Dr. Braun nimmt's ein wenig zu genau.»

«Oder zu leicht», sagte Carter.

«Ich glaube nicht, daß Dr. Braun viel Sinn für Humor hat.»

«Und was tun Sie, Mr. Wormold?» fragte der Schwede. «Ich

glaube nicht, daß wir einander schon begegnet sind, aber ich kenne Sie vom Sehen.»

«Staubsauger. Und Sie?»

«Glas. Sicher ist Ihnen bekannt, daß schwedisches Glas das beste Glas ist. Dieses Brot ist sehr gut. Essen Sie kein Brot?» Vielleicht hatte er seine Konversation aus einem Lehrbuch gelernt.

«Nicht mehr. Es macht dick.»

«Ich denke, dickwerden könnte Ihnen nicht schaden.» Mr. Svenson ließ ein freudloses Lachen hören wie Munterkeit in einer langen Polarnacht. «Verzeihen Sie. Ich rede von Ihnen wie von einer Gans.»

Am Ende des Tisches, wo der Generalkonsul saß, begann man die Blauteller zu servieren. In Punkto Truthahn hatte sich Mr. MacDougall geirrt. Das Hauptgericht war Maryland-Huhn. Aber was Karotten, Pommes frites und Würstchen betraf, hatte er recht behalten. Dr. Braun war noch nicht so weit. Er stocherte noch immer in seinem Morro-Krebs. Der Generalkonsul hatte ihn wohl aufgehalten, mit dem Gewicht seiner Konversation und der Starre seiner starkgewölbten Brillengläser. Nur dem Generalkonsul war es eingefallen, seine Milchflasche zu öffnen. Das Wort ‹Dulles› trieb trübe den Tisch herab. Der Kellner brachte zwei Blauteller. Den einen stellte er vor den Skandinavier, der zweite war für Wormold bestimmt. Plötzlich kam Wormold der Gedanke, die ganze Morddrohung sei vielleicht ein unsinniger Witz. Vielleicht war Mandrill ein Spaßvogel. Und Dr. Hasselbacher . . . Er erinnerte sich an Millys Frage, ob Doktor Hasselbacher ihn je zum besten hielt. Manchmal scheint es leichter, den Tod zu riskieren, als die Gefahr, sich lächerlich zu machen. Es drängte ihn, sich Carter anzuvertrauen, seine grundvernünftige Antwort zu hören, doch dann blickte er auf seinen Teller und bemerkte etwas Sonderbares: man hatte ihm keine Karotten gegeben. «Sie mögen keine Karotten», sagte er rasch und schob den Teller Mr. MacDougall zu.

«Nein, keine Pommes frites», sagte Mr. MacDougall und stellte den Teller vor den Konsul von Luxemburg. Der Konsul von Luxemburg, vertieft in die Unterhaltung mit einem Deutschen, der ihm gegenübersaß, reichte den Teller mit geistesabwesender Höflichkeit seinem Nachbarn. Die Höflichkeit griff um sich, steckte alle an, die noch nicht bedient worden waren, und schließlich landete der Teller vor Dr. Braun, dem man eben die Reste der Vorspeise fortgenommen hatte. Der Oberkellner sah, was vorging, und begann, den Teller tischaufwärts zu verfolgen, doch er hielt einen Schritt Vorsprung. Ein Kellner, der eben mit anderen Blautellern kam, wurde von Wormold abgefangen, der sich bediente. Das schien den

Kellner zu verwirren. Wormold begann herzhaft zu essen. «Die Karotten sind vorzüglich», sagte er.

Der Oberkellner rührte sich nicht von Dr. Brauns Seite. «Verzeihung, Dr. Braun», sagte er. «Man hat Ihnen keine Karotten gegeben.»

«Ich mag Karotten nicht», sagte Dr. Braun und schnitt ein Stück Huhn ab.

«Verzeihen Sie, bitte», sagte der Oberkellner und packte Dr. Brauns Teller. «Ein Versehen in der Küche.» Den Teller in der Hand, durchschritt er die Länge des Saales bis zum Personalausgang wie ein Küster mit dem Klingelbeutel. Mr. MacDougall nahm einen Schluck von seinem eigenen Whisky.

«Ich glaube, jetzt darf ich es wagen», sagte Wormold. «Zur Feier.»

«Bravo. Gewässert oder pur?»

«Dürfte ich Ihr Wasser nehmen? In meinem ist eine Fliege.»

«Klar.» Wormold trank zwei Drittel seines Wassers und hielt das Glas hin, in Erwartung des Whiskys aus Mr. MacDougalls Flasche. Mr. MacDougall gab ihm eine großzügige Doppelportion. «Kommen Sie noch einmal: wir beide sind Ihnen voraus», sagte er, und Wormold war wieder in der Welt des Vertrauens. Er fühlte eine Art Zärtlichkeit für den Nachbarn, den er verdächtigt hatte, und er sagte: «Wir müssen uns wiedersehen.»

«Das ist der einzige Sinn solcher Veranstaltungen: Leute miteinander bekannt machen.»

«Sonst hätte ich weder Sie noch Carter kennengelernt.»

Alle drei tranken noch einen Whisky. «Sie müssen meine Tochter kennenlernen», sagte Wormold. Der Whisky wärmte sein Herz.

«Wie gehen die Geschäfte?»

«Ganz gut. Wir vergrößern das Büro.»

Dr. Braun pochte auf den Tisch.

«Zum Trinkspruch werden Sie doch bestimmt Wein servieren», sagte Carter mit seiner lauten, unüberhörbaren Nottwich-Stimme, die nicht weniger wärmte als der Whisky.

«Trinkspruch?» sagte Mr. MacDougall. «Es wird zwar Sprüche geben, aber nichts zum Trinken. Wir müssen den Schuften ohne alkoholische Unterstützung zuhören.»

«Ich bin einer der Schufte», sagte Wormold.

«Sie reden?»

«Als das älteste Mitglied.»

«Schön, daß Sie das erlebt haben.»

Auf Dr. Brauns Ersuchen begann der amerikanische Generalkonsul zu sprechen. Er sprach von den geistigen Banden zwischen den

Demokratien — offenbar reihte er Kuba unter die Demokratien. Handel war wichtig, da es ohne Handel keine geistigen Bande gab, oder vielleicht auch umgekehrt. Er sprach von der Amerikahilfe an bedürftige Länder, die es ihnen ermöglichte, mehr Waren zu kaufen, und dadurch, daß sie Waren kauften, die geistigen Bande zu stärken... Irgendwo in der Hotelzimmerflucht heulte ein Hund, und der Oberkellner winkte, man möge die Türe schließen. Es war dem amerikanischen Generalkonsul eine Herzensfreude, diesem Lunch beizuwohnen, die führenden Vertreter des europäischen Handels kennenzulernen und damit die geistigen Bande noch fester zu knüpfen... Wormold trank noch zwei Whiskys.

«Und nun», sagte Dr. Braun, «wende ich mich an das älteste Mitglied unseres Verbandes — ich spreche natürlich nicht von seinem Alter, sondern von den Jahren, die er in den Dienst des europäischen Handels stellte, hier, in dieser herrlichen Stadt, wo wir, Herr Minister» — er verbeugte sich vor seinem andern Nachbar, einem dunklen, schielenden Mann —, «das Vorrecht und das Glück haben, Ihre Gäste zu sein. Wie Sie alle wissen, spreche ich von Mr. Wormold.» Er warf einen raschen Blick auf seine Notizen. «Mr. James Wormold, dem hiesigen Vertreter der Firma Phastkleaner.»

«Wir haben keinen Whisky mehr», sagte Mr. MacDougall. «Ausgerechnet jetzt, wo Sie Ihren Mut am nötigsten haben.»

«Ich bin auch nicht ungewappnet gekommen», sagte Carter. «Aber das meiste habe ich im Flugzeug getrunken. In der Flasche ist nur mehr ein kleiner Rest.»

«Der gebührt natürlich unserm Freund», sagte Mr. MacDougall. «Er braucht ihn nötiger als wir.»

«Wir dürfen Mr. Wormold als Symbol all dessen betrachten, was Dienst am Kunden ausmacht», sagte Dr. Braun. «Bescheidenheit, Ruhe, Ausdauer, Tatkraft. Nur zu oft stellen unsere Gegner den Geschäftsmann als redseligen Aufschneider dar, der bloß darauf bedacht ist, ein Produkt an den Mann zu bringen, das nutzlos, überflüssig, ja sogar schädlich ist. Dieses Bild ist unzutreffend...»

«Nett von Ihnen, Carter», sagte Wormold. «Einen Drink kann ich brauchen.»

«Reden nicht gewöhnt?»

«Nicht nur das Reden.» Er neigte sich über den Tisch, näher zu dem alltäglichen Nottwich-Gesicht, von dem er — das fühlte er — vertrauensvoll Ungläubigkeit erwarten durfte, Beruhigung, den bereitwilligen Humor, der der Unerfahrenheit entspringt. Bei Carter war man vor Überraschungen gefeit. «Ich weiß, Sie werden kein Wort glauben», begann er, doch er wollte gar nicht, daß Carter glauben sollte. Er wollte von ihm lernen, nicht zu glauben. Etwas stieß an sein Bein. Er schaute hinunter und sah eine schwarze Dakkelschnauze zwischen hängenden Ohren, und Augen, die um einen Bissen bettelten. Der Hund mußte durch den Personalausgang geschlüpft sein, von den Kellern unbemerkt, und führte nun unter dem Tischtuch ein gehetztes, unstetes Leben.

Carter schob Wormold eine kleine Flasche zu. «Nicht genug für zwei», sagte er. «Trinken Sie das Ganze.»

«Nett von Ihnen, Carter.» Er schraubte den Deckel ab und goß alles in sein Glas.

«Nur ein Johnnie Walker. Nichts Besonderes.»

Dr. Braun sagte: «Wenn jemand hier in unser aller Namen von den langen Jahren geduldigen Diensts sprechen kann, die ein Geschäftsmann der Öffentlichkeit leistet, so gewiß Mr. Wormold, den ich nun bitte...»

Carter zwinkerte und hob ein imaginäres Glas.

«Gesundh-heit», sagte er.

Wormold ließ den Whisky sinken. «Was sagten Sie, Carter?»

«Ich sagte: Prost.»

«O nein, Carter, das sagten Sie nicht.» Wieso hatte er den gestotterten Hauchlaut nicht früher bemerkt? War Carter sich seines Sprachfehlers bewußt, und vermied er ein ‹H› am Anfang einer Silbe, außer, wenn Furcht oder H-hoffnung ihn bewegten?

Wormold legte die Hand auf den Kopf des Hundes, um ihn zu streicheln, und fegte dabei, wie unabsichtlich, das Glas vom Tisch.

«Sie behaupten, den Doktor nicht zu kennen.»

«Welchen Doktor?»

«Sie würden ihn H-Hasselbacher nennen.»

«Mr. Wormold», rief Dr. Braun vom oberen Tischende.

Wormold stand schwankend auf. Der Hund begann den Whisky aufzulecken, in Ermangelung besserer Kost.

«Ich bin geehrt, daß Sie mich zum Sprechen auffordern», sagte Wormold, «was immer Ihre Beweggründe sein mögen.» Höfliches Gekicher überraschte ihn. Er hatte nicht die Absicht gehabt, etwas Witziges zu sagen. Er sagte: «Das ist mein erstes öffentliches Auftreten, und in einem gewissen Augenblick sah es aus, als ob es mein letztes sein sollte.» Er sah, daß Carter ihn anblickte, mit gerunzelten Brauen. Daß er noch lebte, gab ihm das Gefühl, sich einer Ungehörigkeit schuldig gemacht zu haben, als hätte er sich in aller Öffentlichkeit betrunken. Vielleicht war er betrunken. «Ich weiß nicht, ob ich hier Freunde habe», sagte er, «jedenfalls aber einige Feinde.» Jemand sagte «Schmach!» und ein paar Leute lachten. Wenn das so weiterging, kam er noch in den Ruf eines geistreichen Redners. «Heutzutage hört man viel vom kalten Krieg. Aber jeder

Geschäftsmann wird Ihnen sagen, daß der Krieg zwischen zwei Erzeugern desselben Artikels sehr hitzig sein kann. Nehmen Sie zum Beispiel Phastkleaner und Nucleaner. Zwischen den beiden Apparaten besteht kaum ein Unterschied, ebensowenig wie zwischen zwei Menschen, ob einer jetzt Russe — oder Deutscher — und der andere Engländer ist. Es gäbe keinen Krieg, keine Konkurrenz, wäre da nicht der Ehrgeiz einiger weniger Männer in beiden Firmen; nur ein paar Männer erzwingen Konkurrenz, diktieren das Angebot und hetzen Mr. Carter und mich einander an die Gurgel.»

Niemand lachte jetzt. Dr. Braun flüsterte dem Generalkonsul etwas ins Ohr. Wormold hob Carters Whiskyflasche und sagte: «Ich glaube, Mr. Carter kennt nicht einmal den Namen des Mannes, der ihn geschickt hat, um mich im Interesse seiner Firma zu vergiften.» Wieder brach Gelächter aus, diesmal mit erleichtertem Beiklang. «Wir könnten mehr Gift hier brauchen», sagte Mr. MacDougall, und plötzlich begann der Hund zu winseln. Er jagte aus seinem Versteck, dem Personalausgang zu. «Max», rief der Oberkellner. «Max!» Dann Stille und beklommenes Lachen. Der Hund stand nicht fest auf den Beinen. Er heulte und versuchte seine eigene Brust zu beißen. Der Oberkellner holte ihn bei der Türe ein und nahm ihn vom Boden auf. Doch er schrie wie vor Schmerz und sprang aus seinen Armen. «Der Hund ist beschwipst», sagte Mr. MacDougall unbehaglich.

«Sie müssen mich entschuldigen, Dr. Braun», sagte Wormold. «Das Stück ist aus.» Er folgte dem Oberkellner durch die Personaltüre. «Halt.»

«Was wollen Sie?»

«Ich will wissen, was mit meinem Teller passiert ist.»

«Was meinen Sie, Sir? Ihrem Teller?»

«Sie waren ängstlich darauf bedacht, niemand anderem meinen Teller zu geben.»

«Ich verstehe nicht, was Sie meinen.»

«Wußten Sie, daß das Essen vergiftet war?»

«Sie meinen, es war schlecht, Sir?»

«Ich meine, es war vergiftet — und Sie waren sehr darum bemüht, Dr. Brauns Leben zu retten — nicht meines.»

«Ich bedaure, Sir. Ich weiß nicht, wovon Sie sprechen. Entschuldigen Sie. Ich habe zu tun.» Aus der Küche, durch den langen Gang, kam Hundegeheul, ein leises, schauriges Heulen, unterbrochen von einem lauteren Schmerzensausbruch. «Max!» rief der Oberkellner. «Max!» und er rannte den Gang entlang wie ein menschliches Wesen. Er riß die Küchentüre auf. Der Dackel, unter dem Küchentisch zusammengekrümmt, hob melancholisch den Kopf. Dann begann er sich dem Oberkellner entgegenzuschleppen, langsam, unter Qualen. Ein Mann in einer weißen Mütze sagte: «Hier hat er nichts gegessen. Der Teller wurde weggeworfen.» Der Hund brach zusammen, zu den Füßen des Kellners, und blieb liegen wie ein Stück Abfall.

Der Kellner sank neben dem Hund auf die Knie und sagte auf deutsch: «Max, mein Kind. Mein Kind.» Der schwarze Hundekörper wirkte wie eine Verlängerung seines schwarzen Fracks; sie waren nicht ein Fleisch, hätten aber leicht ein Stück Stoff sein können. Das Küchenpersonal umstand sie im Kreis.

Die schwarze Rolle zuckte leicht, und eine rosa Zunge quoll heraus wie Zahnpasta und lag auf dem Küchenboden. Der Oberkellner legte die Hand auf den Dackel und blickte zu Wormold auf. Aus tränenerfüllten Augen traf ihn ein so bitterer Vorwurf, lebend dazustehen, während der Hund tot war, daß Wormold sich fast imstande fühlte, um Verzeihung zu bitten. Doch er drehte sich um und ging. Am Ende des Ganges blickte er zurück: die schwarze Gestalt kniete neben dem schwarzen Hund, und der weiße Koch ragte darüber und die Küchengehilfen warteten wie Trauergäste an einem offenen Grab und hielten ihre Töpfe, Teller und Lappen wie Kränze. Mein Tod wäre unauffälliger gewesen, dachte er.

4

«Da bin ich», sagte er zu Beatrice. «Nicht auf dem Schild. Ich bin siegreich zurückgekommen. Es war der Hund, der starb.»

Viertes Kapitel

I

«Ich freue mich, Sie allein anzutreffen», sagte Hauptmann Segura. «Sind Sie allein?»

«Ganz allein.»

«Sie haben doch nichts dagegen? Ich habe zwei Männer an die Tür postiert. Damit man uns nicht stört.»

«Stehe ich unter Arrest?»

«Natürlich nicht.»

«Milly und Beatrice sind im Kino. Sie werden überrascht sein, wenn man sie nicht hereinläßt.»

«Ich halte Sie nicht lange auf. Ich komme in zwei Angelegenheiten. Die eine ist wichtig. Die andere eine bloße Formsache. Darf ich mit der wichtigen beginnen?»

«Bitte.»

«Ich möchte Sie um die Hand Ihrer Tochter bitten, Mr. Wormold.»

«Brauchen Sie dazu zwei Polizisten vor der Türe?»

«Es ist von Vorteil, nicht gestört zu werden.»

«Haben Sie mit Milly gesprochen?»

«Ich würde nicht im Traum daran denken, ehe ich nicht mit Ihnen gesprochen habe.»

«Ich nehme an, selbst in diesem Land würden Sie meine Einwilligung brauchen.»

«Es ist keine Frage des Gesetzes, sondern der Höflichkeit. Darf ich rauchen?»

«Warum nicht? Ist das Etui wirklich aus Menschenhaut?»

Hauptmann Segura lachte. «Ah, Milly, Milly! Wie sie mich immer neckt!» Er fügte ausweichend hinzu: «Glauben Sie diese Geschichte wirklich, Mr. Wormold?» Vielleicht widerstrebte es ihm, glattweg zu lügen. Vielleicht war er ein guter Katholik.

«Sie ist viel zu jung, um zu heiraten, Hauptmann Segura.»

«Nicht in diesem Land.»

«Ich bin überzeugt, sie hat nicht den Wunsch, zu heiraten.»

«Sie könnten sie beeinflussen, Mr. Wormold.»

«Man nennt Sie den Roten Geier, nicht wahr?»

«In Kuba ist das eine Art Kompliment.»

«Sind Sie nicht eine ziemlich unsichere Partie? Sie scheinen eine Menge Feinde zu haben.»

«Ich habe genug gespart, um meine Witwe zu versorgen. Diesbezüglich bin ich eine verläßlichere Stütze als Sie, Mr. Wormold. Ihr Geschäft dürfte Ihnen kaum viel einbringen. Außerdem kann es jederzeit gesperrt werden.»

«Gesperrt?»

«Ich bin überzeugt, Sie haben nicht die Absicht, Unruhe zu stiften, aber um Sie herum ist eine Menge passiert. Gesetzt den Fall, man zwänge Sie, dieses Land zu verlassen — wäre Ihnen nicht wohler, wenn Sie wüßten, Ihre Tochter ist hier gut versorgt?»

«Eine Menge, Hauptmann Segura? Was?»

«Ein Auto ging in Trümmer — warum, lassen wir einstweilen beiseite —, der arme Ingenieur Cifuentes wurde überfallen, ein Freund des Innenministers, Professor Sanchez behauptete, Sie wären in sein Haus gedrungen und hätten ihn bedroht — ja, es heißt sogar, Sie hätten einen Hund vergiftet.»

«Ich? Einen Hund vergiftet?»

«Klingt verrückt, ich weiß. Aber ein Oberkellner im Hotel Nacional sagte, Sie hätten seinem Hund vergifteten Whisky gegeben. Warum sollten Sie einem Hund überhaupt Whisky geben? Ich verstehe es nicht. Er ebensowenig. Vielleicht, weil es ein deutscher Hund war, glaubt er. Sie sagen nichts, Mr. Wormold.»

«Mir fehlen die Worte.»

«Der arme Mann war in einer furchtbaren Verfassung. Sonst hätte ich ihn hinausgeworfen. Ich mag es nicht, wenn die Leute Unsinn reden. Er sagte, Sie wären in die Küche gekommen und hätten sich an Ihrem Werk geweidet. Das paßt nicht zu Ihnen, Mr. Wormold. Ich habe Sie immer für einen humanen Mann gehalten. Sie brauchen mir nur zu versichern, daß an der Geschichte nichts Wahres ist...»

«Der Hund *wurde* vergiftet. Der Whisky kam aus meinem Glas. Aber er war mir zugedacht, nicht dem Hund.»

«Warum sollte jemand versuchen, Sie zu vergiften?»

«Ich weiß nicht.»

«Zwei seltsame Geschichten. Sie heben einander auf. Wahrscheinlich war überhaupt kein Gift da und der Hund starb nur so. Soviel ich weiß, war es ein alter Hund. Aber Sie müssen zugeben, Mr. Wormold, daß rund um Sie eine Menge zu passieren scheint. Vielleicht sind Sie wie eines dieser unschuldigen Kinder — es gibt sie in Ihrem Land, ich habe davon gelesen —, die Poltergeister entfesseln.»

«Vielleicht. Kennen Sie die Namen der Poltergeister?»

«Der meisten. Ich glaube, die Zeit ist da, sie auszutreiben. Ich arbeite an einem Bericht für den Präsidenten.»

«Stehe ich auch darauf?»

«Nicht unbedingt. Ich sollte Ihnen vielleicht sagen, Mr. Wormold, daß ich Geld erspart habe, genug, um Milly versorgt zu hinterlassen, falls mir etwas zustoßen sollte. Und natürlich genug für uns beide, um nach Miami zu gehen, falls es hier zu einer Revolution kommt.»

«Sie brauchen mir das nicht zu sagen. Ich zweifle nicht an Ihrer Zahlungsfähigkeit.»

«Es ist gebräuchlich, Mr. Wormold. Und jetzt zu meiner Gesundheit — die ist in Ordnung. Ich kann Ihnen Zeugnisse zeigen. Auch wegen Kindern wird es keine Schwierigkeiten geben. Das wurde zur Genüge bewiesen.»

«Ich verstehe.»

«Daran ist nichts, was Ihre Tochter beunruhigen müßte. Die Kinder sind versorgt. Meine derzeitige Bindung ist unbedeutend. Ich weiß, Protestanten sind in dieser Beziehung eher eigenartig.»

«Ich bin kein Protestant.»

«Und Ihre Tochter ist zum Glück katholisch. Es wäre wirklich eine überaus passende Verbindung, Mr. Wormold.»

«Milly ist erst Siebzehn.»

«Das beste Alter, um ein Kind zu gebären, Mr. Wormold. Geben Sie mir Ihre Erlaubnis, mit ihr zu sprechen?»

«Brauchen Sie sie?»

«Es gehört sich.»

«Und wenn ich nein sage?»

«Würde ich natürlich versuchen, Sie umzustimmen.»

«Sie sagten einmal, ich gehörte nicht zu den Folterbaren.» Liebevoll legte Hauptmann Segura die Hand auf Wormolds Schulter. «Sie haben Millys Sinn für Humor. Aber allen Ernstes: Sie dürfen Ihre Aufenthaltsbewilligung nicht außer acht lassen.»

«Sie scheinen sehr entschlossen zu sein. Also bitte. Sprechen Sie mit ihr. Auf dem Heimweg von der Schule haben Sie Gelegenheit genug. Aber Milly ist vernünftig. Ich glaube nicht, daß Sie Chancen haben.»

«In diesem Fall werde ich Sie vielleicht bitten, Ihren väterlichen Einfluß geltend zu machen.»

«Wie altmodisch Sie sind, Hauptmann Segura! Heutzutage hat ein Vater keinen Einfluß. Sie sagten, Sie hätten etwas Wichtiges . . .»

Hauptmann Segura sagte vorwurfsvoll: «Das war das Wichtige. Das andere ist eine bloße Formalität. Würden Sie mit mir in die Wunder-Bar kommen?»

«Warum?»

«Eine Routinesache. Nichts, was Sie beunruhigen müßte. Ich bitte Sie um eine Gefälligkeit, Mr. Wormold. Das ist alles.»

Sie fuhren in Hauptmann Seguras knallrotem Sportwagen, geführt und gefolgt von motorisierter Polizei. Sämtliche Schuhputzer schienen sich in Virdudes versammelt zu haben. Polizisten standen vor der Wunder-Bar, zu beiden Seiten der Flügeltüre. Die Sonne lastete.

Die Motorradfahrer sprangen von ihren Maschinen und verjagten die Schuhputzer. Andere Polizisten kamen aus der Bar gerannt und bildeten eine Eskorte für Hauptmann Segura. Wormold folgte ihm. Wie immer um diese Tageszeit, knarrten die Fensterläden jenseits des Bogengangs in der leichten Meeresbrise. Der Barmann stand auf der falschen Seite, auf der Seite der Gäste. Er wirkte verängstigt und krank. Hinter ihm, aus zerbrochenen Flaschen, tropfte es, doch ihren Hauptinhalt hatten sie vor längerer Zeit vergossen. Jemand auf dem Fußboden wurde von den Polizisten verdeckt, doch man sah Schuhe — die festen, über und über geflickten Schuhe eines alten, nicht wohlhabenden Mannes. «Eine Identifizierung», sagte Hauptmann Segura. «Bloß eine Formsache.» Wormold brauchte das Gesicht nicht anzusehen, doch eine Gasse tat sich auf, so daß er auf Dr. Hasselbacher hinunterschauen konnte. «Dr. Hasselbacher», sagte er. «Sie kennen ihn genauso gut wie ich.»

«Bei diesen Dingen ist eine gewisse Form zu wahren», sagte Hauptmann Segura. «Identifizierung durch eine dritte Person.»

«Wer war es?»

«Wer weiß?» sagte Segura. «Sie sollten lieber einen Whisky trinken. Kellner!»

«Nein. Geben Sie mir einen Daiquiri. Mit ihm trank ich immer Daiquiri.»

«Jemand kam herein, mit einem Revolver. Zwei Schüsse gingen daneben. Wir werden natürlich sagen, es waren die Rebellen aus Oriente. Das ist immer gut, um die Meinung des Auslands zu beeinflussen. Vielleicht waren es wirklich Rebellen.»

Das Gesicht starrte vom Boden herauf, ohne jeden Ausdruck. Seine Teilnahmslosigkeit hatte mit Angst oder Frieden nichts gemein: es sah aus, als hätte es nichts, gar nichts erfahren: ein ungeborenes Gesicht.

«Wenn Sie ihn begraben — legen Sie seinen Helm auf den Sarg.»

«Helm?»

«Sie werden in seiner Wohnung eine Uniform finden. Er war ein sentimentaler Mensch.» Seltsam, daß Dr. Hasselbacher zwei Weltkriege überlebt hatte, um schließlich in sogenannter Friedenszeit eines Todes zu sterben, der ihn an der Somme hätte ereilen können.

«Die Rebellen haben nichts damit zu tun. Das wissen Sie sehr gut», sagte Wormold.

«Es ist eine bequeme Erklärung.»

«Schon wieder die Poltergeister.»

«Sie sind zu streng mit sich.»

«Er warnte mich vor dem Lunch, Carter hörte ihn, alle hörten ihn. Also brachten sie ihn um.»

«Wer sind *sie* ?»

«Sie haben die Liste.»

«Der Name Carter steht nicht darauf.»

«Fragen Sie doch den Kellner mit dem Hund. *Ihn* können Sie foltern. Ich habe nichts dagegen.»

«Er ist ein Deutscher und hat einflußreiche Freunde. Warum sollte er Sie vergiften wollen?»

«Weil sie mich für gefährlich halten. Mich! Sie haben nicht die leiseste Ahnung. Noch einen Daiquiri. Ich trank immer zwei, bevor ich ins Geschäft zurückging. Werden Sie mir die Liste zeigen, Segura?»

«Vielleicht einem Schwiegervater. Ihm könnte ich vertrauen.»

Man kann Statistiken drucken und Bevölkerungen nach Hunderttausenden zählen — für den einzelnen besteht eine Stadt nur aus ein paar Straßen, ein paar Häusern, ein paar Menschen. Nimmt man die weg, lebt auch die Stadt nicht weiter, außer als schmerzende Erinnerung, wie der Schmerz eines amputierten Beins. Es war Zeit, dachte Wormold, die Zelte abzubrechen, zu gehen, die Trümmer Havannas hinter sich zu lassen.

«Das beweist nur, was ich neulich sagte», bemerkte Hauptmann Segura. «Ebensogut hätten Sie es sein können. Derlei Unfällen dürfte Milly nicht ausgesetzt sein.»

«Nein», sagte Wormold. «Da haben Sie recht.»

2

Als er nach Hause kam, waren die Polizisten fort. Lopez war ausgegangen. Er wußte nicht, wohin. Er konnte Rudy mit seinen Röhren hantieren hören. Ab und zu strichen atmosphärische Geräusche durch die Wohnung. Er setzte sich auf sein Bett. Drei Todesfälle: ein Unbekannter namens Raul, ein schwarzer Dackel namens Max, ein alter Doktor namens Hasselbacher; er war die Ursache — er und Carter. Carter hatte weder den Tod Rauls gewollt noch den des Hundes — aber dem Doktor hatte er keine Chance gegeben. Es war Vergeltung gewesen, ein Tod für ein Leben, eine Umkehrung des alttestamentarischen Gesetzes. Er konnte Milly und Beatrice im Nebenzimmer sprechen hören. Obwohl die Türe halb offenstand, nahm er kaum wahr, was sie sagten. Er stand auf der Schwelle zur Gewalt, einer fremden Welt, die er noch niemals betreten hatte. Er hielt seinen Paß in der Hand. «Beruf: Spion.» «Besondere Kennzeichen: Keine Freunde.» «Zweck des Besuches: Mord.» Kein Visum war erforderlich. Seine Papiere waren in Ordnung.

Und diesseits der Grenze hörte er die Stimmen sprechen, eine Sprache, die er kannte. «Nein», sagte Beatrice, «zu Dunkelrot würde ich dir nicht raten. Nicht in deinem Alter.»

«Im letzten Schuljahr sollte es eigentlich Make-up-Stunden geben», sagte Milly. «Ich kann Schwester Agnes hören: ‹Und hinter die Ohren einen Tropfen *Nuit d'Amour*.›»

«Probier dieses Hellrot. Nein, nicht den Mund verschmieren. Schau her, ich zeig' es dir.»

Ich habe weder Zyankali noch Arsen, dachte Wormold. Außerdem werde ich keine Gelegenheit haben, mit ihm zu trinken. Ich hätte den Whisky seine Kehle hinunterschütten sollen. Doch das war leichter gesagt als getan, außer auf dem Elisabethanischen Theater, und selbst dort hätte er zusätzlich einen vergifteten Degen gebraucht.

«So. Siehst du?»

«Und was ist mit Rouge?»

«Du brauchst kein Rouge.»

«Welches Parfum verwenden Sie, Beatrice?»

Sous le vent.

Hasselbacher wurde erschossen, dachte Wormold, aber ich habe keinen Revolver. Eigentlich müßte ein Revolver zur Büro-Ausstattung gehören wie Safe, Zelluloid, Mikroskop und elektrische Teekanne. In seinem ganzen Leben hatte er noch nie einen Revolver gehandhabt — doch das war wohl kein unüberwindliches Hindernis. Er mußte Carter nur so nahe sein wie der Türe, durch die er die Stimmen hörte.

«Wir werden zusammen einkaufen gehen. *Indiscret* würdest du mögen, glaube ich. Von Lanvin.»

«Klingt nicht sehr leidenschaftlich», sagte Milly.

«Du bist jung. Du brauchst keine zusätzliche Leidenschaft hinter den Ohren.»

«Man muß einen Mann ermutigen», sagte Milly.

«Schau ihn an. Das genügt.»

«So?» Wormold hörte Beatrice lachen. Erstaunt blickte er die Türe an. In Gedanken war er so weit über die Grenze, daß er vergessen hatte, noch immer diesseits zu stehen, hier, bei ihnen.

«So viel Ermutigung braucht er wieder nicht.»

«Hab' ich geschmachtet?»

«Geschwelt, würde ich sagen.»

«Fehlt es Ihnen, nicht mehr verheiratet zu sein?»

«Wenn du meinst, ob Peter mir fehlt — nein.»

«Würden Sie wieder heiraten — wenn er tot ist, meine ich?»

«So lange würde ich kaum warten. Er ist erst Vierzig.»

«Ach so. *Sie* würden das sogar können, nehme ich an, falls Sie das Heirat nennen.»

«Das würde ich.»

«Aber ist es nicht schrecklich — *ich* muß für immer heiraten, auf Gedeih und Verderb.»

«Die meisten glauben, daß sie das tun — wenn sie es tun.»

«Als Geliebte wäre ich besser dran.»

«Ich glaube kaum, daß deinem Vater das recht wäre.»

«Ich sehe nicht ein, warum. Wenn er wieder heiraten sollte, wäre es dasselbe. In Wirklichkeit wäre sie seine Geliebte, nicht wahr? Am liebsten hätte er immer mit Mutter gelebt. Das weiß ich. Das hat er mir gesagt. Das war eine wirkliche Ehe. Darum kommt niemand herum — nicht einmal ein guter Heide.»

«Dasselbe habe ich von Peter gedacht. Milly, Milly, laß nicht zu, daß sie dich hart machen.»

«Sie?»

«Die Nonnen.»

«Oh. So reden sie ja nicht zu mir. Gar nicht.»

Ein Messer. Diese Möglichkeit blieb natürlich immer. Aber er durfte nicht hoffen, Carter für ein Messer je nahe genug zu sein.

«Lieben Sie meinen Vater?» fragte Milly.

Er dachte: Eines Tages kann ich zurückkommen und das alles klarstellen. Aber jetzt habe ich Wichtigeres zu tun; muß herausbringen, wie man einen Menschen tötet. Es gab doch sicher Lehrbücher, die einem das beibrachten? Abhandlungen über den Kampf Mann gegen Mann? Er blickte auf seine Hände, doch er mißtraute ihnen.

«Warum fragst du?» sagte Beatrice.

«Sie haben ihn einmal so angesehen.»

«Wann?»

«Neulich, als er von diesem Lunch zurückkam. Aber vielleicht freuten Sie sich bloß, weil er eine Rede gehalten hatte.»

«Ja.»

«Es geht aber nicht — ich meine, daß Sie ihn lieben.»

Wenn es mir gelingt, ihn zu töten, töte ich wenigstens aus einem handfesten Grund, dachte Wormold. Ich würde töten, um zu beweisen, daß man nicht töten kann, ohne getötet zu werden. Ich würde nicht für mein Vaterland töten, nicht für Kapitalismus oder Kommunismus oder Sozialdemokratie oder den Wohlfahrtsstaat — wessen Wohlfahrt? Ich würde Carter töten, weil er Hasselbacher getötet hat. War Familienzwist nicht ein besseres Mordmotiv gewesen als Patriotismus oder die Vorliebe für ein bestimmtes Wirtschaftssystem? Wenn ich liebe oder hasse, dann als Einzelwesen. Ich will nicht 59200/5 sein, in niemandes Weltkrieg.

«Warum nicht?»

«Er ist verheiratet.»

«Milly, liebe Milly. Hüte dich vor Formeln. Wenn es einen Gott gibt, dann keinen Gott der Formeln.»

«Lieben Sie ihn?»

«Das sagte ich nicht.»

Ein Revolver ist die einzige Möglichkeit; wo kriege ich einen Revolver her?

Jemand kam durch die Türe; er kümmerte sich nicht darum. Rudys Röhren im Nebenzimmer jaulten auf. Millys Stimme sagte: «Wir haben dich nicht kommen gehört.»

«Ich möchte dich um einen Gefallen bitten, Milly.»

«Hast du gehorcht?»

Er hörte Beatrice sagen: «Was ist los? Was ist passiert?»

«Ein Unfall. Eine Art Unfall.»

«Wer?»

«Dr. Hasselbacher.»

«Ernst?»

«Ja.»

«Du bringst's uns schonend bei, nicht wahr?» sagte Milly.

«Ja.»

«Armer Dr. Hasselbacher.»

«Ja.»

«Ich werde den Kaplan bitten, Messen zu lesen: eine für jedes Jahr unserer Bekanntschaft.» Wormold begriff, daß es – was Milly betraf – unnötig war, einen Todesfall schonend mitzuteilen. Für sie war jeder Tod ein glücklicher Tod, Rache überflüssig, wenn man an einen Himmel glaubte. Doch er hatte keinen solchen Glauben. Bei einem Christen waren Vergebung und Barmherzigkeit schwerlich Tugenden. Sie kamen zu mühelos.

«Hauptmann Segura war hier», sagte er. «Er will, daß du ihn heiratest.»

«Sonst nichts? Ich steige nie wieder in sein Auto.»

«Ich möchte, daß du es noch einmal tust. Morgen. Sag ihm, ich will ihn sprechen.»

«Warum?»

«Eine Damepartie. Um zehn. Ihr müßt aus dem Weg sein – du und Beatrice.»

«Wird er lästig sein?»

«Nein. Sag ihm nur, er soll kommen und mit mir reden. Sag ihm, er soll seine Liste mitbringen. Er versteht schon.»

«Und dann?»

«Fahren wir nach Hause. Nach England.»

Als er mit Beatrice allein war, sagte er: «So. Das wär's. Das Ende des Büros.»

«Was wollen Sie damit sagen?»

«Vielleicht fallen wir ruhmreich, mit einem einzigen guten Bericht – der Liste der Agenten, die hier operieren.»

«Uns inbegriffen?»

«O nein. Wir haben nie operiert.»

«Ich verstehe nicht.»

«Ich habe keine Agenten, Beatrice. Nicht einen. Hasselbacher wurde grundlos ermordet. Es gibt keine Betonsockel in den Bergen von Oriente.»

Es war bezeichnend für sie, daß sie keine Ungläubigkeit zeigte. Was er ihr sagte, war Information, wie jede andere, die abgelegt werden mußte, jederzeit greifbar. Sie zu bewerten, dachte er, war wohl Sache der Zentrale.

«Natürlich ist es Ihre Pflicht, das unverzüglich London zu melden», sagte er, «aber ich wäre Ihnen dankbar, wenn Sie bis übermorgen warten wollten. Bis dahin haben wir vielleicht etwas Echtes.»

«Falls Sie noch am Leben sind, meinen Sie wohl.»

«Natürlich werde ich am Leben sein.»

«Sie haben etwas vor.»

«Segura hat die Liste der Agenten.»

«Das ist es nicht. Sie haben etwas anderes vor. Aber wenn Sie tot sind», sie sprach wie im Zorn, «*de mortuis*, nehme ich an.»

«Falls mir wirklich etwas passiert, sollen Sie nicht aus dieser Witzkartei erfahren, was für ein Schwindler ich war.»

«Aber Raul... Es muß einen Raul gegeben haben.»

«Armer Kerl. Er wird überhaupt nichts begriffen haben. Auf Vergnügungsfahrt wie immer. Vielleicht auch betrunken, wie immer. Ich hoffe es.»

«Aber es gab ihn.»

«Irgendwo muß man einen Namen hernehmen. Wahrscheinlich hatte ich seinen gelesen, ohne mich daran zu erinnern.»

«Und die Pläne?»

«Habe ich selbst gezeichnet. Nach dem Atom-Kraftsauger. Aber jetzt ist der Spaß vorbei. Würden Sie so gut sein, und ein Geständnis für mich schreiben? Ich unterzeichne es dann. Ich bin froh, daß sie Teresa nichts getan haben.»

Sie begann zu lachen. Sie stützte den Kopf in die Hände und lachte. Dann sagte sie: «Oh, wie ich Sie liebe.»

«Ich muß Ihnen schön dumm vorkommen.»

«London kommt mir schön dumm vor. Und Stephen Mandrill. Glauben Sie, ich hätte Peter je verlassen, wenn er einmal — ein einziges Mal nur — *Unesco* zum Narren gehalten hätte? Aber *Unesco* war heilig. Kulturkonferenzen waren heilig. Er lachte nie... Leihen Sie mir Ihr Taschentuch.»

«Sie weinen ja.»

«Ich lache. Diese Pläne...»

«Einer war eine Spritzdüse, der andere eine Schnappkupplung. Ich war überzeugt, die Fachleute würden sie nie durchgehen lassen.»

«Die Fachleute bekamen sie ja nie zu Gesicht. Wir sind ein Geheimdienst — das dürfen Sie nicht vergessen. Wir müssen unsere Gewährsleute decken. Können nicht zulassen, daß derartige Dokumente jemanden erreichen, der was davon versteht. Liebling...»

«Sie sagten Liebling.»

«Eine Art der Anrede. Erinnern Sie sich an die Nacht im ‹Tropicana›, und an den Mann, der sang? Ich wußte nicht, daß Sie mein Chef waren, daß ich Ihre Sekretärin war. Sie waren nur ein netter Mann mit einer hübschen Tochter, und ich wußte, Sie wollten etwas Verrücktes mit einer Champagnerflasche tun, und ich hatte schon so genug von Vernunft...»

«Aber ich bin nicht der verrückte Typ.»

«‹Sie sagen: ,Die Erde
ist rund.' Es scheint sie zu stören,
daß ich nicht normal bin.›»

«Ich wäre kein Staubsaugervertreter, wenn ich der verrückte Typ wäre.»

«‹Ich nenne Nacht Tag, sag Sonne statt Sterne,
und pflege mich nicht zu beschweren.›»

«Haben Sie nicht mehr Pflichtbewußtsein als ich?»

«Sie sind pflichtbewußt, sind treu.»

«Wem?»

«Milly. Ich habe für Leute nichts übrig, die ihren Geldgebern treu sind, ihren Organisationen... Ich glaube, daß nicht einmal mein Vaterland so viel bedeutet, wie man immer tut. Uns liegen viele Länder im Blut, nicht wahr, aber nur ein einziger Mensch. Wäre es mit der Welt so weit gekommen, wenn wir der Liebe treu wären, und nicht den Ländern?»

«Ich glaube, sie könnten meinen Paß konfiszieren.»

«Sollen sie's versuchen.»

«Trotzdem», sagte er, «jetzt sind wir beide arbeitslos.»

«Nur herein, Hauptmann Segura.»

Hauptmann Segura glänzte. Sein Leder glänzte, seine Knöpfe glänzten, sein Haar war frisch pomadisiert. Er sah aus wie eine gutgepflegte Waffe. «Ich freute mich so, als Milly es mir bestellte.»

«Wir haben eine Menge zu besprechen. Spielen wir zuerst eine Partie? Heute abend werde ich Sie schlagen.»

«Das bezweifle ich, Mr. Wormold. Ich habe Ihnen noch keine Sohnesachtung zu bezeigen.»

Wormold entfaltete das Damebrett. Dann stellte er vierundzwanzig Miniatur-Whiskyflaschen auf, zwölf Bourbon gegen zwölf Scotch.

«Was ist das, Mr. Wormold?»

«Eine Idee Dr. Hasselbachers. Ich dachte, wir könnten eine Partie zu seinem Angedenken spielen. Wer einen Stein nimmt, trinkt ihn.»

«Ein kluger Gedanke, Mr. Wormold. Da ich der bessere Spieler bin, trinke ich mehr.»

«Und dann hole ich auf — auch beim Trinken.»

«Ich glaube, ich spiele lieber mit gewöhnlichen Steinen.»

«Haben Sie Angst zu verlieren, Segura? Vielleicht vertragen Sie nicht viel.»

«Ich vertrage so viel wie jeder andere. Aber wenn ich trinke, verliere ich die Beherrschung. Ich möchte vor meinem zukünftigen Schwiegervater nicht die Beherrschung verlieren.»

«Milly wird Sie nicht heiraten, Segura.»

«Darüber müssen wir noch reden.»

«Sie spielen mit Bourbon. Bourbon ist stärker als Scotch. Ein Nachteil für mich.»

«Das ist nicht nötig. Ich spiele mit Scotch.»

«Nehmen Sie doch den Gürtel ab, Segura. Dann haben Sie's bequemer.»

Segura legte Koppel und Pistolentasche neben sich auf den Boden.

«Ich werde Sie waffenlos bekämpfen», sagte er umgänglich.

«Ist Ihr Revolver immer geladen?»

«Natürlich. Feinde wie meine lassen einem zum Laden keine Zeit.»

«Haben Sie Hasselbachers Mörder gefunden?»

«Nein. Er gehört nicht zum Verbrecherstand.»

«Carter?»

«Nach dem, was Sie mir sagten, ging ich der Sache natürlich

nach. Carter war zur fraglichen Zeit bei Dr. Braun. Und was der Präsident des Verbands Europäischer Geschäftsleute sagt, können wir doch nicht bezweifeln?»

«Dr. Braun steht also auf Ihrer Liste?»

«Natürlich. Und jetzt spielen wir.»

Beim Damespiel gibt es, wie jeder Spieler weiß, eine imaginäre diagonale Linie, die das Brett in zwei Hälften teilt: das ist die Front Wer sie besetzt, ergreift die Initiative, wer sie überschreitet, stößt vor. Mit unverschämt-behaglicher Mühelosigkeit machte Segura einen herausfordernden Anfang und jagte dann eine Flasche durch das Mittelfeld. Zwischen den einzelnen Zügen überlegte er nicht; er schaute kaum auf das Brett. Wormold dagegen ließ sich Zeit und dachte nach.

«Wo ist Milly?» fragte Segura.

«Ausgegangen.»

«Und Ihre reizende Sekretärin?»

«Auch. Mit Milly.»

«Sie sind schon in Schwierigkeiten», sagte Hauptmann Segura. Er überfiel die gegnerische Abwehrstellung und erbeutete eine Flasche Old Taylor. «Der erste Drink», sagte er, und leerte sie. Wormold konterte kühn mit einer Zangenbewegung und verlor fast sofort eine Flasche — diesmal Old Forester. Einzelne Schweißtropfen traten auf Seguras Stirn und er räusperte sich nach dem Trinken. «Sie gehen aufs Ganze, Mr. Wormold», sagte er. Er zeigte auf das Brett: «Diesen Stein hätten Sie nehmen sollen.»

«Stechen Sie nur», sagte Wormold.

Segura zögerte zum erstenmal. Dann sagte er: «Nein. Es ist mir lieber, Sie nehmen meinen.» Es war ein Whisky — Cairngorm —, den Wormold nicht kannte, und er brannte auf seiner Zunge, an einer offenen Stelle. Sie spielten eine Weile mit übertriebener Vorsicht. Keiner nahm einen Stein.

«Wohnt Carter noch immer im Seville-Biltmore?» fragte Wormold.

«Ja.»

«Beobachten Sie ihn?»

«Nein. Wozu?»

Wormold setzte sich am Brettrand fest, mit den Resten der vereitelten Zangenbewegung, doch er hatte seine Basis eingebüßt. Er machte ein Manöver, das Segura die Möglichkeit gab, einen gedeckten Stein auf Feld 22 zu schieben, ihm selbst jedoch jede Hoffnung nahm, seinen eigenen Stein auf Feld 25 zu retten oder Segura daran zu hindern, die letzte Reihe zu erreichen und eine Dame zu erobern.

«Unvorsichtig», sagte Segura.

«Ich bin zu einem Austausch bereit», sagte Wormold.

«Aber ich habe die Dame.»

Segura trank einen ‹Four Roses›, und Wormold, am anderen Ende des Bretts, nahm einen ‹Dimpled Haig›. «Heiß, heute abend», sagte Segura. Er krönte seine Dame mit einem Papierstreifchen. «Wer die Dame nimmt, trinkt zwei Flaschen», sagte Wormold. «Ich habe übrige im Kasten.»

«Sie haben an alles gedacht», sagte Segura — mit einem Anflug von Verdrossenheit.

Er spielte jetzt überaus vorsichtig. Es wurde immer schwieriger, ihn zu einem Fang zu verlocken, und Wormold erkannte den schwachen Punkt seines Plans: der gute Spieler schlug seinen Gegner, auch ohne dessen Steine zu nehmen. Er nahm Segura einen weiteren und saß in der Falle. Jeder Ausweg war versperrt.

Segura wischte den Schweiß von seiner Stirn. «Sehen Sie?» sagte er. «Sie können nicht gewinnen.»

«Sie schulden mir Revanche.»

«Der Bourbon ist stark. 85prozentig.»

«Tauschen wir die Whiskies.»

Diesmal spielte Wormold schwarz — mit Scotch. Er hatte die drei Scotch ersetzt, die er getrunken hatte, und die drei Bourbon. Er begann mit dem alten Vierzehner-Anfang, meist der Beginn eines langatmigen Spiels. Er wußte jetzt eines: seine einzige Hoffnung bestand darin, Segura so weit zu treiben, daß er jede Vorsicht vergaß und um Steine spielte. Wieder suchte er Segura zum Stechen zu verleiten, doch Segura nahm die Möglichkeit nicht zur Kenntnis. Es war, als hätte er begriffen, daß nicht Wormold sein Gegner war, sondern sein eigener Kopf. Er verzettelte sogar einen Stein ohne taktischen Vorteil und zwang Wormold, ihn zu trinken — einen Hiram Walker. Wormold erkannte, daß seine eigene Denkfähigkeit in Gefahr war; die Mischung Bourbon — Scotch war tödlich. «Geben Sie mir eine Zigarette», sagte er. Segura beugte sich vor, um sie anzuzünden, und Wormold sah, wie schwer es ihm fiel, das Feuerzeug ruhig zu halten. Es funktionierte nicht, und Segura fluchte mit unnötiger Heftigkeit. Noch zwei Drinks, und er ist erledigt, dachte Wormold.

Doch es war ebenso schwierig, an einen störrischen Gegner Steine zu verlieren, als sie ihm abzunehmen. Gegen seinen Willen neigte sich das Spiel zu seinen Gunsten. Er trank einen Harper, landete eine Dame und sagte mit falschem Frohlocken: «Mein Sieg, Segura. Ergeben Sie sich.»

Segura starrte auf das Brett. Er kämpfte mit sich, so viel war klar, hin und her gerissen zwischen dem Ehrgeiz, zu gewinnen, und dem Wunsch, halbwegs klaren Kopf zu behalten. Der Zorn benebelte ihn nicht weniger als der Whisky. «So ein Sauspiel», sagte er. Nun, da sein Gegner eine Dame hatte, konnte er es nicht mehr auf unblutigen Sieg anlegen. Die Dame hatte Bewegungsfreiheit. Und als er einen Kentucky Tavern opferte, war es ein echtes Opfer. Fluchend schimpfte er auf die Steine. «Diese verdammten Formen», sagte er. «Alle verschieden. Wer hat je von einem Damespiel mit Flaschen gehört!» Wormold fühlte sich vom Bourbon selbst benebelt — doch der Augenblick für Sieg — und Niederlage — war da.

«Sie haben meinen Stein gerückt», sagte Segura.

«Nein. Das ist Red Label. Einer von meinen.»

«Woran, in drei Teufels Namen, soll ich den Unterschied zwischen Scotch und Bourbon merken? Lauter Flaschen, oder nicht?»

Und nun beging Wormold seinen sorgfältig geplanten Fehler und exponierte seine Dame. Zuerst dachte er, Segura hätte es nicht bemerkt: dann, daß er die Chance ungenützt vorbeigehen ließ, um nicht weitertrinken zu müssen. Doch die Versuchung, die Dame zu nehmen, war groß: dahinter lag vernichtender Sieg. Sein eigener Stein würde Dame werden, ein Massenmord folgen. Trotzdem zögerte er. Whiskyhitze und schwüle Nacht brachten sein Gesicht zum Schmelzen wie das einer Wachspuppe; es fiel ihm schwer, zu schauen: alles verschwamm. «Warum haben Sie das getan?» fragte er.

«Was?»

«Ihre Dame verloren und das Spiel.»

«Teufel. Das habe ich nicht bemerkt. Ich muß betrunken sein.»

«Sie betrunken?»

«Ein bißchen.»

«Ich bin auch betrunken. Sie wissen, ich bin betrunken. Sie wollen mich betrunken machen. Warum?»

«Reden Sie keinen Unsinn, Segura. Warum sollte ich Sie betrunken machen wollen? Hören wir auf. Sagen wir, remis.»

«Selbst remis. Ich weiß, warum Sie mich betrunken machen wollen. Sie wollen mir die Liste zeigen — ich meine, Sie wollen, daß ich sie Ihnen zeige.»

«Was für eine Liste?»

«Ich habe euch alle im Netz. Wo ist Milly?»

«Fort. Ich sagte es Ihnen schon.»

«Heute abend gehe ich zum Polizeichef. Wir ziehen das Netz zusammen.»

«Samt Carter?»

«Wer ist Carter?» Er drohte Wormold mit dem Finger. «Samt Ihnen — aber ich weiß, Sie sind kein Agent. Sie sind ein Schwindler.»

«Warum schlafen Sie nicht ein bißchen, Segura? Das Spiel ist unentschieden.»

«Das Spiel ist überhaupt nicht unentschieden. Da. Ich nehme Ihre Dame.» Er öffnete die kleine Flasche Red Label und trank sie aus.

«Zwei Flaschen für die Dame», sagte Wormold und reichte ihm einen Dunosdale Cream.

Segura lastete auf seinem Sessel. Sein Kinn hob und senkte sich. «Geben Sie sich geschlagen», sagte er. «Ich spiele nicht um Steine.»

«Fällt mir nicht ein. Ich habe den klareren Kopf. Bitte: Stich. Sie hätten weiterspielen können.» Ein Canadian Rye war unter die Bourbons geraten, ein Lord Calvert, und Wormold trank. Das muß der letzte sein, dachte er. Wenn er jetzt nicht umfällt, bin ich erledigt, wäre nicht nüchtern genug, einen Abzug zu spannen. Hat er gesagt, sie ist geladen?

«Macht nichts», flüsterte Segura. «Sie sind ohnehin erledigt.» Langsam schob er die Hand über das Brett, als trüge er ein Ei in einem Löffel.

«Sehen Sie?» Er nahm einen Stein, zwei Steine, drei...

«Trinken Sie, Segura.» George IV., Queen Anne, und das Spiel endete in einer Apotheose des Königtums, mit einem Highland Queen.

«Spielen Sie nur weiter, Segura. Oder soll ich noch einmal stechen? Trinken Sie.» Vat 69. «Noch einen. Trinken Sie, Segura.» Grant's Standfest. Old Argyll. «Trinken Sie, beide, Segura. Ich strecke die Waffen.» Aber Segura hatte sie bereits gestreckt. Wormold lockerte seinen Hemdkragen, um ihm Luft zu machen, und legte seinen Kopf bequem gegen die Sessellehne. Doch als er auf die Türe zuging, schwankte er selbst. Er hatte Seguras Revolver in der Tasche.

2

Im Seville-Biltmore ging er zum Haustelephon und rief Carter an. Carter hatte gute Nerven, das mußte man ihm lassen — bessere als er. Carter hatte seine kubanische Mission nicht ordentlich erfüllt, blieb aber trotzdem — als Schütze vielleicht, oder als Lockvogel. «Guten Abend, Carter», sagte Wormold.

«Wormold! Guten Abend.»

Die Stimme hatte gerade die richtige Kühle verletzten Selbstgefühls.

«Ich möchte mich entschuldigen, Carter. Wegen dieser dummen Whiskygeschichte. Ich muß besoffen gewesen sein. Bin ich übrigens auch jetzt, ein bißchen. Nicht gewöhnt, mich zu entschuldigen.»

«Schon gut, Wormold. Gehen Sie schlafen.»

«Sprachfehler verhöhnt! Sollte man nicht tun.» Er merkte, daß er sprach wie Mandrill. Verstellung war wohl eine Berufskrankheit.

«Ich wußte nicht, worauf Sie h-hinauswollten.»

«Ich — hpp — kam bald darauf, daß ich mich irrte. Nichts mit Ihnen zu tun. Der elende Oberkellner hat seinen eigenen Hund vergiftet. Schön, er war alt, aber trotzdem — vergiftetes Futter — so hilft man doch keinem Hund aus der Welt.»

«Das h-hat sich also abgespielt? Danke, daß Sie mir's sagen. Aber es ist spät. Ich gehe eben zu Bett, Wormold.»

«Des Menschen bester Freund.»

«Was?»

«Caesar, des Königs Freund, und dann war da noch der borstige, der bei Jütland gesunken ist. Wurde zum letztenmal auf der Kommandobrücke gesehen, neben seinem Herrn.»

«Sie sind besoffen, Wormold.»

Es war nicht schwer, Betrunkenheit zu mimen, nach — wie vielen? — Scotch und Bourbon. Einem Besoffenen kann man vertrauen — *in vino veritas*. Einen Besoffenen kann man auch leichter erschlagen. Carter war ein Narr, wenn er sich die Gelegenheit entgehen ließ.

«Mir ist nach einer kleinen Tour zumut», sagte Wormold.

«Tour? Wohin?»

«Durch die Lokale, die Sie sehen wollten.»

«Es ist spät.»

«Genau die richtige Zeit.» Carters Zögern erreichte ihn durch den Draht. Er sagte: «Nehmen Sie einen Revolver mit.» Er empfand ein seltsames Widerstreben bei dem Gedanken, einen unbewaffneten Mörder zu morden — sofern Carter jemals unbewaffnet war.

«Einen Revolver? Wozu?»

«Manche dieser Spelunken sind nicht ganz ungefährlich.»

«Können *Sie* keinen mitbringen?»

«Zufällig habe ich keinen.»

«Ich auch nicht», und er glaubte im Hörer ein metallisches Klikken zu vernehmen. Wahrscheinlich prüfte Carter, ob seine Waffe geladen war. Diamant ritzt Diamant, dachte er und lächelte. Doch ein Lächeln ist dem Akt der Rache nicht minder verhängnisvoll als dem Akt der Liebe. Wie hatte Hasselbacher unter dem Bartisch ausgesehen, als er vom Boden heraufstarrte? Das mußte er sich vergegenwärtigen. Der alte Mann hatte keine Chance bekommen, und er gab Carter so viele. Langsam bedauerte er, so viel getrunken zu haben.

«Treffen wir uns in der Bar», sagte Carter.

«Beeilen Sie sich.»

«Ich muß mich anziehen.»

Jetzt kam es Wormold gelegen, daß die Bar so dunkel war. Wahrscheinlich rief Carter seine Freunde an, machte vielleicht einen Treffpunkt aus, doch in der Bar konnten sie nicht auf ihn zielen, ehe er sie sah. Es gab einen Eingang von der Straße und einen vom Hotel und im Hintergrund eine Art Balustrade, auf die er notfalls den Revolver stützen konnte. Jeder Eintretende war — wie er jetzt — eine Weile blind. Er konnte auf den ersten Blick nicht feststellen, ob ein oder zwei Menschen dasaßen — so eng umschlungen war das Paar auf einem Sofa neben dem Straßeneingang.

Er bestellte Scotch, setzte sich auf die Estrade, rührte ihn nicht an und ließ die beiden Türen nicht aus den Augen. Ein Mann kam herein; er konnte sein Gesicht nicht sehen; doch eine Hand tätschelte die Pfeifentasche; daran erkannte er Carter.

«Carter.»

Carter kam auf ihn zu.

«Gehen wir», sagte Wormold.

«Trinken Sie erst aus. Ich werde auch was bestellen.»

«Ich habe schon zuviel getrunken, Carter. Ich brauche frische Luft. Wir trinken später was — in einem Haus.»

Carter setzte sich. «Sagen Sie mir erst, wo Sie mich h-hinführen wollen.»

«In ein Bordell. Irgendeines. Es gibt ein gutes Dutzend. Und überall ein Dutzend Mädchen zum Aussuchen. Und eine Show. Es ist überall das gleiche. Los, gehen wir. Nach Mitternacht wird's zu voll.»

«Erst muß ich etwas trinken», drängte Carter. «Zu so einer Show kann man nicht stocknüchtern gehen.»

«Sie erwarten doch niemanden, Carter?»

«Nein, warum?»

«Ich dachte nur — wie Sie auf die Türe schauen —»

«Ich kenne keinen Menschen hier. Das sagte ich Ihnen schon.»

«Außer Dr. Braun.»

«Ach ja, natürlich. Dr. Braun. Aber ihn würde man kaum in so ein H-haus mitnehmen, nicht?»

«Nach Ihnen, Carter.»

Widerwillig setzte Carter sich in Bewegung. Er suchte sichtlich einen Vorwand, noch zu bleiben. «Ich gehe nur zum Portier und sage ihm, was er ausrichten soll. Ich erwarte nämlich einen Anruf.»

«Von Dr. Braun?»

«Ja.» Er zögerte. «Es kommt mir unh-höflich vor, wegzugehen, bevor er anruft. Können Sie nicht fünf Minuten warten, Wormold?»

«Sagen Sie, Sie sind um eins wieder da — außer, Sie wollen die ganze Nacht durchbummeln.»

«Wir sollten lieber warten.»

«Dann gehe ich allein. Zum Teufel, Carter, ich dachte, Sie wollten die Stadt sehen.» Er entfernte sich rasch. Sein Wagen parkte auf der anderen Straßenseite. Er sah sich nicht um, doch er hörte Schritte, die ihm folgten. Carter wollte ihn ebensowenig verlieren wie er Carter.

«Wie jähzornig Sie sind, Wormold.»

«Tut mir leid. Wenn ich getrunken habe, bin ich immer so.»

«Ich h-hoffe, Sie sind nüchtern genug, um nicht zickzack zu fahren.»

«Es wäre besser, Sie fahren, Carter.» Dann kann er die Hand nicht in die Tasche stecken, dachte er.

«Erst rechts, Carter. Dann links.»

Sie gelangten auf die Küstenstraße: ein schlankes weißes Schiff glitt aus dem Hafen, irgendein Passagierdampfer nach Kingston oder Port-au-Prince. An der Reling lehnten Paare. Sie konnten sie sehen, romantisch im Mondlicht, und eine Kapelle spielte einen Schlager, dessen Beliebtheit nachließ — *Ich könnte die ganze Nacht tanzen.*

«Da kriege ich Heimweh», sagte Carter.

«Nach Nottwich?»

«Ja.»

«In Nottwich gibt's doch kein Meer.»

«Die Vergnügungsdampfer auf dem Fluß wirkten auch so groß, als ich jung war.»

Ein Mörder hat kein Recht, Heimweh zu haben; ein Mörder sollte eine Maschine sein, und auch ich bin eine Maschine geworden, dachte Wormold. Er tastete nach dem Taschentuch, das er verwenden mußte, um die Fingerabdrücke fortzuwischen, wenn der Augenblick kam. Aber wie den Augenblick wählen? Welche Seitengasse, welche Einfahrt? Und wenn der andere zuerst schoß?

«Sind Ihre Freunde Russen, Carter? Deutsche? Amerikaner?»

«Was für Freunde?» Er fügte einfach hinzu: «Ich habe keine Freunde.»

«Keine Freunde?»

«Nein.»

«Wieder links, Carter. Dann rechts.»

Langsam fuhren sie durch eine schmale Straße. Links und rechts waren Nachtlokale. Aus unterirdischen Tiefen ließen sich Orchester vernehmen wie der Geist von Hamlets Vater oder die Klänge unter den Fliesen Alexandrias, als Gott Herkules Antonius verließ. Zwei Männer in kubanischer Nachtlokal-Uniform schrien auf sie ein und steigerten sich gegenseitig. «Bleiben wir stehen», sagte Wormold. «Bevor wir weiterfahren, brauche ich etwas zu trinken.»

«Sind das Bordelle?»

«Nein. Dort gehen wir später hin.»

Hätte Carter zur Pistole gegriffen, als er die Hände vom Lenkrad nahm, wäre es so einfach gewesen, zu schießen. «Kennen Sie dieses Lokal?» fragte Carter.

«Nein. Aber ich kenne die Melodie.» Seltsam, daß sie gerade das spielten — ‹Es scheint sie zu stören, daß ich nicht normal bin›.

Sie sahen Farbphotos nackter Mädchen und, in Neonschrift, ein Wort in Nachtlokalesperanto: Stripptéese. Über Stufen — sie waren gestreift wie billige Pyjamas — gelangten sie in einen Keller, den der Rauch unzähliger Havannas füllte. Eine Hinrichtungsstätte, nicht besser und nicht schlechter als jede andere. Aber zuerst mußte er trinken. «Sie gehen voraus.» Carter zögerte. Er öffnete den Mund und kämpfte mit einem Hauchlaut. Noch nie hatte Wormold ihn so lange kämpfen gehört. «Ich h-h-h-hoffe . . .»

«Was hoffen Sie?»

«Nichts.»

Sie setzten sich, sahen einem Striptease zu und tranken Brandy mit Soda. Ein Mädchen ging von Tisch zu Tisch und entledigte sich ihrer Kleider. Es begann mit den Handschuhen. Ein Zuschauer nahm sie resigniert in Empfang, wie ein Angestellter die zu erledigende Post. Dann präsentierte sie Carter ihren Rücken und befahl ihm, ihr schwarzes Spitzenkorsett aufzuhaken. Carter mühte sich vergebens mit den Häkchen und wurde rot und röter, während das Mädchen lachte und sich unter seinen Fingern wand. «Es tut mir leid, ich finde nicht, wo der . . .» Rund um die Tanzfläche saßen die mürrischen Männer an ihren kleinen Tischen und sahen Carter zu. Keiner lächelte.

«Sie haben in Nottwich nicht viel trainiert, Carter. Lassen Sie mich machen.»

«Lassen Sie mich in Ruhe, ja?»

Endlich war das Korsett offen. Das Mädchen fuhr über sein dünnes strähniges Haar und ging weiter. Carter zog einen Kamm heraus und brachte es in Ordnung. «Hier gefällt's mir nicht», sagte er.

«Sie sind schüchtern, Carter.» Wie konnte man einen Mann erschießen, der so sehr dazu reizte, ihn zu verlachen?

«Ich mag diese Scherze nicht», sagte Carter.

Sie gingen die Stufen hinauf. Carters Hüfttasche war geschwollen. Das konnte natürlich die Pfeife sein. Er setzte sich wieder ans Lenkrad und murrte: «So was gibt's überall. Huren, die sich ausziehen.»

«Sie haben ihr die Sache nicht erleichtert.»

«Ich habe einen Zipverschluß gesucht.»

«Ich hatte einen Drink nötig.»

«Miserabler Brandy obendrein. Vielleicht mit Rauschgift versetzt. Würde mich nicht wundern.»

«In Ihrem Whisky war mehr als Rauschgift, Carter.» Er versuchte, seinen Zorn anzustacheln, nicht daran zu denken, wie sein ungeschicktes Opfer sich mit einem Korsett abgemüht hatte und über sein Versagen errötet war.

«Was haben Sie gesagt?»

«Halten Sie hier.»

«Warum?»

«Sie wollten doch in ein Bordell. Hier ist eins.»

«Aber hier ist niemand.»

«So sind alle: verschlossene Türen und Fensterläden. Steigen Sie aus und läuten Sie.»

«Was wollten Sie damit sagen — wegen des Whisky?»

«Lassen wir das einstweilen. Steigen Sie aus und läuten Sie.»

Der Ort war ebensogut geeignet wie ein Keller. (Auch leere Wände waren zu diesem Zweck des öfteren verwendet worden.) Eine graue Hausmauer und eine Straße, in die niemand kam, außer zu einem wenig anmutigen Zweck. Langsam schwenkte Carter seine Beine unter dem Lenkrad hervor, und Wormold ließ seine Hände — die ungeschickten Hände — nicht aus den Augen. Ein faires Duell, sagte er sich; töten ist ihm weniger neu als mir; die Chancen stehen mehr als gleich; ich weiß nicht einmal genau, ob mein Revolver geladen ist. Er hat mehr Glück, als Hasselbacher je hatte.

Carter zögerte wieder, die Hand an der Türklinke. «Vielleicht wäre es vernünftiger — ein anderes Mal. Ich h-h-h—»

«Sie haben Angst, Carter.»

«Ich war noch nie in einem solchen H-h-h-haus. Um ganz ehrlich zu sein, Wormold — mir fehlen die Frauen nicht sehr.»

«Klingt nach einem recht einsamen Leben.»

«Ich kann sie entbehren», sagte er herausfordernd. «Für einen Mann gibt es Wichtigeres, als . . .»

«Warum wollten Sie dann in ein Bordell?»

Wieder verblüffte er Wormold mit der nackten Wahrheit. «Ich bemühe mich, zu wollen, aber wenn's dazu kommt...» Er zögerte an der Schwelle des Geständnisses. Dann sprang er ab. «Es geht nicht, Wormold. Was Sie von mir wollen, kann ich nicht.»

«Steigen Sie aus.»

Ich muß es tun, dachte Wormold, bevor er mehr gesteht. Mit jeder Sekunde vermenschlichte sich der Mann, wurde ein Geschöpf wie man selbst, ein Wesen, das man bemitleiden, trösten, aber nicht töten konnte. Wer mochte die mildernden Umstände kennen, die hinter jeder Gewalttat schliefen? Er zog Seguras Revolver.

«Was?»

«Steigen Sie aus.»

Carter stand vor der Bordelltüre. Sein Gesicht zeigte weniger Furcht als einen Ausdruck eigensinniger Beschwerde. Er fürchtete die Frauen, nicht die Gewalt. «Sie irren sich», sagte er. «Braun hat mir den Whisky gegeben. Ich bin nicht wichtig.»

«Der Whisky ist mir gleich. Aber Sie haben Hasselbacher umgebracht, oder nicht?»

Wieder überraschte er Wormold mit der Wahrheit. Es war eine Art Ehrlichkeit in dem Mann. «Auf Befehl. Ich h-h-h-h —» Es war ihm gelungen, mit dem Ellbogen die Glocke zu erreichen. Jetzt lehnte er sich zurück, und durch die Tiefen des Hauses schrillte die Glocke, rief schrillend zur Arbeit.

«Ich habe nichts gegen Sie, Wormold. Sie wurden bloß zu gefährlich. Sie und ich, wir sind nur gemeine Soldaten.»

«Ich gefährlich? Ihre Leute müssen schön dumm sein. Ich habe keine Agenten, Carter.»

«O doch, Sie h-haben welche. Die Betonsockel in den Bergen. Wir haben Kopien Ihrer Pläne.»

«Die Teile eines Staubsaugers.» Wer die Pläne wohl geliefert hatte? Lopez? Mandrills Kurier? Ein Mann im Konsulat?

Carters Hand fuhr in die Tasche und Wormold schoß. Carter stieß einen scharfen Schrei aus. Er sagte: «Sie hätten mich fast erschossen», und zog eine Hand heraus, die sich um eine zerschmetterte Pfeife schloß. «Sie haben meine Dunhill getroffen», sagte er.

«Anfängerglück», sagte Wormold. Er hatte sich für einen Tod gestählt, doch es war ihm unmöglich, ein zweites Mal zu schießen. Langsam öffnete sich die Türe hinter Carter. Es war, als hörte man greifbare Musik. «Hier wird man sich um Sie kümmern. Vielleicht wollen Sie jetzt eine Frau, Carter.»

«Sie — Sie Clown.»

Wie recht Carter hatte. Er legte den Revolver neben sich und ließ sich auf den Fahrersitz gleiten. Mit einemmal war er glücklich.

Er hätte einen Menschen töten können. Statt dessen hatte er sich unwiderleglich bewiesen, daß er nicht zu den Richtern zählte; er war zur Gewalt nicht berufen. Da schoß Carter.

Sechstes Kapitel

I

«Ich beugte mich vor, um zu starten», sagte er zu Beatrice. «Das dürfte mich gerettet haben. Natürlich war es sein Recht, zurückzuschießen. Es war ein richtiges Duell. Aber der dritte Schuß war meiner.»

«Und was geschah dann?»

«Ich hatte gerade noch Zeit, wegzufahren. Dann wurde mir übel.»

«Übel?»

«Hätte ich den Krieg mitgemacht, wäre es mir wahrscheinlich weniger ernst erschienen, einen Mann zu töten. Armer Carter.»

«Warum sollte er Ihnen leid tun?»

«Er war ein Mensch. Ich habe viel über ihn erfahren. Er konnte kein Korsett aufhaken. Er hatte Angst vor Frauen. Er mochte seine Pfeife, und als er ein kleiner Junge war, kamen ihm die Flußdampfer in Nottwich wie Ozeanriesen vor. Vielleicht war er zu romantisch. Romantische Leute fürchten sich doch, nicht wahr, wenn die Wirklichkeit ihren Erwartungen nicht entspricht. Sie erwarten alle zuviel.»

«Und dann?»

«Dann wischte ich meine Fingerabdrücke vom Revolver und trug ihn zurück. Segura wird natürlich merken, daß zwei Schüsse abgefeuert wurden, aber ich glaube kaum, daß er die Kugeln zurückfordern wird. Die Sache wäre ein bißchen schwierig zu erklären. Wie er sich jetzt wohl fühlt? Ich wage nicht, daran zu denken! Mein eigener Kopf ist arg genug. Aber mit dem Photo gab ich mir Mühe, alles so zu machen, wie Sie's mir gezeigt haben.»

«Mit was für einem Photo?»

«Er hatte eine Liste der ausländischen Agenten, für den Polizeipräsidenten. Er wollte sie ihm bringen. Ich photographierte sie und steckte sie in seine Tasche zurück. Ich bin froh: wenigstens habe ich vor meinem Rücktritt einen echten Bericht geschickt.»

«Sie hätten auf mich warten sollen.»

«Das konnte ich nicht. Er hätte jeden Moment aufwachen können. Aber diese Mikrogeschichte ist heikel.»

«Warum ein Mikrophoto, um alles in der Welt?»

«Weil wir uns auf den Kurier nicht verlassen können. Carters Leute — wer immer sie sind — haben Kopien der Orientepläne. Das bedeutet, irgendwo sitzt ein Doppelagent. Vielleicht Ihr Freund, der Rauschgiftschmuggler. Also machte ich ein Mikrophoto, wie Sie's mir gezeigt haben, klebte es auf die Rückseite einer Marke und schickte ein Kuvert sortierte britische Kolonialmarken, wie wir es für Notfälle vorgesehen haben.»

«Sie müssen telegraphieren, welche Marke es ist.»

«Welche Marke?»

«Sie erwarten doch nicht, daß die Leute fünfhundert Marken nach einem schwarzen Punkt absuchen.»

«Daran habe ich nicht gedacht. Wie ungeschickt von mir.»

«Sie müssen doch wissen, welche Marke...»

«Es ist mir gar nicht eingefallen, die Vorderseite anzuschauen. Ein Georg V., glaube ich, rot — oder grün.»

«Das ist aufschlußreich. Erinnern Sie sich an irgendwelche Namen?»

«Nein. Ich hatte keine Zeit, die Liste ordentlich zu lesen. Ich weiß, Beatrice, ich bin eine Null in diesem Beruf.»

«Nein. Die andern sind Nullen.»

«Ich bin gespannt, wer sich als erster melden wird. Dr. Braun... Segura...»

Doch es war keiner von beiden.

2

Am nächsten Nachmittag um fünf Uhr erschien der hochnäsige Konsulatsbeamte im Geschäft. Steif stand er inmitten der Staubsauger wie ein mißbilligender Tourist in einem Museum phallischer Gegenstände. Der Gesandte wünsche ihn zu sehen, teilte er Wormold mit. «Genügt es, wenn ich morgen früh komme?» Er arbeitete an seinem letzten Bericht, Carters Tod und sein Rücktritt.

«Nein. Er hat von daheim angerufen. Sie haben sich unverzüglich hinzubegeben.»

«Ich bin kein Angestellter», sagte Wormold.

«Wirklich nicht?»

Wormold fuhr wieder nach Vedado, zu den kleinen weißen Häusern und Bougainvilleas der Reichen. Sein Besuch bei Professor Sanchez schien lange her. Er fuhr an dem Haus vorbei. Welche Szenen sich hinter den weißen Wänden dieses Puppenheims wohl abspielten?

Er hatte das Gefühl, als hielte im Haus des Gesandten jeder nach ihm Ausschau, als hätte man Halle und Treppe sorgsam von Zuschauern gesäubert. Im ersten Stock wandte ihm eine Frau den Rücken und sperrte sich in ein Zimmer ein; er glaubte, es war die Gesandtin. In zweiten Stock guckten zwei Kinder zwischen den Geländerstäben hindurch, liefen davon, und ihre kleinen Absätze klapperten auf dem fliesenbelegten Boden. Der Butler wies ihn in den Salon — er war leer — und schloß die Türe hinter ihm, langsam und verstohlen. Durch die hohen Fenster konnte er einen weiten grünen Rasen und große subtropische Bäume sehen. Selbst dort entfernte sich etwas eilends.

Wie viele Gesandtschaftssalons, war das Zimmer ein Sammelsurium aus großen ererbten Stücken und kleinen persönlichen, die von früheren Dienstorten stammten. Wormold vermeinte eine Vergangenheit in Teheran zu entdecken (eine seltsam geformte Pfeife), in Athen (ein paar Ikonen), wußte jedoch nicht, wo er eine afrikanische Maske einreihen sollte — vielleicht Monrovia?

Der Gesandte trat ein, ein großer kalter Mann — er trug eine Guards-Krawatte — mit einem Hauch dessen, was Mandrill gern gewesen wäre. «Nehmen Sie Platz, Wormold», sagte er. «Zigarette?»

«Danke nein, Sir.»

«Der andere Sessel ist bequemer. Also: es hat keinen Sinn, herumzureden, Wormold. Sie sind in Schwierigkeiten.»

«Ja.»

«Natürlich weiß ich nichts — überhaupt nichts — von dem, was Sie hier tun.»

«Ich verkaufe Staubsauger, Sir.»

Der Gesandte betrachtete ihn mit unverhohlenem Mißvergnügen. «Staubsauger? Die meinte ich nicht.» Sein Blick schweifte von Wormold zur persischen Pfeife, der griechischen Ikone, der Maske aus Liberia. Sie waren wie die Selbstbiographie eines Mannes, der zur eigenen Beruhigung nur von den besseren Zeiten erzählt. «Gestern früh kam Hauptmann Segura. Ich habe natürlich keine Ahnung, woher die Polizei ihre Informationen nimmt, es geht mich nichts an, aber er sagte mir, Sie hätten eine Reihe von irreführenden Berichten nach Hause geschickt — wem, weiß ich nicht: auch das geht mich nichts an. Ja, er sagte sogar, Sie hätten Geld bezogen, hätten behauptet, Informationsquellen zu haben, die es einfach nicht gibt. Ich hielt es für meine Pflicht, das Auswärtige Amt unverzüglich hiervon in Kenntnis zu setzen, und soviel mir bekannt ist, werden Sie angewiesen werden, hinüberzufahren und zu berichten — wem, weiß ich nicht. Diese Dinge haben mit mir nicht das geringste zu tun.» Hinter einem der hohen Bäume guckten zwei kleine Köpfe hervor. Wormold schaute sie an, und sie schauten ihn an, nicht ohne Wohlwollen, wie ihm schien. Er sagte: «Ja, Sir?»

«Wenn ich mich nicht täusche, ist Hauptmann Segura der Ansicht, Sie hätten hier Unruhe gestiftet. Sollten Sie sich weigern, nach Hause zu fahren, müßten Sie von seiten der hiesigen Behörden mit ernsten Schwierigkeiten rechnen. Und in Anbetracht der Umstände könnte ich natürlich nichts tun, um Ihnen zu helfen — nicht das geringste. Hauptmann Segura verdächtigt Sie sogar, eine Art Dokument fabriziert zu haben, das Sie in seinem Besitz gefunden haben wollen. Die ganze Sache ist mir zuwider — wie sehr, kann ich Ihnen gar nicht sagen. Die korrekten Nachrichtenquellen im Ausland sind die Gesandtschaften. Dazu haben wir unsere Attachés. Diese sogenannten Geheiminformationen machen jedem Gesandten nichts wie Ungelegenheiten.»

«Ja, Sir.»

«Ich weiß nicht, ob Sie davon gehört haben — es stand nicht in der Zeitung —, aber vorgestern nacht wurde ein Engländer erschossen. Hauptmann Segura deutete an, er sei Ihnen nicht unbekannt gewesen.»

«Ich bin ihm einmal begegnet, Sir. Bei einem Mittagessen.»

«Sie sollten lieber nach England zurück, Wormold, mit dem ersten Flugzeug — je früher, desto besser für mich — und die Sache mit Ihren Leuten besprechen — wer immer sie sein mögen.»

«Ja, Sir.»

3

Das K. L. M.-Flugzeug sollte um drei Uhr dreißig nach Amsterdam abfliegen, via Montreal. Wormold hatte nicht die geringste Lust, über Kingston zu reisen, wo Mandrill vielleicht angewiesen war, ihn zu erwarten. Das Büro hatte seine Tätigkeit mit einem letzten Telegramm eingestellt, Rudy und sein Koffer wurden nach Jamaica geschickt, die Kodebücher mit Hilfe des Zelluloids verbrannt. Beatrice sollte mit Rudy fahren. Die Staubsauger wurden Lopez anvertraut. Alle persönlichen Besitztümer, an denen Wormold gelegen war, fanden Platz in einer Kiste, die er per Schiff senden ließ. Das Pferd wurde verkauft — an Hauptmann Segura.

Beatrice half packen. Zu allererst wanderte die Statue der heiligen Seraphina in die Kiste.

«Milly muß sehr unglücklich sein», sagte Beatrice.

«Sie hat sich wundervoll damit abgefunden, sagt, wie Sir Humphrey Gilbert, Gott sei ihr in England ebenso nahe wie in Kuba.»

«Das war nicht genau, was er sagte.»

Ein Stoß ungeheimer Mist wartete darauf, verbrannt zu werden.

«Wie viele Photos Sie aufgehoben hatten», sagte Beatrice. «Von *ihr*.»

«Früher dachte ich, ein Photo zerreißen ist wie jemanden umbringen. Jetzt weiß ich natürlich, daß das nicht stimmt.»

«Was ist das für eine rote Schachtel?»

«Sie schenkte mir einmal Manschettenknöpfe. Man hat sie mir gestohlen, aber ich behielt die Schachtel. Ich weiß nicht, warum. In gewisser Beziehung bin ich froh, das Ganze loszuwerden.»

«Das Ende eines Lebens.»

«Zweier Leben.»

«Was ist das?»

«Ein altes Programm.»

«So alt wieder nicht. Tropicana. Darf ich's behalten?»

«Sie sind zu jung, um Dinge aufzuheben», sagte Wormold. «Sie sammeln sich an. Und eines Tages merkt man, daß man vor lauter Mist keinen Platz mehr zum Leben hat.»

«Ich riskiere es. Das war ein herrlicher Abend.»

Milly und Wormold brachten sie zum Flugzeug. Rudy verschwand unauffällig, im Kielwasser des Mannes mit dem Riesenkoffer. Es war ein heißer Nachmittag. Die Leute standen herum und tranken Daiquiri. Seit Hauptmann Seguras Heiratsantrag war Millys Duenna endgültig verschwunden. Doch das Kind, dessen Wiederkunft er erhofft hatte, das Kind, das Thomas Earl Parkman junior in Brand gesteckt hatte, war nicht zurückgekommen. Es war, als sei Milly über beide Gestalten gleichzeitig hinausgewachsen. Sie sagte mit dem Takt einer Erwachsenen: «Ich möchte Beatrice ein paar Illustrierte kaufen», wandte ihnen den Rücken und machte sich am Zeitungsstand zu schaffen.

«Es tut mir leid», sagte Wormold. «Wenn ich hinüberkomme, sage ich ihnen, daß Sie nichts wissen. Ich bin neugierig, wo man Sie hinschicken wird.»

«Basra, vielleicht. Persischer Golf.»

«Warum Persischer Golf?»

«So stellen sie sich das Fegefeuer vor: Wiedergeburt durch Tränen und Schweiß. Hat Phastkleaner eine Vertretung in Basra?»

«Phastkleaner wird mich nicht behalten, fürchte ich.»

«Was werden Sie tun?»

«Ich habe genug für Millys Schweizer Jahr — dank dem armen Raul. Nachher weiß ich noch nicht.»

«Sie könnten ein Juxartikelgeschäft aufmachen. Sie wissen doch — der blutige Daumen, vergossene Tinte und die Fliege auf dem

Würfelzucker. Abschiednehmen ist scheußlich. Bitte warten Sie nicht.»

«Werde ich Sie wiedersehen?»

«Ich werde versuchen, nicht nach Basra zu gehen. Ich werde versuchen, in der Schreibzentrale zu bleiben, bei Ethel und Angelica und Miss Jenkinson. Wenn ich Glück habe, bin ich um sechs frei und dann könnten wir uns im Corner House treffen, eine Kleinigkeit essen und ins Kino gehen. Ein gespenstisches Leben, nicht wahr? Wie *Unes*co und tagende moderne Schriftsteller. Es war schön, hier bei Ihnen.»

«Ja.»

«Und jetzt gehen Sie.»

Er ging zum Zeitungsstand und holte Milly. «Gehen wir», sagte er.

«Aber Beatrice — sie hat ihre Illustrierten noch nicht.»

«Sie will sie nicht.»

«Ich habe ihr nicht Adieu gesagt.»

«Zu spät. Sie ist schon durch die Emigration. Du wirst sie in London sehen — vielleicht.»

4

Es war, als verbrächten sie ihre ganze Zeit auf Flugplätzen. Nun machten sie sich für den K. L. M.-Flug bereit, und es war drei Uhr früh, der Himmel rot vom Widerschein neonbeleuchteter Verkaufsstände und gleißender Positionslichter, und Hauptmann Segura machte die Abschiedshonneurs. Er gab sich alle Mühe, die amtliche Gelegenheit so privat wie möglich hinzustellen, aber es blieb trotzdem eine Art Deportation. «Sie zwangen mich dazu», sagte Segura vorwurfsvoll.

«Sie gehen schonender vor als Carter oder Doktor Braun. Was geschieht mir Dr. Braun?»

«Er sieht sich genötigt, in die Schweiz zurückzukehren — in Angelegenheiten, die seine Präzisionsinstrumente betreffen.»

«Mit einem Umsteigebillett nach Moskau?»

«Nicht unbedingt. Vielleicht Bonn. Oder Washington. Oder vielleicht Bukarest. Wer immer sie sein mögen — Ihre Pläne gefallen ihnen, glaube ich.»

«Pläne?»

«Von den Anlagen in Oriente. Er wird auch die Lorbeeren dafür ernten, einen gefährlichen Agenten ausgeschaltet zu haben.»

«Mich?»

«Ja. Kuba wird ohne Sie beide ein bißchen ruhiger sein — aber ich werde Milly vermissen.»

«Milly hätte Sie nie geheiratet, Segura. Im Grund ist sie nicht für Zigarettenetuis aus Menschenhaut.»

«Haben Sie je gehört, wessen Haut?»*

«Nein.»

«Ein Polizist, der meinen Vater zu Tode folterte. Er war nämlich ein armer Mann. Einer von den Folterbaren.»

Milly trat zu ihnen, mit *Time, Life, Quick* und *Paris Match*. Es war fast 3.15 und über der scheinwerfererhellten Rollbahn, wo der falsche Morgen dämmerte, hingen Streifen grauen Himmels. Die Piloten gingen zum Flugzeug, und die Stewardeß folgte ihnen. Er kannte die drei: vor Wochen hatten sie mit Beatrice im Tropicana gesessen. Ein Lautsprecher meldete Flug 396 nach Montreal und Amsterdam.

«Ich habe Geschenke für Sie beide», sagte Segura. Er gab jedem ein Päckchen. Sie wickelten sie aus, während die Maschine Havanna überflog; die Lichterkette der Küstenstraße schwang außer Sicht, und das Meer fiel wie ein Vorhang über die Vergangenheit. In Wormolds Päckchen war eine Miniaturflasche Grant's Standfast und eine Kugel, die aus einem Polizeirevolver stammte; in Millys ein kleines silbernes Hufeisen mit ihren Initialen.

«Warum eine Kugel?» fragte Milly.

«Oh, ein Witz — kein sehr geschmackvoller. Aber trotzdem: im Grund war er gar kein übler Bursche», sagte Wormold.

«Aber kein Mann für mich», erwiderte die erwachsene Milly.

Man hatte ihn sonderbar angeblickt, als er seinen Namen nannte, dann in einen Lift gesteckt und zu seiner gelinden Überraschung hinunter und nicht hinauf befördert. Nun saß er in einem langen Kellerkorridor und blickte auf ein rotes Licht über einer Türe; wenn es grün wurde, hatte man ihm gesagt, durfte er eintreten. Nicht früher. Leute gingen ein und aus, unbekümmert um das Licht; manche trugen Papiere, manche Aktentaschen, und einer — ein Oberst — war uniformiert. Niemand schaute ihn an: er fühlte, daß er sie in Verlegenheit brachte. Sie ignorierten ihn, wie man einen Krüppel ignoriert. Aber wahrscheinlich hatte es mit seinem Hinken nichts zu tun.

Mandrill kam den Gang entlang, vom Lift her. Er sah zerknittert aus, als hätte er in seinen Kleidern geschlafen. Vielleicht war er die ganze Nacht von Jamaica hergeflogen. Auch er wäre vorbeigegangen, hätte Wormold ihn nicht angesprochen.

«Hallo, Mandrill.»

«Ach, Sie, Wormold.»

«Ist Beatrice gut angekommen?»

«Ja. Natürlich.»

«Wo ist sie, Mandrill?»

«Keine Ahnung.»

«Was geht hier vor? Es sieht aus wie ein Kriegsgericht.»

«Es *ist* ein Kriegsgericht», sagte Mandrill kühl und ging in das Zimmer mit dem Licht. Die Uhr zeigte 11.25. Man hatte ihn für elf bestellt.

Er fragte sich, ob sie ihm mehr antun konnten als ihn hinauswerfen, was aller Voraussicht nach schon geschehen war. Wahrscheinlich war es das, worüber sie da drinnen berieten. Nach dem Hochverratsgesetz konnte man ihn kaum zur Verantwortung ziehen: er hatte Geheimnisse erfunden, nicht verraten. Wahrscheinlich konnten sie es ihm erschweren, Arbeit im Ausland zu finden, und Jobs daheim waren in seinem Alter nicht leicht zu bekommen. Aber er hatte nicht die Absicht, ihnen ihr Geld zurückzugeben. Das war für Milly; außerdem hatte er jetzt das Gefühl, es verdient zu haben — als Ziel für Carters Gift und Carters Kugel.

Um 11.35 kam der Oberst heraus; erhitzt und zornig marschierte er zum Lift. Der hat meinen Kopf verlangt, dachte Wormold. Dann kam ein Mann in einer Tweedjacke. Er hatte tiefliegende Augen und war auch ohne Uniform als Seemann zu erkennen. Er blickte zufällig auf Wormold, dann schnell weg, wie ein rechtschaffener Mann. «Warten Sie auf mich, Oberst», rief er und ging den Korridor hinunter, mit fast unmerklichem Seemansgang, als sei er wieder auf der Kommandobrücke, bei stürmischem Wetter. Als nächster kam Mandrill, im Gespräch mit einem sehr jungen Mann, und dann verschlug es Wormold den Atem, denn das Licht war grün und Beatrice war da.

«Sie müssen hineingehen», sagte sie.

«Wie lautet das Urteil?»

«Ich kann jetzt nicht mit Ihnen reden. Wo wohnen Sie?»

Er sagte es ihr.

«Ich komme um sechs. Wenn ich kann.»

«Werde ich bei Morgengrauen erschossen?»

«Keine Angst. Gehen Sie hinein. Er hat es nicht gern, wenn man ihn warten läßt.»

«Und was geschieht mit Ihnen?»

«Djakarta», sagte sie.

«Was ist das?»

«Das Ende der Welt», sagte sie. «Weiter als Basra. Bitte gehen Sie hinein.»

Ein Mann mit einem schwarzen Monokel saß einsam hinter einem Schreibtisch. «Setzen Sie sich, Wormold», sagte er.

«Ich stehe lieber.»

«Oh, ein Zitat, nicht wahr?»

«Zitat?»

«Ich habe das bestimmt schon einmal in einem Stück gehört — bei Amateuraufführungen. Vor vielen Jahren, natürlich.»

«Sie haben kein Recht, sie nach Djakarta zu schicken.»

«Wen nach Djakarta zu schicken?»

«Beatrice.»

«Wer ist das? Ach, Ihre Sekretärin. Wie ich diese Vornamen hasse. Darüber werden Sie mit Miss Jenkinson sprechen müssen. Sie leitet die Schreibzentrale. Nicht ich, Gott sei Dank.»

«Sie hat mit der ganzen Sache nicht das geringste zu tun.»

«Sache? Hören Sie zu, Wormold. Wir haben beschlossen, Ihre Station aufzulösen. Und da taucht die Frage auf — was sollen wir mit Ihnen anfangen?» Jetzt kam es. Nach dem Gesicht des Oberst zu urteilen, der einer seiner Richter gewesen war, stand ihm nichts Erfreuliches bevor. Der Chef nahm das schwarze Monokel ab. Das babyblaue Auge überraschte Wormold. «In Anbetracht der Umstände hielten wir es für das beste, Sie hier zu lassen — beim Lehrpersonal. Vorträge. Wie leitet man eine Auslandsstation, und so weiter.» Er schien etwas sehr Unangenehmes zu verschlucken. Dann fügte er hinzu: «Natürlich werden wir Sie, wie jeden unserer Agenten, der eine Auslandsstation geleitet hat, für einen Orden vorschlagen. In Ihrem Fall, glaube ich — schließlich waren Sie nicht sehr lange dort — kommt kaum ein höherer in Frage als ein O. B. E.»

2

Sie begrüßten einander gemessen in einer Wildnis salbeigrüner Sessel, in einem erschwinglichen Hotel, das ‹Pendennis› hieß, in der Nähe der Gower Street. «Ich glaube, ich kann Ihnen keinen Drink bestellen», sagte er. «Es ist alkoholfrei.»

«Warum sind Sie denn hergekommen?»

«Als Junge habe ich mit meinen Eltern öfter hier gewohnt. Die Alkoholfreiheit fiel mir nicht auf. Außerdem störte sie mich damals gar nicht. Beatrice, was ist los? Sind sie wahnsinnig?»

«Sie sind wahnsinnig wütend auf uns beide. Sie fanden, ich hätte merken müssen, was vorging. Der Chef hatte eine richtige Versammlung einberufen. Alle Verbindungsleute waren da. Kriegsministerium, Luftfahrt, Marine. Sie hatten Ihre ganzen Berichte vor sich ausgebreitet und nahmen einen nach dem andern durch. Kommunistische Durchsetzung der Regierungsstellen — niemand hatte was dagegen, dem Auswärtigen Amt einen Widerruf zu schicken. Dann Ihre Wirtschaftsberichte — sollten gleichfalls widerrufen werden, darüber war man sich einig. Nur die Handelskammer würde nicht begeistert sein. Bis zu den militärischen Berichten ging die Sache verhältnismäßig glatt. Niemand war überempfindlich. Aber dann kam der Bericht über Entlassungen in der Marine, und ein anderer über Treibstoff-Stützpunkte für Unterseeboote.

‹Daran muß etwas Wahres sein›, sagte der Kapitän. ‹Schauen Sie den Gewährsmann an›, sagte ich. ‹Den gibt's nicht.› ‹Wir werden so dumm dastehen›, sagte der Kapitän, ‹Die Leute von der Marineabwehr werden sich freuen wie die Schneekönige.› Das war aber nichts gegen ihre Gesichter, als die Oriente-Anlagen zur Sprache kamen.»

«Hatten sie die Pläne wirklich geschluckt?»

«Da sind sie alle über den armen Stephen hergefallen.»

«Ich wollte, Sie würden ihn nicht Stephen nennen.»

«Erst sagten sie, er hätte nie gemeldet, daß Sie Staubsauger verkauften, sondern daß Sie eine Art Handelsherr wären. Nur der Chef schwieg. Er wirkte verlegen, aus irgendeinem Grund, und außerdem zog Stephen — ich meine Mandrill — die Karteikarte hervor, und da standen alle Einzelheiten. Aber natürlich war die niemals weiter vorgedrungen, als bis in Miss Jenkinsons Schreibzentrale. Dann sagten sie, er hätte die Bestandteile eines Staubsaugers erkennen müssen, als er sie sah. Er sagte, das hätte er auch, aber schließlich bestünde kein Grund, warum das *Prinzip* eines Staubsaugers nicht auf eine Waffe angewendet werden sollte. Da schrien sie wirklich alle nach Ihrem Blut — alle, außer dem Chef. Es gab Augenblicke, da hatte ich das Gefühl, er sah das Komische an der Sache. Schließlich sagte er: ‹Die Lösung ist ganz einfach. Wir verständigen Marine-, Kriegs- und Luftfahrtministerium, daß sämtliche Berichte, die während der letzten sechs Monate aus Havanna eingingen, völlig unzuverlässig sind.›»

«Aber, Beatrice — sie haben mir einen Job angeboten.»

«Das ist leicht zu erklären. Der Kapitän gab als erster nach. Vielleicht kriegt man auf See einen weiteren Blick. Er sagte, andernfalls wäre die Abteilung für die Admiralität erledigt, und sie würden sich nur mehr auf die Marineabwehr verlassen. Dann sagte der Oberst: ‹Wenn ich das dem Kriegsministerium melde, können wir einpacken.› Da war guter Rat teuer. Schließlich meinte der Chef, am einfachsten wäre es vielleicht, einen letzten Bericht von 59200/5 auszusenden — nämlich, die Anlagen hätten sich nicht bewährt und seien niedergerissen worden. Blieben noch Sie. Der Chef fand, Sie hätten wertvolle Erfahrungen gesammelt, die lieber der Organisation zugute kommen sollten als den Zeitungen. Zu viele Agenten hätten in letzter Zeit Geheimdienstmemoiren geschrieben. Jemand erwähnte das Hochverratsgesetz, doch der Chef meinte, es wäre in Ihrem Fall nicht anwendbar. Sie hätten die Meute sehen sollen, als sie sich um ihr Opfer geprellt sahen. Natürlich fielen sie über mich her, aber ich ließ mich von dieser Bande nicht verhören. Also sagte ich ihnen meine Meinung.»

«Was haben Sie gesagt, um Gottes willen?»

«Ich sagte, daß ich Sie nicht gehindert hätte, selbst wenn ich draufgekommen wäre. Ich sagte, Sie arbeiteten für etwas Wichtiges, nicht für irgend jemandes Vorstellung von einem Weltkrieg, zu dem es vielleicht nie kommt. Der Esel, der sich als Oberst verkleidet, sagte etwas von ‹Vaterland›. Ich sagte: ‹Was verstehen Sie unter ‚Vaterland‘? Eine Fahne, die irgendwer erfunden hat, vor zweihundert Jahren? Das geistliche Gericht, das über die Scheidung streitet? Oder das Oberhaus, wo man sich gegenseitig ‹ja› zuschreit? Oder meinen Sie den Gewerkschaftsverband, die Staatseisenbahnen und den Konsumverein? Wahrscheinlich denken Sie an Ihr Regiment, falls Sie überhaupt je denken, aber wir haben kein Regiment — er und ich.› Sie wollten mich unterbrechen, und ich sagte: ‹Oh, ich vergaß. Es gibt noch etwas Größeres als das eigene Land, nicht wahr? Das habt ihr uns beigebracht mit eurem Völkerbund und eurem Atlantikpakt, mit NATO und UNO und SEATO. Aber die bedeuten den meisten von uns nicht mehr als alle anderen Buchstaben — USA und UdSSR. Und ebensowenig glauben wir euch, wenn ihr sagt, ihr wollt Frieden und Gerechtigkeit und Freiheit. Was für Freiheit? Ihr wollt eure Karriere.› Ich sagte, ich hätte das größte Verständnis für die französischen Offiziere, die sich 1940 erst um ihre Familien kümmerten. Denen zumindest war die Karriere nicht das wichtigste. Die Familie ist mehr Vaterland, als ein Parlamentssystem.»

«Mein Gott. Das haben Sie alles gesagt?»

«Ja. Es war eine richtige Rede.»

«Glauben Sie es wirklich?»

«Nicht alles. Man hat uns nicht viel gelassen, woran man glauben kann, nicht wahr? — nicht einmal den Unglauben. Ich kann an nichts Größeres mehr glauben als ein Heim, an nichts Ungewisseres als einen Menschen.»

«Jeden Menschen?»

Sie gab keine Antwort und ging rasch fort, vorbei an den salbeigrünen Sesseln, und er sah, daß sie sich an den Rand der Tränen geredet hatte. Zehn Jahre früher wäre er ihr gefolgt, doch fünfundvierzig ist die Zeit trauriger Vorsicht. Er sah ihr nach, wie sie sich durch das freudlose Zimmer entfernte, und er dachte: Liebling, das sagt man so, vierzehn Jahre zwischen uns, Milly — man soll sich vor allem hüten, was das eigene Kind erschrecken kann, keinen Glauben verletzen, den man nicht teilt. Sie stand schon bei der Türe, als er zu ihr trat.

«Ich habe Djakarta nachgeschlagen. Dort können Sie nicht hin. Eine entsetzliche Stadt.»

«Mir bleibt keine Wahl. Ich versuchte, in der Schreibzentrale zu bleiben.»

«Wollen Sie das?»

«Wir hätten uns manchmal beim Corner House treffen und ins Kino gehen können.»

«Ein gespenstisches Leben — das sagten Sie selbst.»

«Sie hätten dazugehört.»

«Beatrice, ich bin vierzehn Jahre älter als Sie.»

«Was macht das schon? Ich weiß, was Sie zurückhält. Nicht das Alter. Milly.»

«Sie muß lernen, daß ihr Vater auch nur ein Mensch ist.»

«Sie sagte mir einmal, es geht nicht, daß ich Sie liebe.»

«Es muß aber gehen. Ich kann nicht als Einbahn lieben.»

«Es wird nicht leicht sein, ihr das zu sagen.»

«Es wird vielleicht nicht leicht sein, bei mir zu bleiben, nach ein paar Jahren.»

Sie sagte: «Hör auf, dich deshalb zu sorgen, Liebster. Man wird dich kein zweites Mal stehenlassen.»

Als sie einander küßten, trat Milly ein. Sie trug den großen Nähkorb einer alten Dame und sah ganz besonders tugendhaft aus. Wahrscheinlich hatte sie eine Woche der guten Taten begonnen. Die alte Dame sah sie zuerst und faßte Milly beim Arm. «Kommen Sie, Liebes», sagte sie. «Wie kann man nur! Hier, wo jeder sie sehen kann!»

«Das macht nichts», sagte Milly. «Das ist bloß mein Vater.»

Der Klang ihrer Stimme trennte sie.

«Ist das Ihre Mutter?» fragte die alte Dame.

«Nein. Seine Sekretärin.»

«Geben Sie mir meinen Korb», sagte die alte Dame entrüstet.

«Schön», sagte Beatrice. «Das wär's.»

«Es tut mir leid, Milly», sagte Wormold.

«Oh», sagte Milly, «höchste Zeit, daß sie sich an die Wirklichkeit gewöhnt.»

«Ich dachte nicht an sie. Ich weiß, es wird dir nicht wie eine richtige Heirat vorkommen...»

«Ich bin froh, daß ihr heiratet. In Havanna dachte ich, ihr hättet bloß ein Verhältnis. Natürlich kommt es auf eines heraus, nicht wahr, da ihr ja beide verheiratet seid. Aber irgendwie wird es würdiger sein. Weißt du, wo der Tattersall ist, Vater?»

«Knightsbridge, glaube ich. Aber es wird schon geschlossen sein.»

«Ich wollte nur den Weg auskundschaften.»

«Und du hast nichts dagegen, Milly?»

«Oh, Heiden können fast alles tun, und ihr seid ja Heiden, ihr Glücklichen. Zum Nachtmahl bin ich wieder da.»

«Siehst du», sagte Beatrice. «Sie hatte gar nichts dagegen.»

«Ich bin doch recht gut mit ihr fertiggeworden, findest du nicht? Gewisse Dinge mache ich nicht schlecht. Da fällt mir ein — der Bericht über die feindlichen Agenten muß sie doch gefreut haben!»

«Nicht übermäßig. Siehst du, Liebster, zuerst mußte man jede Marke ins Wasser legen, um deinen Punkt zu finden. Das dauerte anderthalb Stunden. Er war auf der vierhundertzweiundachtzigsten, glaube ich. Und als man versuchte, ihn zu vergrößern, war — nun, da war nichts drauf. Entweder du hast den Film überbelichtet, oder das Mikroskop beim falschen Ende genommen.»

«Und trotzdem geben sie mir den O. B. E.?»

«Ja.»

«Und einen Job?»

«Ich glaube kaum, daß du ihn lang behalten wirst.»

«Will ich auch nicht. Beatrice, wann ist dir zum erstenmal der Gedanke gekommen, daß du mich...»

Sie legte die Hand auf seine Schulter und brachte ihn gewaltsam zum Tanzen, inmitten der trübseligen Sessel. Dann begann sie zu singen, ein bißchen falsch, als wäre sie weit gelaufen, um ihn einzuholen:

> «Um dich sind normale und werte
> Familienfreunde. Sie sagen: ‹Die Erde
> ist rund.› Es scheint sie zu stören,
> daß ich nicht normal bin.
> ‹Äpfel sind schalig, Orangen voll Kerne...!›»

«Wovon werden wir leben?» fragte Wormold.

«Du und ich — wir werden einen Weg finden.»

«Wir sind drei», sagte Wormold, und sie erkannte das größte Problem ihrer gemeinsamen Zukunft: er würde immer noch zu normal sein.

rororo

C 57/29

Graham Greene

ro
ro
ro

C 57/30a